Jean-Philippe Arrou-Vignod est né en 1958 à Bordeaux.

Il a obtenu le prix du Premier Roman en 1984 pour *Le rideau sur la nuit*. Depuis, il a publié plusieurs romans et essais. Il est professeur de français et dirige la collection « Page Blanche » chez Gallimard.

AVERTISSEMENT

L'Homme sauvage n'est pas un mythe.

Je renvoie le lecteur qui souhaiterait s'en convaincre aux travaux du professeur Boris Porchnev, de Bernard Heuvelmans et d'Ivan T. Sanderson, à qui ce livre doit tant.

*Toute ma gratitude enfin au docteur Marie-Jeanne Koffmann, présidente de la Société de cryptozoologie de Russie, qui a mis si obligeamment à ma disposition sa connaissance du problème de l'*almasty.

Pour Patricia

Pour Marie-Jeanne K.

« Dieu dit : “Que la terre produise des êtres vivants selon leur espèce : bestiaux, petites bêtes, et bêtes sauvages selon leur espèce !” Il en fut ainsi. »

Genèse

PREMIÈRE PARTIE

MORANE

CHAPITRE 1

Journal de l'ingénieur-géographe Andréï Tchinenoff, service de cartographie des armées.

Octobre 1929. Région autonome de Karatchaï-Tcherkess.

Troisième jour de bivouac. Nous avançons depuis hier sur un terrain si accidenté que nous avons dû laisser derrière nous la cantine roulante. Les chevaux progressent difficilement dans cette mer de pierraille. Il faut mettre pied à terre et les mener par la bride de peur qu'ils ne se blessent.

À combien de jours de marche sommes-nous des montagnes ? À mesure que nous avançons, le paysage se fait plus désolé. Une brume tenace masque l'horizon du lever jusqu'au soir. Ce matin, j'ai procédé en vain à quelques relevés. Un fin crachin glacé trouble la vue, fatiguant les yeux d'un éblouissement permanent. Impossible d'obtenir une mesure précise. Comment notre guide se repère-t-il sans instruments ni boussole ? Nous marchons les yeux rivés au sol pour lutter contre l'étourdissement qui gagne vite.

La nuit tombe à cinq heures en cette saison. Elle est glaciale. Nous avons dressé notre campement dans un repli de terrain pour l'abriter du vent. Les arbustes sont rares : quelques buissons d'épineux parsemés de poils de chèvre. Nous faisons provision de bois sec en chemin pour tenir toute la nuit.

Ogul, notre guide, excelle à la chasse. Marcheur infatigable, il n'a pas son pareil pour poursuivre un bouquetin parmi les éboulis. Ces fantaisies retardent notre avance, mais comment s'en plaindre ? Le gibier qu'il rapporte agrémente l'ordinaire et préserve nos rations.

L'installation du camp est devenue une routine que les hommes exécutent mécaniquement. Il faut débâter, soigner les chevaux, dresser les tentes. Le major Svechnikov se tire au mieux de sa tâche. Personnage sombre et taciturne, il a fait ses classes dans les unités du Caucase et mène la troupe rondement. Son expérience de la montagne, sa rigueur dans le service lui valent le respect des hommes. C'est l'un de ces esprits secs et sans apprêt qui prennent leur mesure dans l'action, un soldat de terrain. Je ne lui connais que deux passions : une bouffarde nauséabonde et le jeu d'échecs. Il transporte avec lui dans son paquetage un minuscule échiquier de bois, aux pièces usées et noircies. Nous avons pris l'habitude depuis quelques soirs de disputer une partie sous sa tente, à la lueur d'une lanterne, tandis que les hommes bavardent autour du feu.

Je crois y avoir gagné le peu d'estime qu'il me voue. Sa politesse réglementaire ne m'abuse guère : je conçois aisément les sentiments que peuvent inspirer à cet homme du rang mon titre d'ingénieur, notre différence d'âge et mes lunettes d'étudiant.

Conduire une colonne de huit hommes dans ces régions désertes et inhospitalières relève plus de sa compétence que de la mienne. Avec l'aide de Dieu, j'espère m'acquitter au mieux de cette tâche écrasante.

CHAPITRE 2

Le *vapur* remontait le détroit.

L'aube était jaune, la mer noire et luisante. Accoudé au bastingage, Morane acheva sa cigarette.

La ville, à cette heure, n'était encore qu'une frise indistincte de coupoles et de minarets, tremblant dans la barre de lumière qui écrasait la rade. Il faisait anormalement moite pour ce début de printemps. Pas un souffle de vent, un air épais d'orage dans lequel la fumée du *vapur* restait suspendue, comme engluée. Morane frissonna, sentant s'élargir dans son dos l'auréole de sueur qui mouillait sa chemise. Il n'aurait pas dû tant boire, pensa-t-il.

C'était son quatrième jour à Istanbul. Il avait passé la nuit sur la rive asiatique, délaissant le luxe bruyant de sa chambre au Péra pour les quartiers populeux cernant le port d'Üsküdar. L'alcool local y coulait à flots, la ville était en fête. Il en rapportait une solide gueule de bois, l'estomac aigre et vide protestant contre les vibrations du pont.

« Kuriam Bayrami, avait dit Mustapha. Le sacrifice d'Abraham. Très typique. Je suis ton guide, Mastercard, tu dois fêter Kuriam Bayrami chez moi. »

La famille de Mustapha logeait dans un petit immeuble aux façades grêlées, à l'ouest du port. Un cube de plâtre et de béton, flanqué de balconnets carrés où pendait du linge. Les tables avaient été dressées dans la cour en surplomb, un terrain vague encombré de voitures et d'une unique cage de football. Tout l'après-midi, les invités avaient afflué, venus des villages voisins d'Anatolie dans une noria de décapotables américaines. Un mouton grillait à l'abri du vent, le vin chauffait dans les carafes. La nuit tombée, les femmes s'étaient mises à danser... Après, Morane ne se souvenait plus de rien.

À trois heures du matin, il pissait debout dans une cage d'escalier. À quatre heures, il s'était éveillé sur le siège arrière d'une Continentale, une chaussure à la main, la joue striée par la poignée de la portière. Il en avait profité pour disparaître, déambulant sans but au hasard des rues, la nuque raide, la tête sonnant à chaque pas comme un tambour.

Sur le port où il avait échoué, le marché aux poissons dressait ses étals. Il avait attendu le premier *vapur,* attablé parmi les marins à la terrasse d'un minuscule café pavé de carreaux bleus.

À trente-sept ans, il avait trop roulé sa bosse pour croire encore à la magie de l'aube dans une ville inconnue. Istanbul n'échappait pas à la règle : en quelques jours, il avait brûlé la ville comme tant d'autres avant elle, mêlant ses pas à ceux de la foule, effaçant ses propres traces dans les ruelles du bazar égyptien, l'agressive odeur de jasmin, de pistaches et de tripes grillées du printemps turc. Cette nuit somnambulique était la vraie frontière. Le *vapur* écrasant les eaux noires du Bosphore le ramenait vers ce nomade familier qu'il avait tenté de fuir, la ville dressée sur l'horizon comme un rêve éventé dans lequel, déjà, il n'avait plus sa place.

L'orage le surprit au débarcadère de Sirkeci-Eminönü. Sous le ciel subitement noirci, une averse brutale, noyant les quais, dispersant la foule d'employés et de familles qui rejoignaient la capitale. Il sauta dans un taxi, se fit conduire au Péra sous des trombes.

Le hall de l'hôtel était encombré de chariots et de femmes de chambre. Il fit halte à la réception, s'enquit des appels en son absence. Le réceptionniste secoua la tête avec commisération, détaillant le menton bleui de Morane, les larges auréoles de pluie, les mocassins détrempés. Morane n'était pas le genre d'homme à qui une femme laisse des messages au guichet d'un grand hôtel, décida-t-il. Encore moins l'un de ces hommes d'affaires à téléphone portable pour qui crépite sans cesse le fax du *Business service.* À dire vrai, Morane n'était d'aucune espèce immédiatement identifiable : un voyageur français qui réglait par carte de crédit et n'avait pas défait son couvre-lit cette nuit. Un solitaire, un gros sac de toile pour tout bagage, le portefeuille dépassant de la poche revolver au mépris des pickpockets. Chaussures molles et confortables, vareuse saharienne défraîchie : sans son anglais détestable, il aurait pu passer pour l'un de ces journalistes qui s'abattaient chroniquement sur le Péra, réquisitionnant le standard et faisant des bombes à tout casser au bar dès cinq heures du soir... Un flic peut-être, un agent d'Interpol. Il en avait le physique sec, les yeux sans cils, le cheveu dru et court, le relâchement sous surveillance des hommes d'entraînement... Un flic ou un militaire, décréta le réceptionniste, tendant à Morane sa clef avec une obséquiosité prudente. On ne savait jamais avec ce genre de type.

Dans sa chambre, Morane se déshabilla, éteignit le climatiseur avant de s'allonger dans la pénombre. Un long moment, il resta les yeux ouverts, écoutant la rumeur qui montait de la rue en contrebas. Jacqueline n'avait pas appelé. Il ramena le couvre-lit sur ses jambes et s'endormit aussitôt.

— Monsieur Morane ?

L'homme était rond, court sur jambes, le crâne ceint d'une auréole de cheveux teints. Il avait jailli d'un fauteuil, main tendue, soulevant de l'autre une pesante serviette de cuir.

— Monsieur Morane, répéta-t-il. Je suis si content. J'avais peur que vous n'ayez oublié. Vous n'aviez pas oublié, n'est-ce pas ?

Il dénuda son avant-bras, exhibant une grosse montre en acier perdue dans une forêt de poils grisonnants.

— Ne vous voyant pas venir, j'ai pris la liberté... Mais c'est sans importance, monsieur Morane : je suis un vieil homme. Je sais être patient.

— Vous avez très bien fait, dit Morane en abandonnant sa main dans celles du visiteur. Que puis-je faire pour vous ?

Le téléphone de sa chambre l'avait réveillé en sursaut. Votre rendez-vous, Monsieur Morane. Il vous attend dans le hall. Non, Monsieur, la personne n'a pas donné son nom. On avait raccroché. Péniblement, il s'était arraché du lit, la bouche pâteuse, la tête vide. La douche avait à peine suffi à lui remettre les idées en place. Il avait enfilé des vêtements secs, rappelé la réception pour qu'on lui réserve une place sur le vol du soir.

Et maintenant ce petit homme qui inclinait le buste en avant dans une sorte de révérence ridicule :

— Docteur Mehmet. Iskander Mehmet. Pour vous servir.

Devant l'air ahuri de Morane, il fronça les sourcils. Il portait un costume sombre, une chemise blanche immaculée dont les pans dépassaient de la veste trop courte.

— Docteur Mehmet, vous ne vous souvenez pas ? répéta-t-il avec accablement. Nous avons tant parlé cette nuit, lié amitié en quelque sorte...

Il émanait de lui un mélange touchant de dignité contrite et de déception. Depuis combien de temps attendait-il dans le hall, la sacoche posée sur ses genoux serrés ? Six heures sonnaient à la pendule de l'hôtel. Assez tard pour un drink, songea Morane. Il avait dormi toute la journée.

— Laissez-moi vous offrir un verre au bar de l'hôtel, proposa-t-il avec entrain.

Après tout, il avait quelques heures à tuer avant son vol. Pourquoi pas avec ce petit homme aux cheveux teints ? Il traversa le hall à grandes enjambées, cherchant vainement à rassembler ses souvenirs de la nuit passée.

Votre rendez-vous, Monsieur Morane, avait dit le concierge. À quel moment avait-il laissé son nom, son adresse au Péra ? Avec son gros cartable de cuir, le visiteur surgissait comme un compagnon d'orgie un peu honteux. Morane avait beaucoup bu cette nuit, beaucoup braillé avec les hommes, beaucoup dansé avec les femmes. Plus tard, à l'heure où l'on fraternise avec l'humanité entière, il avait dû y avoir le docteur Mehmet avec son crâne chauve et ses yeux larmoyants. Maintenant, il venait en huissier rappeler Morane à ses obligations, dettes de jeu ou promesse d'épouser quelque brune beauté anatolienne à laquelle il s'était imprudemment fiancé dans l'ivresse de la nuit byzantine...

Le bar, trop climatisé, était encore désert. Un groupe du troisième âge en chaussures de sport avait élu territoire autour du piano, marquant la place d'une armada de sacs de toile publicitaires au nom d'une compagnie belge. Ils s'installèrent à l'écart. Morane commanda un scotch, Mehmet une eau minérale.

— Je suis musulman, dit-il d'un ton légèrement agressif, comme si sa sobriété lui eût donné quelque avantage. Vous alliez partir, n'est-ce pas ?

Il montra le billet qui dépassait de la vareuse de Morane.

— Mon avion décolle à neuf heures.

L'homme poussa un soupir. Tirant de sa poche un étui en argent, il tapota le bout de sa cigarette sur le couvercle avant de lâcher un épais nuage de fumée jaune.

— Je vous envie, monsieur Morane : ce soir, vous retrouvez Paris. J'y ai passé de si belles années dans ma jeunesse. Le quartier Latin, Notre-Dame, l'île Saint-Louis... Il y avait ce restaurant sur les quais, près de la librairie anglaise. La Bûcherie, je crois.

— Vous avez bonne mémoire, docteur Mehmet.

— J'y ai convié autrefois quelques jeunes femmes que je trouvais très séduisantes. Ce n'était pas un endroit pour un étudiant turc sans moyens, mais j'étais jeune, voyez-vous, et les Parisiennes si... si décoratives. Je ne vous choque pas, j'espère ?

Il tenait sa cigarette entre le pouce et l'index, tirant sans discontinuer sur l'embout de carton. Sa tête trop grosse, l'application volubile de son français donnaient à ses manières quelque chose d'inquiet et de vulnérable. Il avait le teint plombé, les lèvres mauves du Levantin, des yeux ronds et mobiles, d'une intelligence presque douloureuse dans ce visage sans grâce.

— Souvenir amoureux ? fit-il, pointant la cicatrice sur la pommette de Morane.

— Si vous en veniez au but de votre visite ?

Il se rappelait le docteur Mehmet, maintenant. Il s'était présenté comme un parent éloigné de Mustapha, un ami de la France, énumérant une liste de titres ronflants. Mais qui n'était pas un ami de la France ce soir-là, s'il fallait en croire les toasts innombrables qu'ils avaient portés au Président Chirac, aux cent huit ans de la tour Eiffel et à l'éternelle amitié entre les peuples ? Mehmet ne l'avait plus lâché, attendant avec indulgence qu'il eût fini son numéro pour revenir à la charge, la voix douce et patiente, la pupille brillant sous la nuit étoilée.

— J'ai les documents, monsieur Morane, dit Mehmet, s'animant tout à coup. Tout est dans la serviette.

— Les documents ?

Mehmet hissa le cartable sur ses genoux, en ouvrit le fermoir, tira une épaisse enveloppe de papier kraft à coins renforcés qu'il fourra sous le nez de Morane.

— Tout est là-dedans. Les lieux, les dates. Non, monsieur Morane, je vous en prie : ne l'ouvrez pas. Elle est scellée. Personne d'autre que lui ne doit en prendre connaissance. Le professeur Exelmans. Son nom est sur l'enveloppe. Il comprendra. Dites-lui seulement que c'est Iskander qui l'envoie.

L'excitation du petit homme était pénible à voir. Des larmes avaient surgi à la commissure de ses paupières, son menton tremblait.

Il sortit un mouchoir, épongea sa lèvre supérieure, le haut de ses sourcils où perlait la sueur avant de le glisser à l'intérieur de sa manche. Un geste féminin qui toucha Morane, le geste de Jacqueline quand elle avait pleuré.

— Je vous comprends mal, docteur. Vous voulez que je vous serve de passeur, c'est ça ?

— Je suis un vieil homme, un savant, pas un trafiquant de drogue, monsieur Morane. Croyez-vous que je puisse vouloir mêler à une entreprise malhonnête un ami de Mustapha ?

— Mustapha est un charmant garçon, corrigea Morane, mais ce n'est pas mon ami. Juste mon guide.

— Le professeur Exelmans est mon ami, continua Mehmet sans paraître comprendre. Un ami de plus de quarante ans. Nous avons fait nos études ensemble, à Paris. C'était une époque merveilleuse, monsieur Morane. La guerre était finie, nous étions jeunes, sans argent, nous passions des nuits entières au laboratoire, comme deux frères, à travailler côte à côte... Croyez-vous à la fidélité, monsieur Morane ?

Il croisa ses phalanges sur la poignée de son cartable, plongeant son regard dans celui de Morane avec une gravité gênante.

— Le professeur Exelmans est le parrain de Leïla, ma fille aînée. Il y avait toujours une babiole pour elle, à son anniversaire : un foulard, un petit flacon de parfum... J'aime cet homme, monsieur Morane. Nous étions comme les doigts de la main.

— Vous étiez ?

— Je lui ai écrit, il y a six mois. Sept lettres, dans des enveloppes comme celle-ci. Je lui ai écrit que son vieil ami Iskander avait fini le travail. Sept lettres pour lui dire que j'avais toutes les preuves. Comprenez-vous maintenant pourquoi je vous supplie de porter celle-ci pour moi ?

Il but une gorgée d'eau minérale, guettant un soutien qui ne vint pas.

— Il faut que vous le trouviez, monsieur Morane, vous entendez ? Un homme comme le professeur Exelmans ne se tait pas quand son vieil ami Iskander lui apporte ce qu'il attend depuis quarante ans. Vous habitez Paris, ce sera facile pour vous. Je peux vous dédommager.

Il froissait dans sa paume une poignée de billets flétris qu'il essaya maladroitement de fourrer dans la poche de Morane.

— Ne soyez pas ridicule, Mehmet. Les hommes changent. Votre ami a pu déménager.

Mehmet secoua la tête.

— Je lui ai écrit chez son éditeur. Les éditeurs connaissent les adresses. J'ai beaucoup publié, moi aussi, je sais comment cela se passe. On échappe à une femme, monsieur Morane, pas à un éditeur.

— Pourquoi moi, docteur ? Vous me connaissez à peine. Qui vous dit qu'arrivé à Paris je ne jetterai pas votre foutue enveloppe dans la première poubelle venue ?

Mehmet secoua la tête.

— Vous ne ferez pas ça. Pas vous. Un homme qui vient jusqu'à Istanbul pour fuir une femme ne se débarrasse pas d'une promesse dans une poubelle d'aéroport.

Morane eut un geste d'agacement. Soudain, l'humilité de Mehmet l'irritait, son entêtement sénile, cette conversation sans queue ni tête dans le bar glacial, aux tables décorées de petites lampes sourdes comme les tombes d'un cimetière oriental. Le pianiste bâclait avec mélancolie un pot-pourri de vieux succès, le scotch était tiède, un fond de migraine colonisait la racine de son occiput. Qu'avait-il à faire des gamineries de deux collégiens attardés qui jouaient à s'envoyer à travers l'Europe des messages codés d'amoureux transis ?

— Il y a autre chose, monsieur Morane. Un paquet. Quelque chose de si précieux que je donnerais dix années de ma vie pour être là quand le professeur Exelmans le découvrira.

— Un paquet ?

— Oh, rien de répréhensible, monsieur Morane, je vous supplie de me croire. Mais je suis citoyen turc, un membre éminent de l'Institut de sciences naturelles, je ne puis me permettre de prendre ce risque. Pas dans ma position. Croyez que ce n'est pas de gaieté de cœur, monsieur Morane. J'ai si souvent retourné le problème dans ma tête ces dernières semaines. Quand je vous ai vu, la nuit dernière, j'ai su qu'Allah vous envoyait.

— Recommandation flatteuse mais un peu risquée, docteur, convenez-en.

— Vous passerez la douane sans encombre, monsieur Morane. Vous êtes français, un touriste de qualité, si j'ose dire, un homme de ressources.

Il plongea dans le cartable, en sortit avec précaution un paquet oblong, enveloppé dans une triple épaisseur de toile beige recouverte de ruban adhésif. L'objet pouvait avoir une trentaine de centimètres et évoquait vaguement l'allure d'une momie miniature, étroitement saucissonnée dans son bandage plastifié.

— Voilà, dit-il en le déposant sur la table. L'aboutissement de toute ma vie. Vingt années de labeur, monsieur Morane, auxquelles j'ai tout sacrifié. Le professeur Exelmans doit savoir. Lui seul doit en prendre connaissance. Il jugera ce qu'il doit faire... Je ne vous demande rien d'illégal, je vous conjure de le croire : cet objet est sans valeur marchande. Il n'intéresse que la communauté scientifique. Considérez que vous rapportez à un ami très cher une... comment dites-vous... *curiosité locale,* rien de plus.

Il se tut, à court d'air brusquement, comme s'il réalisait soudain le caractère misérable des arguments qu'il avançait.

— Vous devez me faire confiance, répéta-t-il d'une voix exténuée.

Morane contempla sans répondre le petit cercueil de toile. La forme étrange du paquet, le mystère dont Mehmet l'entourait piquaient sa curiosité. Que risquait-il, après tout ? Mehmet n'était qu'un pauvre bonhomme inoffensif et un peu dérangé, un brave bougre blessé par la trahison d'une vieille amitié. Avec le silence d'Exelmans, c'était toute sa jeunesse qui faisait défection. Pour la reconquérir, Mehmet était prêt à lui porter le Graal sur un plateau. Et c'était Morane qu'il avait choisi.

— D'accord, docteur, dit-il enfin. Je vais faire ce que vous me demandez. Disons que ce sera en souvenir de Mustapha, de ses belles cousines et de toute sa fieffée famille.

Le petit homme parut ne pas comprendre. Il se tenait au bord de son fauteuil, tassé sur lui-même comme une baudruche dégonflée, fixant Morane de ses pupilles écarquillées. Sans ses protestations du début, Morane aurait juré qu'il était ivre.

— Docteur Mehmet ?

Mehmet sursauta. Sortant de sa torpeur, il se leva avec effort, agrippant la main de Morane à travers la table. Un instant, il la tint sans un mot, la serrant à la briser comme un homme qui se noie.

— Vraiment, vous acceptez ? J'ai attendu cet instant si longtemps... Comment vous remercier ?

— J'essaierai. Je ne vous promets rien de plus. Maintenant, laissez votre truc sur la table et foutez-moi le camp avant que je ne change d'avis.

— Vous réussirez, monsieur Morane, j'en suis sûr. Surtout, dites-le au professeur Exelmans : son ami Iskander lui envoie la preuve !

Il empoigna son cartable, fit quelques pas chancelants sur la moquette épaisse du bar avant de se retourner.

— Je m'en vais maintenant. Adieu, monsieur Morane. J'ai déjà trop abusé de votre patience. Vous avez ma carte, n'est-ce pas ?

— J'ai votre carte, docteur Mehmet. Partez tranquille.

Il hésitait devant la porte du bar, ne parvenant pas à se résoudre encore à son triomphe.

— Dieu vous le rendra, monsieur Morane. Si

j'osais me permettre... Croyez-en un vieil homme qui a beaucoup vécu, ajouta-t-il, pointant de l'index la griffure sur la pommette de Morane. Quand vous serez à Paris, faites la paix avec cette jeune fille.

Il pivota sur les talons et disparut, la serviette vide ballottant contre ses jambes tel un ballon dans un filet.

CHAPITRE 3

Journal de l'ingénieur-géographe Andréï Tchinenoff, service de cartographie des armées.

Octobre 1929. Région autonome de Karatchaï-Tcherkess.

Sixième jour de marche

Depuis que nous avons quitté Karatchaevsk, les difficultés de cette expédition m'apparaissent chaque jour davantage. Les cartes anciennes dont nous disposons se révèlent sur le terrain aussi peu fiables que des dessins d'enfant. Dans cette région tourmentée, creusée de vallées profondes, les relevés d'état-major dressent un tableau si lacunaire qu'il ne se passe pas une journée sans qu'il faille modifier l'ordre de marche. Déjà, nous ramenons dans nos cartons de quoi mobiliser une armée de géographes, et c'est à peine si nous avons quadrillé le centième du territoire que j'ai mission de reconnaître.

Hier, nous avons profité d'une éclaircie pour travailler six heures durant. Levés au théodolite, croquis, prélèvements géologiques nous ont conduits jusqu'à une heure avancée du soir. Au loin, la cime de l'Elbrouz émergeait d'une frange de nuages dorés, le ciel s'empourprait lentement, comme pour souligner de sa splendeur la vanité de nos efforts.

Le jeune Nichine, artiste-cartographe de 2e classe que m'a adjoint le commandement, était ému autant que moi. C'est un garçon roux aux yeux pâles, aux mains nerveuses de pianiste, qui occupe son temps libre à de minuscules aquarelles. Je lui enviai tout à coup ce talent. Délimiter les contours du monde connu, telle est la tâche du géographe : mais l'autre, le monde inconnu ?

Nous sommes rentrés sans un mot parmi les herbages. Dîner médiocre, durant lequel Ogul, en mauvais russe, a distrait les hommes de légendes locales. Esprit fruste et illettré, il croit aux génies des forêts et des lacs, à l'âme supérieure des animaux. Ce pan-démonisme naïf réjouirait l'ethnologue, et l'odeur de bouc qu'il répand, de plus en plus puissante de jour en jour, ne laisse pas de lui donner raison sur ce dernier chapitre.

Je me suis couché sans en entendre davantage.

Huitième jour de marche

Nous progressons depuis ce matin plus aisément. Des plateaux karstiques, nous sommes redescendus dans l'étroite vallée du Khoudess. Les eaux, grossies par les pluies des derniers jours, sont boueuses et glacées. Nous suivons un sentier escarpé, tracé le long des berges par le passage des troupeaux. Quelques cahutes de pierre et de branchages, les restes noircis d'un foyer, vestiges des transhumances de l'été, ce sont là les premières traces de présence humaine que nous rencontrons depuis que nous avons laissé derrière nous les villages du Kouban. Je m'en suis trouvé, je ne sais pourquoi, étrangement ragaillardi. D'après mes derniers calculs, nous devrions atteindre demain au plus tard les contreforts de l'Elbrouz.

La nature ici est plus riante. La steppe du plateau a laissé place à une forêt de chênes et, sans la pluie qui tombe continûment, nous pourrions regagner un peu de notre retard.

La marche des derniers jours a considérablement éprouvé la troupe. Le pied du pauvre Moissiev n'est plus qu'une plaie à vif. Si le moral du soldat tient à l'état de ses chaussures, celui de Moissiev est au plus bas : il a fallu tailler dans le cuir qui ne tient plus que par un bandage de fortune.

Les hommes ont profité de ce contretemps pour s'exercer au tir sur un cadavre de bouquetin, retenu au milieu du courant par un barrage de branchages. Le roulement des détonations, répercuté dans la vallée, a semblé une salve de triomphe saluant l'éclaircie. Quinze cartouches ont été ainsi brûlées en vain, mais il faut bien que les hommes s'amusent. Dieu seul sait ce que demain nous réserve.

CHAPITRE 4

Quand le taxi déposa Morane rue de Buci, il était près de minuit. Il pleuvait. Un camion de la voirie bloquait la chaussée, gyrophare en action, éclaboussant les façades d'une lueur d'incendie. Sur le trottoir, des hommes en combinaison fluorescente de cosmonautes manœuvraient des lances à eau. Morane régla sa course, forçant la portière d'un coup d'épaule avant de s'extirper de la voiture.

Il habitait au 5, un vieil immeuble à la pierre noircie, aux balcons rencognés, décorés de moulures 1900 et de fers forgés. Il remonta la rue sans hâte, respirant la fraîcheur humide de la nuit, conscient qu'il retardait l'instant de retrouver Jacqueline. Le café qui occupait l'angle de la rue était encore ouvert. Morane entra, acheta des cigarettes et un journal du soir. Les chaises s'empilaient le long du comptoir, des clients attardés buvaient un dernier blanc. Tout au fond, attablée devant un verre de bière, une fille en blouson de moto lisait un livre de poésie japonaise. Ses cheveux taillés en brosse étaient rouge sang, son oreille droite percée d'un bouquet d'épingles à nourrice.

Jacqueline, lorsqu'elle lisait, avait le même profil dur et concentré, nota-t-il en rempochant sa monnaie. Et sans qu'il sût pourquoi, son cœur se mit à battre plus vite.

Il avait rencontré Jacqueline par un glacial dimanche d'hiver, sur les quais. Elle portait un béret de velours vert, une écharpe assortie qui relevait la flamboyance de sa chevelure, un long manteau de gabardine au col relevé. Une rafale de vent avait jeté à terre son vélo appuyé contre un banc. Morane s'était précipité, ils avaient engagé la conversation, remontant lentement vers le Pont-au-Change dans le froid coupant de février. Il ne se souvenait plus qui avait proposé de boire un verre quelque part, ni de se retrouver pour déjeuner dans un restaurant de l'île Saint-Louis. Plus tard dans l'après-midi, comme on jouait un film qu'elle désirait voir :

— Ce n'est pas ce que j'ai le plus envie de faire avec vous, avait dit Morane.

Ils avaient couché ensemble ce premier jour dans la rue de Buci, le vélo de Jacqueline veillant auprès du lit comme une sentinelle maigre et noire. Elle travaillait à mi-temps à l'Institut du monde arabe, avait vingt-trois ans (quatorze de moins que Morane), achevait une thèse sur l'histoire ottomane.

Son corps était mince et délié, sa peau couverte de taches de son et le buisson roux de son ventre, quand il la déshabilla, flambait comme un incendie dans le pâle soleil du soir.

Les premiers temps, cette rousseur frémissante avait été le principal condiment de son attrait. Jacqueline avait la blancheur laiteuse et le menton provocant, une manière appliquée et surprise de faire l'amour qu'il n'avait encore jamais connue. Sa douceur était une forteresse où rien ne pouvait l'atteindre. Des trois mois qu'avait duré leur liaison, Morane se souvenait comme d'une longue suite de scènes par lesquelles il tentait d'échapper à l'emprise insidieuse de sa présence. En pure perte : chaque jour affirmait un peu plus la place qu'elle avait prise dans son existence. Enveloppée dans le feu de sa chevelure, elle résistait sans bruit, et le mystère de cette douceur était un foyer de lumière qui l'attirait et le menaçait dangereusement.

Il avait fui, prétextant un vague travail de repérage pour prendre du champ, retrouver son équilibre au lendemain d'une crise plus violente que les autres. Une dérobade. Une façon d'affirmer qu'il était toujours libre. Mais il s'en apercevait aujourd'hui : c'était à lui-même, non à Jacqueline, qu'il avait cherché à prouver son indépendance. Qu'il était encore vivant.

Maintenant, il revenait, et ce retour, il le savait, était une manière de capitulation.

Il chercha l'interrupteur, vérifia le contenu de sa boîte aux lettres avant de s'engager dans l'escalier en colimaçon. Sur le palier du cinquième, il s'arrêta, le sang battant aux tempes. Ses excès de la veille se rappelaient désagréablement à lui. En temps ordinaire, il pouvait grimper quatre à quatre les étages sans même être essoufflé. Il buvait trop depuis Jacqueline. Surtout, il supportait mal de boire. Autrefois, quand il soignait sa condition, il lui fallait plus qu'une nuit de beuverie pour le laisser à plat, le souffle court, la bile au fond de la bouche. Il ne se surveillait pas, bien au contraire, comme si les nuits blanches avaient fait partie d'un entraînement spécial, d'un programme bien rodé auquel il se soumettait, achevant de brûler le trop-plein d'énergie que lui laissaient encore les séances de musculation et la sensualité nerveuse des filles qui partageaient son lit.

Il vieillissait peut-être. S'amollissait. Il vida ses poumons, les côtes endolories, et s'engagea dans le couloir.

Il avait été stupide de laisser ses clefs à Jacqueline, pensa-t-il avec humeur. Il rentrait à l'improviste, il lui faudrait sonner à sa propre porte. Il aurait dû appeler du Péra, la prévenir de son retour. Elle l'aurait attendu.

La porte n'était pas fermée. Seulement poussée. Elle s'ouvrit dans un bâillement et il entra.

— Jacqueline ?

L'appartement était silencieux. Par les fenêtres sans rideaux, la lueur de la lune, froide et mouillée, agrandissait l'espace, en soulignant le dénuement. Il était de ceux qui n'habitaient jamais vraiment les lieux qu'ils occupaient. Jacqueline s'en était étonnée le premier jour : l'impression de faire l'amour dans un appartement que son propriétaire vient de quitter. « C'est drôle, avait-elle dit. On dirait que tu n'as pas emménagé. Même tes meubles n'ont pas l'air vrais. »

En quelques mois, elle avait peuplé les lieux d'une foule d'objets insignifiants, menus flacons, linge, bibelots décoratifs, comme pour lutter contre le vide dans lequel s'enfonçait leur liaison.

Maintenant, privé de ses affaires à elle, l'appartement semblait plus vaste, curieusement étranger. Il fit le tour des pièces, ouvrant chaque penderie, chaque tiroir. Dans la chambre, un peignoir jeté sur le fauteuil imitait la forme d'un corps endormi. Le lit n'avait pas été refait.

Il revint au salon, referma la porte d'entrée avant de se décider à allumer. Assis au bord du canapé, les mains entre les genoux, il resta un long moment sans bouger, parcourant des yeux les murs nus, les marques de cadre sur la peinture. Ses clefs étaient restées sur la table. Dans le cendrier, des cigarettes anglaises élégantes, au filtre bagué de rouge à lèvres.

Jacqueline était partie sans un mot d'explication, aussi subrepticement qu'elle était entrée dans la vie de Morane, emportant avec elle jusqu'au souvenir de sa présence. Seul flottait encore sur les draps ce parfum d'ambre et d'huître chaude qu'elle avait pendant l'amour, et dont la persistance sur ses doigts, dans l'avion qui l'emmenait vers Istanbul, l'avait fait frissonner, réveillant en lui un désir douloureux et déjà nostalgique.

Il refit le lit, effaçant méthodiquement les dernières traces. Quand il eut fini, il se prépara du café fort, mit un vieux disque de Coltrane sur la chaîne et alluma une cigarette. Il était près de trois heures du matin. Il ne dormirait pas.

Sur la tablette du salon, la touche de son répondeur clignotait. Il l'enclencha, écouta les messages défiler.

Mon chéri, je t'ai attendu dimanche. Pourquoi n'es-tu pas venu ? Je vais mieux, ne t'inquiète pas, un fond de grippe sans gravité. Sa mère avait toujours cette voix blanche au téléphone, une manière alarmiste de rassurer qui exaspérait Morane. En arrière-plan, il pouvait presque entendre le vide sépulcral de l'appartement de Versailles, aux parquets craquants comme du verre, aux fenêtres étouffées par le chintz et les bibelots.

C'est là qu'il avait passé son enfance jusqu'au départ de son père. Il avait dix ans. Après, sa mère était entrée dans la souffrance, lui dans la ronde des pensionnats, des collèges privés et des boîtes à bachot, luttant des poings pour sa survie, la détestant quand il rentrait aux vacances d'avoir fait de sa vie ce sacrifice inutile et digne.

Il trouva le message de Jacqueline tout à la fin, refit défiler la bande une seconde fois.

« Philippe. Je pars. Ne cherche pas à me joindre. Je ne t'écrirai pas. Il n'y a rien à expliquer. Je pars, voilà tout. Je ne veux plus qu'on se défende de moi, ni qu'on garde les yeux ouverts quand on m'embrasse. N'appelle pas. Il est six heures du soir, j'ai mal à la tête mais je ne suis pas triste. »

Dans la chambre, un réveil sonna, vrillant le silence. Il se leva pour l'éteindre, s'allongea dans la pénombre, les yeux grands ouverts. L'aube pointait à la fenêtre. Déjà, sous la verrière de l'imprimerie en contrebas, le bourdonnement des machines se faisait entendre.

Il ne l'avait manquée que de quelques heures. Celles peut-être où il conversait avec Mehmet dans le bar du Péra. Il aurait pu rentrer un jour plus tôt. Cela aurait-il changé quelque chose ?

Un instant, il revit la silhouette du vieil homme, ses gros yeux suppliants. Pauvre vieux fou sentimental. *Faites la paix avec cette jeune fille,* c'étaient ses propres mots, ceux d'un homme trahi lui aussi, et qui ne parvenait pas encore à faire la paix avec son propre passé.

Ne jamais laisser à un être le pouvoir de vous manquer, telle était pourtant la règle d'or. Une discipline militaire, apprise dans la solitude des collèges, et qui ne souffrait pas d'exception. Femmes, amis, Morane avait toujours pris soin de se garder des attachements durables. Qu'importait que la solitude en fût le prix : tout était préférable à la faiblesse de souffrir par un autre. Jusqu'à Jacqueline du moins. Quand il avait réalisé qu'il commençait à ne pouvoir se passer d'elle, il avait sauté dans l'avion d'Istanbul. Mais c'était Jacqueline qui l'avait quitté, et le poids de son absence le terrassait brusquement, couché dans l'appartement désert où elle n'avait laissé que le son déformé de sa voix et quelques cheveux roux sur les soies de la brosse.

Il se releva, réchauffa le reste de café et revint au salon. Dans l'entrée, son sac de voyage qu'il n'avait pas défait. Il l'ouvrit, en sortit l'épaisse enveloppe, le petit paquet de toile.

Le docteur turc avait eu raison. Le passage de la douane s'était effectué sans encombre, presque trop facilement. C'est à peine si l'on avait jeté un œil à son passeport, le privant du petit frisson nostalgique qu'il s'était promis en acceptant de jouer les passeurs pour le docteur Mehmet.

Il avait déjà traversé bien des frontières, effectué des transports plus compromettants du temps où il sillonnait l'Amérique latine pour le compte d'une vague Alliance pour le Développement culturel. Approché par l'attaché militaire, il avait fait des piges épisodiques pour les services du Renseignement extérieur, parcourant le continent sous le prétexte d'y implanter la première radio francophone. Plus tard, en journaliste indépendant, il avait arpenté quelques-uns des endroits les moins fréquentables du globe. Avant de s'embourgeoiser sous l'influence de Jacqueline jusqu'à ne plus accepter de destination qui l'éloignât d'elle de plus de quelques heures de vol, à écarter les lieux à risques. À se surprendre à la consulter avant d'accepter un reportage. Il avait eu beau lutter de toutes ses forces, trois mois avaient suffi à lui rogner les ailes.

Peut-être était-ce cela qui l'avait poussé à accepter le paquet de Mehmet : une promesse d'aventure, une tension qu'il n'avait plus éprouvée depuis longtemps. Une partie d'autant plus excitante qu'il ignorait tout de son enjeu — pour autant qu'il y avait derrière tout cela autre chose que les élucubrations d'un vieil homme hanté par le secret et la trahison.

Il commença par l'enveloppe. Une grosse enveloppe de papier kraft prélignée à l'encre bleue comme en utilisent les administrations. L'en-tête était rédigé en anglais : Académie des sciences d'Istanbul, section de paléographie. En dessous, le nom du destinataire, tracé en larges lettres appliquées, sans doute de la main de Mehmet. *Professeur Richard Exelmans, confidentiel. À ne remettre qu'en main propre.*

De la pointe de son canif, Morane entreprit de

décoller le cachet de cire qui fermait l'enveloppe. Un sceau grossier, artisanal, que l'on aurait dit fait à la bougie d'anniversaire. À l'intérieur, protégé d'un papier de soie, un cahier défraîchi à couverture de peau. Les pages étaient couvertes d'une fine écriture à la plume, compacte et sans marges, aux caractères inconnus de Morane. Du turc ? La graphie en était trop menue pour le savoir, étonnamment précise et régulière cependant comme des signes d'imprimerie.

Le papier, jaunâtre et raide, rappelait le mauvais papier recyclé des livres publiés durant la dernière guerre. Le cahier avait dû être conservé dans un endroit humide : certains passages du texte étaient devenus illisibles, attaqués par les champignons et la moisissure.

Renonçant pour l'instant à en apprendre davantage — il aurait fallu la patience de Jacqueline, sa connaissance des manuscrits anciens —, il prit le temps d'allumer une nouvelle cigarette avant de s'attaquer au petit colis de toile.

L'objet, quand il le prit, lui parut plus léger qu'au Péra. La toile en était tachée par endroits de marbrures rosâtres. De la pointe du couteau, il gratta délicatement un coin de la bande adhésive, le souleva en tâchant de ne rien déchirer. Mehmet s'était servi d'un épais ruban Nopi pour emballage industriel, trop robuste pour être décollé sans laisser de traces. C'était sans importance : Morane rafistolerait le tout à sa façon et son destinataire — s'il le trouvait jamais — n'y verrait que du feu.

Sa curiosité n'avait cessé de croître depuis l'instant où Mehmet avait tiré de sa sacoche son étrange trésor. De retour dans sa chambre du Péra, il avait tenu bon, se conformant aux consignes du docteur et endossant le handicap. Jouer à l'aveugle pimentait la partie : il passerait le paquet sans en connaître le contenu. Mais à présent, il avait rempli sa part du contrat. Il avait le droit de savoir quelle était la mise, et pour quelle *curiosité locale* — c'étaient les propres mots du docteur — il avait pris ces risques.

Il déballa l'objet avec précaution, se refusant encore à traduire ce que le contact de ses doigts lui disait. Par endroits, des sécrétions avaient collé le drap, formant des auréoles de vin pâlies. Seulement ce n'était pas du vin. Du sang plutôt, ou de la lymphe, un fluide corporel qui, en séchant, avait formé de petites croûtes friables.

— Bon Dieu, murmura-t-il tandis qu'un frisson lui parcourait l'échine. Qu'est-ce que c'est que ça ?

On aurait dit une main. Une main humaine, tranchée nette au poignet. Une main raidie, desséchée, couleur de cuir bouilli. Une main aux doigts épais, aux ongles jaunes et griffus, reposant sur le linge comme une énorme araignée écartelée.

Le cœur de Morane s'accéléra. La main était couverte d'une forêt de poils brunâtres, longs et raides comme des cheveux. Une toison drue et poisseuse qui évoquait le pelage synthétique des méchants singes en peluche qu'on trouve dans les bazars du Sud-Est asiatique.

Seulement il ne s'agissait pas d'une peluche : cette main avait appartenu à un être vivant. C'était la main d'un cadavre, froide et noueuse, qu'il avait devant lui.

CHAPITRE 5

Journal de l'ingénieur-géographe Andréï Tchinenoff, service de cartographie des armées.

Octobre 1929. Région autonome de Karatchaï-Tcherkess.

Matin du neuvième jour

Quelque chose a rôdé toute la nuit autour du campement. Ours ? Loup ? Sanglier ? Ils abondent dans ces montagnes mais craignent l'homme.

Vers quatre heures, Svechnikov, réveillé par l'homme de garde, est entré dans ma tente. Nous avons eu beau battre les fourrés à la lueur des torches, la bête ne s'est pas montrée. Il a fallu attendre le jour pour avoir la preuve que nous n'avions pas rêvé : paquetages éventrés, vivres répandus au pourtour du camp, branches cassées. Un sac de sel a disparu. Nous avons perdu deux heures à rassembler les chevaux dispersés.

Svechnikov penche pour un ours, attiré par les provisions et la blessure de Moissiev. À l'avenir, nous décidons de doubler la garde et de tenir en hauteur les denrées comestibles.

L'incident m'a troublé. Il n'a rien que de très attendu dans les contrées sauvages que nous traversons. Mais nous n'avions pas levé le camp depuis une heure qu'un deuxième incident, s'ajoutant à celui de la nuit, est venu donner raison à mon inquiétude.

Ogul, parti en éclaireur le long d'une gorge étroite, nous a rejoints au comble de l'excitation. Nous l'avons suivi jusqu'à une petite crique naturelle, surplombée de roches sombres et humides. Là, à demi enfouie sous la mousse et les pierres, se trouvait dissimulée la dépouille d'un gros animal. Malgré son état de décomposition avancé, la hargne des charognards qui s'étaient acharnés sur elle, nous reconnûmes sans doute possible le cadavre truffé de plomb du bouquetin qui avait servi de cible aux hommes la veille.

Quel prédateur assez puissant a pu le tirer ainsi, à une journée de marche en amont de l'endroit où nous l'avons laissé ? J'ai décidé, en accord avec Svechnikov, de taire aux hommes cette détestable découverte.

Dixième jour

Nuit calme. Laissant derrière nous les gorges du Khoudess, nous nous enfonçons dans une forêt clairsemée de chênes et d'acacias. Les précipitations des derniers jours ont rendu le sol spongieux et glissant. De grandes bruyères tapissent les sous-bois, refuges des daims, des léopards et d'une infinie variété d'oiseaux qui accompagnent notre progression de leurs trilles. Nous passons sans transition de l'ombre des taillis à de larges clairières inondées de soleil où pullulent par milliers de minuscules papillons blancs.

Dispute avec Ogul, qui réclame plus d'argent pour continuer. Ses fables abracadabrantes l'entourent aux yeux de la troupe d'une aura de crainte et de superstition. Svechnikov s'est montré intraitable : cris, bouderie, disputes, interrompus soudain par un fracas de branches. Sur la pente, à l'abri d'un épais entrelacs de ronces, quelque animal sans doute attiré par l'éclat de nos jérémiades nous observait avec curiosité.

Se voyant découvert, il a déguerpi, ne me laissant distinguer qu'une forme massive et sombre, trapue comme celle d'un ours ou d'un gros cervidé.

Les hommes partis à sa poursuite sont rentrés bredouilles mais enchantés de cette diversion. La bête a disparu avec une vélocité insoupçonnable chez un spécimen de cette taille, ne laissant derrière elle qu'une puissante odeur de charogne et quelques poils brunâtres, longs et poisseux, restés accrochés au roncier.

Ogul s'est empressé de se répandre en calembredaines sur quelque créature sauvage des montagnes : ce serait elle qui rôde la nuit autour de notre bivouac et aurait transporté le long du lit de la rivière le malheureux bouquetin d'hier. Svechnikov a coupé sèchement court à ses divagations : elles inquiètent les hommes, nourrissent d'interminables supputations et favorisent chez les plus faibles ce mal du pays qui, plus que toute autre chose, est à craindre dans une expédition comme la nôtre.

Il n'empêche. Ce soir, le bivouac ressemble à un camp de nomades. Nos vêtements, suspendus à des cannes, forment autour du feu un cercle de fantômes qui tremblent à la brise. Demain, nous aurons des vêtements secs à nous mettre sur le dos. Nouvelle partie contre Svechnikov, vite perdue. Je n'ai pas la tête au jeu. Je prends le premier tour de garde dans la nuit bruissante, en proie à une étrange excitation malgré la fatigue. Impression de sentir mon esprit flotter au-dessus de mon corps. Des loups se répondent à travers les collines. Impression de liberté rare au sein de cette nature sauvage, mêlée d'une trouble appréhension. Sur un tertre plus haut, Ogul a trouvé refuge dans une anfractuosité de roche. Il dort loin de la troupe comme à l'accoutumée, roulé dans sa cape de laine.

Je ne puis m'empêcher d'admirer ses habitudes de solitude. En lui, l'homme élémentaire cohabite avec le paysan madré, la cupidité la plus rare avec une foi naïve dans l'existence d'une faune surnaturelle qui hante ces lieux depuis les premiers âges. Moitié bête, moitié esprit, elle accompagne chacun de nos pas, nous entourant d'une présence invisible et mystérieuse, nous tolérant sur ces territoires où, nous autres hommes, ne faisons que passer.

Naturellement, la raison se révolte contre semblables fantasmagories, dignes de ces terres reculées où la pensée n'a guère progressé depuis la préhistoire. Et cependant, comment ne pas être troublé par les événements des derniers jours ? La rencontre de cet après-midi en fait foi : quelque chose, homme ou bête, nous suit depuis que nous avons quitté le plateau. Une présence discrète mais tenace, trop indéterminée encore pour trouver sa place dans nos modestes catégories scientifiques, mais suffisamment familière pour ne pas effaroucher les frustes chevaux de montagne qui nous servent de monture, ni contraindre Ogul à rechercher la protection de la troupe.

Sans doute suis-je victime moi aussi des contes à dormir debout d'Ogul. Plus habitué aux salles des cartes et aux bibliothèques qu'aux grands espaces, je n'ai pas les sens rassis de Svechnikov, ni son imagination étroite, bridée aux seules nécessités du service. Il dort à l'heure qu'il est d'un sommeil de brute. Je ferais mieux de l'imiter. Demain, nous abordons la montagne.

CHAPITRE 6

La librairie se trouvait dans une rue tranquille du VIᵉ arrondissement. Il avait dû passer devant des centaines de fois sans la remarquer. Le bâtiment, discret, presque confidentiel, offrait un curieux mélange de respectabilité et de crasse, entre la vieille maison de tradition et l'officine pour public spécialisé. Dans la vitrine étroite, une poignée d'ouvrages ésotériques côtoyait des encyclopédies culinaires et des flores régionales, protégés du pâle soleil de printemps par un film de plastique jaune.

Morane poussa la porte, déclenchant la pluie cristalline d'un petit carillon tibétain. Il n'y avait guère de monde dans la boutique, hormis un client à long nez, un sac de cuir en bandoulière, qui se tenait absorbé dans la lecture d'un opuscule grisâtre. Le bruit du carillon le fit sursauter. Il replaça dans le bac le livre qu'il consultait et sortit à grandes enjambées, non sans jeter sur Morane un regard de peureuse suspicion.

Les éditions Debrooker occupaient le premier étage de la boutique. La pièce étroite dans laquelle on le fit entrer sentait la pipe et le vieux linoléum. Des rayonnages de livres montaient jusqu'au plafond, sur le bureau brûlait une lampe à abat-jour de cuivre. Le long du fauteuil, comme à portée de main, s'appuyait un lourd sac de golf hérissé de clubs. La fenêtre était ouverte, révélant le puits d'une cour intérieure, un mur de brique noirâtre qu'éclairait le vert intense d'un espalier de vigne vierge.

— Monsieur Morane. Asseyez-vous, je vous en prie. Enchanté de faire votre connaissance.

Morane serra la main qu'on lui tendait. Une poigne large, protestante et douce, qui sentait le savon et la manucure. Debrooker portait la barbe rase, une chevelure poivre et sel, un gilet de soie citron et de coûteuses chaussures faites sur mesure.

— J'ai lu vos reportages ici et là. Vous avez du style, indubitablement. Peu orthodoxe, mais de l'énergie. Si vous me permettez l'expression, vous écrivez comme on boxe, monsieur Morane.

— Au grand désespoir de mes maîtres, je le crains.

— Thé, café ? Rien, vous êtes sûr ? Dites-moi : que puis-je faire pour vous ?

Debrooker avait la cinquantaine florissante, un costume de velours bronze soigneusement avachi, des manières distinguées et molles d'intellectuel. Il chassa un grain de tabac sur le cuir de son sous-main, le roula entre le pouce et l'index avant de s'en débarrasser dans la corbeille d'un geste dégoûté.

— Je cherche à rencontrer l'un de vos auteurs. Le professeur Exelmans. Richard Exelmans.

— Exelmans ? Ce nom me dit quelque chose, en effet. Ce devait être du temps de mon père... Vous permettez ? J'appelle Alice, ma secrétaire. C'est la mémoire vivante de cette maison.

— Je vous en prie.

— Exelmans, Exelmans, répéta Debrooker, enfonçant d'un ongle soigné la touche d'un minuscule interphone. J'ai dû le croiser une ou deux fois ici même, dans le courant des années 70. Il dirigeait l'une de nos collections. Un grand type, plutôt fort en gueule si mes souvenirs sont exacts... Alice ? Mon chou, trouvez-moi au plus vite ce que nous avons sur un certain Exelmans, Richard de son prénom...

Il coupa l'interphone, surveillant l'extinction du voyant lumineux avec le plaisir d'un enfant manipulant un nouveau jouet.

— Je vous demande quelques minutes de patience, cher ami. Mais dites-moi : pourquoi cet intérêt pour un auteur ma foi bien passé de mode ? Vous nous préparez un article ?

— En quelque sorte. Les recherches préliminaires, dit Morane sans plus s'avancer. Cigarette ?

— Merci. Je prendrai ma pipe si cela ne vous dérange pas.

Un instant, les deux hommes se turent, rassemblés dans la complicité muette du tabac. Debrooker bourrait sa pipe à petits gestes méthodiques, comme si le sort du monde en eût dépendu. Bientôt la pièce s'emplit d'une douceâtre odeur de griotte et de goudron.

On gratta à la porte.

— Ah ! Alice, mon chou. Entrez. Je vous présente Philippe Morane. Monsieur Morane, ma collaboratrice, Alice Grynstjan.

Morane s'inclina, notant le regard inquiet d'oiseau qu'elle jetait sur lui. Quel âge pouvait-elle avoir ? Elle était étrangement fagotée, d'un ensemble en laine mauve et sans formes. Ses cheveux, noués en un chignon serré, semblaient tirer vers les tempes la peau de ses joues, lui donnant l'aspect lisse et légèrement couperosé d'un visage de bébé.

— Mon père a fondé cette maison en 1947, dit Debrooker. Alice a commencé ici comme standardiste. Aujourd'hui, rien de ce qui se fait ici ne lui échappe : manuscrits, comptabilité, service de presse, fabrication... Je ne sais pas ce que je deviendrais sans elle.

— Pardon, Gérald, mais je ne peux laisser le magasin trop longtemps. Je vous ai apporté tout ce que j'ai trouvé aux archives.

Elle tendit à Debrooker une mince liasse de feuillets épinglés d'un trombone. Il se rejeta dans son fauteuil, chaussa une paire d'élégantes lunettes demi-lune, le nez en équilibre sur la pointe de ses doigts joints, accompagnant sa lecture de petits nuages de fumée odorante.

— Voyons ce que nous avons... *Gibbons et singes d'Afrique,* 1965, épuisé... *Dans les jungles de Bornéo,* 1969, épuisé... *Essai de primatologie comparée,* 1970... Grand Dieu. Je me demande vraiment pourquoi nous gardons ça au catalogue.

Il ôta ses lunettes, pinçant l'arête de son nez avec une grimace douloureuse.

— Pardon de vous paraître si brutal, monsieur Morane. À part quelques vieilles barbes de l'Institut, qui peut s'intéresser encore à ce pensum ?

— J'ai écrit au professeur Exelmans à vos bons soins. Apparemment, il n'a jamais reçu mes lettres. Se pourrait-il qu'il ait changé d'adresse sans que vous en ayez eu connaissance ?

Debrooker se tourna vers la secrétaire.

— D'ordinaire nous utilisons des étiquettes préimprimées pour faire suivre le courrier, expliqua-t-elle d'un ton légèrement agressif. Il se peut à vrai dire qu'elles ne soient pas tout à fait à jour. Mais je n'ai pas souvenir d'avoir reçu quoi que ce soit pour le professeur Exelmans ces derniers temps.

— On peut se fier à la mémoire d'Alice, dit Debrooker. De quand date votre courrier, monsieur Morane ?

— Quelques mois tout au plus.

— Alors notre petit mystère est résolu. Alice nous a fait une mauvaise grippe cet hiver et j'ai dû engager une jeune stagiaire pour la remplacer. C'est elle qui se sera trompée sans doute. Mais il faut pardonner au zèle quand il est si charmant, n'est-ce pas ?

Il rit complaisamment, comme s'il venait d'exhiber quelque petit talent de société cocasse et savoureux.

— C'est sans importance. Pardonnez-moi d'insister, mais pensez-vous que je puisse obtenir la dernière adresse du professeur auprès de votre comptabilité ? J'imagine que vous lui versez encore des droits, même sur un ouvrage aussi ancien.

— En théorie, oui. Nos comptes sont arrêtés en février de chaque année, à charge pour les auteurs de réclamer leur dû. Vous permettez ?

Humectant son pouce, il parcourut le dossier Exelmans avant d'en extraire une fiche cartonnée.

— Voilà. Selon le dernier relevé, les comptes du professeur présentent un solde positif de 8 647 francs, représentant l'exploitation de son ouvrage sur les douze dernières années.

— Ce qui signifie ?

— Que depuis douze ans votre Exelmans prend les éditions Debrooker pour une Caisse d'Épargne.

Morane sourit poliment.

— Vous voulez dire qu'il n'a rien réclamé durant toutes ces années ?

— Exactement.

— S'il était mort, ses héritiers n'auraient pas manqué de se manifester, je suppose.

Debrooker haussa les épaules en soupirant :

— Sauf à penser qu'il n'ait laissé ni enfants, ni femme, ni maîtresse éplorée — ce qui, tel que j'ai pu entrevoir le personnage, me paraît bien improbable... Écoutez : si je puis me permettre un conseil, monsieur Morane, orientez plutôt vos recherches du côté des maisons de retraite.

— Vous avez sans doute raison.

— En attendant, voici la dernière adresse connue du professeur. C'est tout ce que je puis faire pour vous, je le crains.

Alice coula vers Morane un regard en biais. La vieille demoiselle était la vraie gardienne du Temple, veillant sur le secret de sa maison avec une âpreté jalouse. Il se tourna vers elle :

— Pardonnez mon indiscrétion, Alice, mais avant que vous ne veniez si obligeamment à notre secours, M. Debrooker me parlait d'une collection dirigée par le professeur Exelmans. Vous rappelez-vous de quoi il s'agissait ?

Elle hésita.

— Cela remonte à si longtemps... Fin 68, si je ne me trompe. Gérald n'était pas encore là. (Il était clair, dans sa bouche, qu'il n'y avait qu'un M. Debrooker, et que son fils, quoi qu'il advienne, resterait à jamais *Gérald*.) M. Debrooker avait trouvé lui-même le nom de la collection : *Animalia*. À ma connaissance, elle n'a compté que trois titres : un essai sur le cœlacanthe dont j'ai oublié l'auteur, *Monstres et serpents de mer* — une traduction du norvégien —, et une monographie sur le mythe de la licorne à travers les âges.

— Avez-vous une idée de ce qui a pu conduire M. Debrooker à l'interrompre si vite ?

— Difficile à dire. Je crois qu'ils ont eu quelques divergences de points de vue. Le professeur Exelmans avait un caractère... disons : spécial. M. Debrooker avait beau être la crème des hommes, j'ai été témoin de certaines scènes... Le manuscrit du professeur n'a été qu'un prétexte, à mon avis.

— Le manuscrit ?

— Oh, un gros ouvrage que le professeur voulait à tout prix publier. Je crois que leur divorce a été scellé ce jour-là. Le professeur en a fait une affaire de principe.

— Je vois.

— Quoi qu'il en soit, le professeur a publié son manuscrit ailleurs l'année suivante. Je vous avoue que je ne l'ai pas lu. Je ne sais rien de plus, sinon qu'il n'a pas porté chance à son nouvel éditeur : la maison a fait faillite quelques mois plus tard. Vous trouverez peut-être encore de son stock chez les soldeurs des quais.

— Vous souvenez-vous du nom de cet éditeur ?

Alice secoua la tête.

— Navrée, monsieur Morane. Je crois qu'il s'agissait d'une de ces maisons spécialisées dans les ouvrages, disons... confidentiels. La numérologie, la vie extraterrestre et toutes ces sornettes. Le genre de choses que M. Debrooker aurait jeté au panier sans hésiter. Pauvre professeur. Je le connaissais mal, mais il méritait mieux que ça. C'était un savant, monsieur Morane, un homme de valeur, pas l'un de ces illuminés qui... Pardon de ne pouvoir vous aider davantage.

— Vous m'avez déjà beaucoup aidé, dit Morane en se levant. Vous êtes une femme précieuse, Alice.

Il était inutile de prolonger l'entretien. Il n'en apprendrait pas plus. Depuis quelques instants déjà, Debrooker s'était désintéressé de la conversation, étouffant de discrets bâillements derrière le dos de sa main.

— Merci de m'avoir reçu, monsieur Debrooker. Vous êtes un homme très occupé. Ne vous dérangez pas, je trouverai le chemin tout seul.

L'éditeur semblait n'attendre que ça pour jaillir de son fauteuil.

— Je vous raccompagne, cher ami, je vous raccompagne. Je finis par m'ankyloser à rester assis toute la journée. Vous jouez au golf, monsieur Morane ?

Dans l'escalier, il saisit son visiteur par le bras :

— Sincèrement, mon vieux : pourquoi cherchez-vous cette baderne d'Exelmans ? Du flan, votre histoire d'article. Le vieux chimpanzé est fini, liquidé, si vous voulez mon avis. Vous avez vu comme Alice rougissait en parlant de lui ? Difficile à croire, Morane, mais elle a été sa maîtresse dans le temps. C'est ce que l'on disait du moins à l'époque. Le vieux chimpanzé et la Vestale... Épatant, non ?

CHAPITRE 7

Le pavillon de Jouy-en-Josas faisait partie d'un lotissement de maisons neuves, imbriquées les unes dans les autres dans un désordre de jeu de construction. À l'entrée, un panneau publicitaire informait le visiteur de l'achèvement prochain de la dernière tranche. On y voyait de vastes allées fleuries, des enfants à vélo, de luxueuses voitures pour cadres modèles parquées sous des ombrages imaginaires.

Pour l'heure, la résidence ressemblait encore à un chantier en construction. Les premiers lots ne devaient pas être occupés depuis longtemps. Des jardinets terreux en occupaient le devant, à peine plus larges que des places de parking. Hors quelques portiques de jeu, des tourniquets à linge, rien n'avait eu le temps d'y pousser. Derrière les grillages, des ifs nains et squelettiques patientaient comme des écoliers en punition.

Le pavillon que cherchait Morane occupait le fond de l'impasse. Il s'approcha du portail, vérifia le nom gravé au Rotor-Print sur le couvercle de la boîte aux lettres. La sonnette n'avait pas encore été posée et une gerbe de fils électriques s'échappait du ciment nu.

Poussant le portail, il s'avançait dans le jardin lorsqu'un cocker hirsute déboula du fond de la pelouse pour se jeter dans ses jambes.

— Tout beau mon vieux, tout beau.

Le chien tournait autour de lui, grondant et battant de la queue. La sale bête, jura Morane en protégeant ses pantalons. Décidément, il détestait les animaux.

— Il veut que vous lui lanciez la balle.

— Pardon ?

— Là, derrière vous.

La balle avait l'allure d'une pomme blette, un jouet de caoutchouc aplati et gluant. Morane s'en débarrassa le plus loin qu'il put, s'essuyant les doigts avant de serrer la main qu'on lui tendait.

— Morane. Philippe Morane.

— Il faut l'excuser. Il est très joueur.

La femme pouvait avoir la trentaine. Un visage rond et privé de menton, des yeux pâles sous un casque de bouclettes mal entretenu. Elle portait un grand tee-shirt, un caleçon de coton qui pochait aux genoux, les pieds nus dans des mules en tapisserie. Une écharpe élastique lui sanglait la taille, projetant en avant un ventre distendu par une grossesse déjà très avancée.

— C'est pour lui que nous avons pris le pavillon. Vous avez des animaux, monsieur Mortagne ?

— Morane. Non, malheureusement. Ma femme ne peut pas en avoir.

— Je pense que c'est un crime de les élever en appartement, n'est-ce pas, Bijou ? Il est tellement plus heureux avec tout cet espace autour de lui.

Le chien avait déposé son trophée aux pieds de Morane, tortillant de la queue de manière obscène.

— Vous venez pour la machine ?

— Pas précisément. J'espérais rencontrer M. Exelmans.

— C'est embêtant. Je veux dire, que vous ne veniez pas pour la machine. J'ai appelé le service après-vente, ils devaient m'envoyer quelqu'un. Seulement, ils ne disent jamais quand, comme si je n'avais rien d'autre à faire que de les attendre toute la journée.

Elle soupira, cambrant les reins tandis que le chien jappait de plus belle.

— Mon mari ne devrait plus tarder. Vous n'avez qu'à entrer pour l'attendre. Non, Bijou, mon chéri, toi, tu restes dehors.

Elle le précéda à travers une entrée minuscule encombrée d'outils pour le jardin et de cartons de couches, se dandinant à la manière des femmes enceintes, les mules claquant mollement sur le carrelage.

— Ça ne vous ennuie pas si je continue mon repassage ? Asseyez-vous là, je vous fais de la place.

Elle débarrassa un coin du canapé du tas de linge qui l'occupait, s'accroupit avec difficulté pour brancher la prise de son fer à la rallonge qui courait à travers la pièce.

Il y avait trop peu de meubles pour la taille du living, comme s'ils n'avaient pas emménagé tout à fait. Le canapé sous sa housse, deux fauteuils dépareillés, un bahut ancien et prétentieux décoré d'assiettes peintes. Le panier de Bijou trônait au milieu, sur une vieille couverture déchirée. Derrière la jeune femme, un énorme téléviseur à coins carrés marchait en sourdine, projetant par instants un bombardement d'images démultipliées dans les verres de ses lunettes. La lumière rentrait à flots par les portes-fenêtres, éclairant d'un jour trop cru la médiocrité de cet intérieur. L'intérieur d'un couple qui débute, bien loin de celui qu'il s'était figuré pour le vieux professeur.

L'adresse communiquée par Debrooker n'avait rien donné, comme Morane s'y attendait. Au 10, avenue Sudaine, on ne connaissait plus de Richard Exelmans. Il avait fait halte au bureau de poste du quartier.

À *Exelmans, Paris,* le Minitel donnait plus de vingt réponses : hôtels, boucheries en gros, pressings, self-services, comptoirs bancaires, tous situés sur le boulevard du même nom. Il avait élargi la recherche au département, sans plus de succès. Il n'y avait aucune raison de penser que le professeur, après toutes ces années, habitât encore la région parisienne. Il demanda les communes limitrophes, par acquit de conscience.

C'est ainsi qu'il l'avait trouvé : Richard Exelmans, Jouy-en-Josas, Yvelines. Il avait pris un taxi, le train, n'avait pas téléphoné. Et maintenant il écoutait la jeune femme bavarder, ses cheveux collés par la vapeur du fer.

— Excusez pour le désordre, monsieur Mortagne, mais il ne me dit jamais quand il invite des gens. Je m'appelle Rachel. Vous n'êtes pas le monsieur du crédit, au moins ?

— Rassurez-vous. Seulement un ami d'un ami.

— Parce que mon mari leur a dit, à la banque : ils sont toujours d'accord pour prêter quand ça va bien, mais à la première difficulté ils n'hésiteraient pas une seconde à jeter à la rue une femme qui va accoucher.

Les aboiements hystériques de Bijou retentirent dans le jardin, épargnant à Morane le soin de répondre. Une voiture venait de s'arrêter devant le pavillon. Le portail grinça, des pas retentirent sur le ciment de l'allée. La porte d'entrée claqua et le chien fit irruption à l'intérieur, déposant entre les cuisses de Morane son jouet ruisselant.

— Bon Dieu, Rachel, combien de fois faudra-t-il

que je te dise d'empêcher ce foutu animal de chier dans mes massifs ?

L'homme était grand, près d'un mètre quatre-vingt-dix, un physique anguleux empâté par la mauvaise nourriture, l'air renfrogné des hommes précocement chauves. En découvrant Morane, il s'immobilisa, l'attaché-case à la main.

— Ton ami M. Mortagne est ici, Richard, dit Rachel sans se troubler.

— À vrai dire, corrigea Morane, je crains qu'il ne s'agisse d'une méprise. Le Richard Exelmans que je cherche doit avoir plus de soixante ans.

— Soixante-sept, dit l'homme. C'est mon père.

Il serra lugubrement la main de Morane, lui confiant ses doigts comme s'il eût craint d'attraper quelque virus contagieux.

— J'ai trouvé votre adresse sur l'annuaire, expliqua Morane. Vous portez le même prénom que votre père ?

— Je pense que tu pourrais te dispenser de repasser tes culottes devant nos visiteurs, Rachel, dit Exelmans en jetant sa mallette sur un fauteuil.

Puis, se tournant vers Morane :

— Rien d'étonnant si vous le connaissez. Monsieur... ?

— Morane.

— La seule chose qui ait jamais compté dans la vie de mon père, monsieur Morane, c'est lui-même. Je suppose qu'il voulait se donner la satisfaction de se prolonger à travers moi. Les fils servent à ça, non ?

— Peut-être. Je n'ai pas beaucoup connu mon père.

— Alors vous avez beaucoup de chance, monsieur Morane. Je peux vous offrir quelque chose à boire ? J'ai eu une journée épuisante.

— Les gens de la machine ne sont pas venus, dit Rachel. Tu es passé à la banque ?

— Je suis désolé, il n'y a plus grand-chose à boire : Rachel fait les courses le vendredi. Un peu de glace ?

— Merci.

Il emplit deux verres, défit sa cravate avant de s'effondrer sur le canapé.

— Santé, fit-il lugubrement en levant son verre à destination de Morane. Foutue journée. Vous ne cherchez pas à acheter une voiture, par hasard ? J'ai tout ce qu'il faut sous la main en ce moment. Je paye et vous l'emportez.

Ses épaules s'agitèrent sans bruit, faisant craquer sous lui le châssis du fauteuil.

— Je suis dans l'automobile. En fait, vous avez de la chance de me trouver au nid si tôt : un type qui a décommandé son rendez-vous. Les affaires, monsieur Morane. Difficile en ce moment. Avec ce pavillon sur les bras, les traites, Rachel qui attend son bébé, pas le temps de chômer, vous pouvez me croire... Ainsi, vous êtes un ami de mon père ? J'ignorais que le vieux en avait encore.

— Pas personnellement. Disons que je cherche à rendre service à quelqu'un.

— Le vieux aurait fait des dettes ? Écoute ça, Rachel : le vieux a le fisc aux fesses.

Il eut une nouvelle quinte, un rire silencieux qui secouait ses joues molles. Ses yeux sans vie étaient rouges et congestionnés, comme noyés dans une eau trouble. Des yeux de diabétique, songea Morane.

— Parlez-moi de lui, monsieur Exelmans.

— Je ne suis pas certain que vous ayez frappé à la bonne porte, monsieur Morane. Je n'ai pas vu mon père depuis plus de dix ans. À l'heure qu'il est, j'ignore totalement où il se trouve, ce qu'il fait, ni même s'il est encore vivant. Dix ans, monsieur Morane. C'est ce qu'il m'a fallu pour me débarrasser de la statue du Commandeur.

— Mon père m'a eu à près de trente ans, dit Exelmans un peu plus tard.

Ils en étaient à leur deuxième verre et ses joues avivées par l'alcool avaient pris une teinte plus sombre, un peu plombée.

— Est-ce que vous avez des enfants, monsieur Morane ? Rachel doit accoucher le mois prochain d'une petite fille. Quelquefois, je me regarde dans la glace et je vois mon père à l'âge où je suis né... Vous voyez ce que je veux dire ? Pas qu'on se ressemble vraiment, notez bien : le nez, la taille, quelque chose dans la mâchoire. Le moule, quoi. Moi aussi, je vais avoir un enfant et voilà que je me mets à le reconnaître le matin quand je me rase, comme s'il me regardait à travers la mousse.

Rachel avait fini son repassage. Assise sur le canapé, elle avait posé un coussin sur son ventre, les yeux dans le vague, faisant tourner en silence son alliance sur son doigt. Elle avait de belles mains, des mains nerveuses et fines que la grossesse avait curieusement épargnées, dessinant sous la peau transparente un réseau de veines fragiles et bleutées.

— Je crois qu'il n'a jamais supporté ça. Je veux dire : avoir un fils à trente ans. Il partait, toujours en vadrouille quelque part, un jour ici, l'autre là, dormait trois jours de suite quand il rentrait. Un gosse, ça braille, ça demande, ça fait ses besoins n'importe où, pas vrai, Bijou ? Vous savez jusqu'à quel âge j'ai fait pipi au lit, mon vieux ?

— Richard, tu vois bien que tu ennuies le monsieur.

— Je vais vous dire : à part ses fichus bouquins — des pièces pleines, Morane, on marchait dessus, sans blague —, il aurait pu vivre des mois avec la même chemise, un bout de savon et une boîte de haricots. Rien que des trucs qui pouvaient tenir dans un sac à dos. Tout ce qui dépassait l'emmerdait. Il voulait être prêt, tout le temps — prêt à quoi, je serais bien infoutu de vous le dire, mais c'était comme ça... Si vous l'aviez vu avant chaque départ, tout son matériel étalé sur le lit, en rangées bien alignées... Le vieux maniaque. Il s'enfermait tout seul pendant des heures, et gare à celui qui aurait voulu entrer et mettre le bordel avec sa petite main là-dedans. Sa famille, il la transportait sur son dos, pas besoin de nous. Quand il avait fini, il me faisait appeler. Je crois que c'est ce dont j'avais le plus horreur : sa façon de chahuter, de me lancer vers le plafond ou de me pendre par un pied dans ses grosses pognes par-dessus la rambarde du balcon. Un vrai gosse, monsieur Morane. On aurait dit qu'il s'en donnait pour toutes les semaines où il ne serait pas là. Je gueulais, naturellement, ma mère aussi, alors il finissait par me poser à terre, me tapotait la joue, une sorte de bénédiction, vous voyez, avant de se barrer noblement dans un putain de taxi sans même lever la main.

Il avala une gorgée de gin, à nouveau secoué de ce petit rire silencieux qui faisait voler le poil de ses narines.

— Il m'a bousillé pour le restant de mes jours, Morane : impossible de monter sur une échelle, même pour les papiers peints. Il paraît que c'est psychologique, un truc avec l'oreille interne. Moi, j'ai plutôt l'impression que j'ai les couilles qui me remontent dans les amygdales. Vous connaissez le vertige, Morane ? Le vrai, celui qui vous met les jambes en coton ?

— Pour en revenir à votre père, à ses expéditions : savez-vous où il partait, s'il est jamais allé en Turquie par exemple ?

— Je vous l'ai dit : le vieux a roulé sa bosse dans tous les coins de la planète, les plus pourris de préférence. Bornéo, Ghana, Tibet, Népal, des coins inimaginables où même les nègres ne vont pas, Morane, juste les moustiques et le ténia, des araignées grosses comme le poing et des putains de crocodiles. Vous envoyez une carte postale, pas la peine de mouiller le timbre tellement c'est humide, hein, vous voyez le genre ? Trente jours de marche pour trouver une boîte aux lettres. Alors la Turquie... Il y a des singes en Turquie, Rachel ? À quoi ça sert alors que tu regardes la télé toute la bon Dieu de journée ?

— Arrête de boire, Richard, tu sais bien que ça te fait mal.

— J'accompagne M. Morane, Rachel, on parle gentiment. Foutue journée, pas vrai, Bijou ?

Le chien s'éjecta d'un bond de son panier, dérapant sur le carrelage luisant pour venir poser sa truffe sur l'entrejambe de son maître, les yeux mi-clos, un reste de croûtes séchées perlant à l'angle des paupières.

— Tu lui as acheté son collyre, Rachel ? Le toubib a dit six fois par jour, toutes les trois heures comme les biberons. Si ce chien devient aveugle, Rachel...

Il se tourna vers Morane :

— Vous aimez les chiens, mon vieux ? Mon père, c'étaient les singes. Une sorte de spécialiste. J'ai tous les bouquins là-haut. J'étais gosse, chaque fois qu'il en sortait un nouveau, on aurait dit qu'il m'offrait les Tables de la Loi, des pavés qu'aucun gosse normal n'aurait l'idée de regarder, genre encyclopédie, mais sans les images. Je ne sais pas, il aurait voulu un fils qui réussisse à l'école, pas un cancre comme moi, incapable d'aligner trois mots sans fautes ou de savoir mes tables. Un petit jeune homme propret à cravate, qui rafle tous les prix, vous voyez ce que je veux dire ?

Un instant, il s'abîma dans son verre, l'œil écarquillé comme s'il eût cherché une mouche au fond.

— Je me rappelle, un jour, pour le spectacle de fin d'année... C'était la première fois qu'il venait. Il s'était mis sur son trente et un, la raie au milieu, nœud pap et tout, et moi je devais monter sur l'estrade réciter un truc, un petit poème de gosse. Je me souviens, il était au premier rang avec ma mère, très droit comme s'il avait avalé son parapluie, et là, plus rien, le trou, pas foutu d'ouvrir seulement la bouche... On est rentrés à pied, lui devant sans dire un mot, moi derrière avec ma mère, courant presque tellement il marchait vite. Ç'a été la seule fois, Morane. J'aurais préféré qu'il m'engueule un bon coup, là, dans la rue, ç'aurait pas été pire que son silence, que le mépris de sa nuque toute raide devant nous.

Il haussa les épaules, concentrant son attention sur les poils du chien entre ses jambes.

— C'était ça qui était difficile avec lui, Morane. Vous voyez ce que je veux dire. L'impression de ne jamais être à la hauteur. Même à dix-huit ans, un mètre quatre-vingt-treize, le plus grand de la classe : l'impression qu'on ne touchera jamais la barre qu'il a mise là, juste entre nous.

— Les bouquins, souffla Rachel dans le cou de Morane, déposant quelque chose sur ses genoux.

— Merci, mais...

— Ils vous intéressent ? Emportez-les. J'en ai encore plein là-haut. Tous les exemplaires de ma mère que j'ai récupérés à sa mort. Je vous assure, ça me débarrasse.

Le jour avait subitement baissé dans la pièce. Ils se tenaient tous les trois, assis face à face dans la lumière hoquetante du téléviseur, regardant le soir tomber tels des voyageurs dans un compartiment de chemin de fer, hachant le silence du balancement symétrique de leurs jambes. Exelmans s'était resservi à boire. Quelque part, une tondeuse à gazon se mit à vrombir.

— Vous êtes la deuxième personne aujourd'hui

à me parler de sa disparition, reprit Morane doucement.

Il déplaça son bras engourdi, piocha une cigarette dans son paquet, la gardant entre ses doigts comme s'il craignait de l'allumer encore. Une sorte de paix fragile était tombée avec le soir. Par instants, le chien geignait sans bruit dans son sommeil, labourant la toile grossière qui recouvrait le canapé.

— Son éditeur, vous, maintenant... Votre père semble s'être employé à rompre tous les ponts, méthodiquement...

— Méthodiquement est le mot qui caractérise le mieux mon père, monsieur Morane. Je vous l'ai dit : voilà près de dix ans que je suis sans nouvelles de lui. Depuis la mort de maman pour être exact. Il s'est invité à l'enterrement, et je ne l'ai plus revu depuis.

— Invité ?

— Entendez ça comme vous voudrez... Cela faisait longtemps déjà que nous ne formions plus ce qu'on appelle une famille unie, ajouta-t-il sans se compromettre.

Il parlait maintenant avec une sorte de réticence, la voix rendue plus molle par le gin qu'il avait ingurgité. Il tenait son verre entre les genoux, le regard fixe et curieusement exorbité, les phalanges blanchies par quelque tension intérieure contre laquelle il luttait.

— Vous n'auriez pas dû le faire boire, dit Rachel. Depuis son hépatite, il ne supporte plus l'alcool.

— C'est important, monsieur Exelmans, insista Morane. Il faut absolument que je retrouve votre père. N'y a-t-il pas un endroit où il avait ses habitudes autrefois ? Un lieu qu'il aimait particulièrement ?

— Allez-vous-en, monsieur Mortagne. Vous voyez bien qu'il est malade. Il faut nous laisser tranquilles maintenant.

Elle avait pris la main de son mari, la tenant sur son ventre comme un objet qui leur aurait appartenu à tous les deux, une babiole un peu ridicule qu'elle eût voulu protéger de la brusquerie d'un déménageur.

— Il faut nous laisser tranquilles, maintenant, répéta-t-elle. Vous voyez bien que ça lui fait du mal.

— Bien sûr, murmura Morane en se levant.

Ils ne bougeaient pas, le regardant chercher son blouson dans la pénombre, assis côte à côte sur le tissu rayé du canapé tandis qu'il faisait maladroitement retraite.

— Merci pour les livres, monsieur Exelmans. J'en prendrai soin, rassurez-vous. Je sais ce qu'ils représentent pour vous.

Il hésitait encore, tâtant ses poches comme s'il avait oublié quelque chose.

— Je vous tiens au courant, de toute façon... Vous êtes un type bien, Richard. Ne vous faites pas de bile. Je ne suis pas très bien placé pour dire ça, mais, à mon avis, vous passez largement au-dessus de la barre...

Sur le seuil, elle le rattrapa.

— Ne revenez pas, monsieur Mortagne. Je veux dire : même si vous le retrouvez... C'est trop tard maintenant, comprenez-vous. Au début, il s'éveillait la nuit en hurlant, j'ai cru que j'allais devenir dingue, il fallait le recoucher de force, un malabar de quatre-vingt-dix kilos qui pleurait comme un bébé... Voulez-vous que je vous dise ? Je crois que c'est une chance, je veux dire que Richard ne revoie plus son père. Je pense qu'il aurait eu honte, monsieur Mortagne. Honte de moi, c'est-à-dire. Maintenant, il y a la gosse qui arrive, alors... Je ne veux pas qu'il vienne nous faire du mal. Plus jamais, monsieur Mortagne.

Elle jeta un regard vers le living éteint, croisa ses bras sur ses épaules comme si elle frissonnait.

— Rentrez, dit Morane. Vous allez prendre froid. Vous êtes sûre que tout ira bien ?

Elle haussa les épaules.

— Elle est là, elle. Elle me tient chaud. C'est son heure : elle commence la java. Vous voulez toucher ?

— Merci. Je crois que non.

Il recula d'un pas dans l'obscurité, ce qui la fit rire.

— Vous plaisantiez tout à l'heure, n'est-ce pas,

monsieur Mortagne ? Vous n'êtes pas marié, je l'ai su tout de suite. Vous n'êtes pas ce genre d'homme... Bijou aussi l'a senti. Vous savez, je crois qu'il ne vous aime pas.

— Au revoir, Rachel, dit Morane. Prenez bien soin de lui.

Il tourna les talons et disparut dans la nuit du jardin.

CHAPITRE 8

Ce n'était pas une bonne photo. Un cliché d'amateur en noir et blanc, un Ekta carré des années 60, au grain trouble et piqué par endroits, auquel l'impression avait donné l'aspect légèrement saumâtre d'une image prise dans un miroir.

À l'arrière-plan se devinaient les frondaisons d'une forêt tropicale, brumeuse et floue comme des cheveux. Le cliché avait dû être pris au petit jour, s'il fallait en croire la lumière rasante qui éclairait la rive, noyant la scène d'un léger effet de contre-jour. Un fleuve large, sur lequel la loupe révélait de petites taches plus sombres, remous, branchages immergés ou rochers affleurant en une anarchique succession d'îlots à gué.

Avec Socrate, forêt de Bornéo. Avril 1967. La légende était sommaire. Qui était Socrate ? Le singe accroupi à l'avant de la pirogue, organes génitaux à l'air, la tête un peu penchée, posant au premier plan avec l'étrange gravité d'un enfant ?

Un bras immense et décharné, velu comme une branche de lichen, reposait sur l'épaule de l'homme avec délicatesse, tandis que l'autre main froissait près de la bouche quelque chose qui ressemblait à du papier d'aluminium. Deux camarades d'expédition fixant avec mélancolie le souvenir d'un petit matin humide et embrumé sur les rives du fleuve. Le singe et l'homme, immobilisés dans une pudique accolade, un geste d'affection fraternelle et un peu triste. *Avec Socrate, forêt de Bornéo. Avril 1967.*

L'homme porte un short, une chemisette claire à empiècements, d'épaisses chaussures de marche à passants métalliques. Autour du cou, le lacet d'une paire de jumelles cachée par l'avancée de la cuisse. Le dos est large, un peu voûté, les membres épais, hachurés de poils sombres, ramassés dans l'étroitesse de la pirogue malgré la pose avantageuse. La même taille, a dit Exelmans fils : un géant assis sur un jouet et qui craint de le briser. L'œil grimace, léché par la fumée de la cigarette qui tord la bouche. Même front haut, déjà dégarni sur les tempes, même mâchoire luisante, rasée de près malgré l'incongruité de l'endroit. Sur le côté gauche de la photo, dans le désordre indistinct de ce qui paraît être un campement, un petit miroir à barbe réfléchit à l'oblique un éclat du jour naissant.

Morane inclina lentement la tête :

— Mes respects, professeur. Ravi de faire enfin votre connaissance.

C'était peu de chose encore : quelques livres, la mauvaise photographie d'un cahier central, pour le reste sans intérêt. Et cependant, il se sentait ému, bizarrement surexcité aussi, comme si l'ombre qu'il filait depuis Istanbul avait pris corps soudain, donnant un visage à cette figure de fugitif derrière laquelle il courait.

Le premier soir, de retour de Jouy, un scrupule avait retenu Morane. L'impression vaguement sacrilège d'intercepter une correspondance restée scellée trop d'années, un courrier personnel que son destinataire n'aurait jamais reçu.

Car Richard Exelmans n'avait pas ouvert les livres de son père. Sur chacun la même dédicace à l'encre : *À mon cher fils,* tracée en lettres larges et acérées. Un legs dynastique. La sobriété sentencieuse, un rien embarrassée, du carton qui accompagne un envoi de fleurs ou de chocolats. Les pages n'en avaient même pas été coupées.

Dès le lendemain, Morane se mit au travail. Quand il vint à bout de la prose abondante d'Exelmans, le cendrier était plein, son carnet de notes couvert de fines pattes de mouche. Il avait mal à la tête et les yeux lui brûlaient.

Il commença par l'*Essai de primatologie comparée,* un lourd volume in-quarto à couverture de carton, dans l'édition originale de 1970. Quatre cents pages de texte dense, de notes, de planches anatomiques, assorties d'une imposante bibliographie en trois langues. « L'auteur, disait la notice, est né en 1930. Docteur en zoologie et voyageur infatigable, il fit partie de la célèbre expédition Hillary. Titulaire de la chaire de primatologie au Muséum d'histoire naturelle, il est aujourd'hui internationalement reconnu pour ses travaux sur les comportements des grands singes des forêts subtropicales. »

La seconde partie reprenait, dans une version enrichie et corrigée, la matière des thèses exposées dans le premier ouvrage d'Exelmans, *Gibbons et singes d'Afrique,* publié par Debrooker en 1965. Un essai moins ambitieux, à la typographie vieillotte, dont la bande encore intacte tentait de conjurer l'austérité par cette formule alléchante : *Nos frères mystérieux et leurs secrets... Un spécialiste vous parle.* Rien sur l'auteur, débutant trop obscur sans doute pour mériter qu'on le présente.

Des trois ouvrages, *Dans les jungles de Bornéo* était le seul qui fût illustré de photographies. Morane l'avait gardé pour la fin, en remettant la lecture pour s'attarder dans une longue promenade à travers les rues comme s'il avait voulu se réserver encore pour cette rencontre.

Place du Châtelet, il trouva une table en terrasse, commanda un demi, un croque-monsieur et le journal du soir. Les premières feuilles perçaient aux branches des arbres. Le ciel était bleu, strié de traînées jaunes au-dessus des toits de la Conciergerie.

Sur les trottoirs, les femmes portaient des jupes légères, la veste jetée sur l'épaule, de petits corsages sans manches. Elles allaient par groupes dans la lumineuse tiédeur du soir, riant et parlant fort, comme étonnées de leurs jambes nues et du printemps qui s'annonçait.

Accoudé à la table, menton entre les paumes, il resta là un long moment, savourant l'amertume de la bière, la légère griserie qu'elle lui procurait après la marche. Il n'éprouvait pas de désir à proprement parler : une sorte de curiosité paresseuse, une gourmandise distraite de convalescent, reposant ses yeux fatigués dans le spectacle des passantes comme s'il avait pu reconnaître en chacune d'elles quelque chose de Jacqueline.

Il n'avait pas envie d'une femme. C'était trop tôt. Il était seulement las, en proie à cette impression de vacuité particulière que donnent les livres et qu'il n'avait plus éprouvée depuis longtemps : la fatigue de l'étude, des trop longues heures passées dans les bibliothèques et les salles d'archives. Cette journée de réclusion le ramenait à ses années d'étudiant — une vague maîtrise de lettres, l'école de journalisme —, au temps où il cherchait encore à coller aux rêves de ses maîtres, trompant dans le silence des salles d'étude l'impatience de cette adolescence solitaire qu'avaient inaugurée la défection de son père et la ronde des internats.

Il rentra rue de Buci. L'appartement sentait le tabac froid et le parfum de Jacqueline.

Mehmet, vieux salopard, songea-t-il en s'allongeant sur le lit avec le dernier livre d'Exelmans : nous sommes deux à courir maintenant.

Qui cherchait-il à vrai dire ? L'ami volage du vieux docteur levantin ? L'écrivain en bout de course des éditions Debrooker ? Le père noble et oublieux ? Le Commandeur tonitruant devant lequel, chaque nuit, continuait de se présenter en tremblant l'enfant tardif d'un lit trop vite déserté ? Le destinataire du petit colis mal ficelé qui reposait maintenant dans son réfrigérateur, comme une blague macabre de collégien, en attendant d'être livré ?

L'homme qui le regardait à travers le poudroiement du nitrate d'argent n'était rien de tout cela. Un homme encore jeune à la pose grave et empruntée. Un solitaire aux bras solides de piroguier qui embarquait au petit jour avec un singe pour compagnon, vêtu d'une chemisette propre où se lisaient encore les plis du fer, le menton net, la chevelure nouée d'un catogan. Un aventurier de trente-sept ans, l'âge exact de Morane — celui de son père aussi quand il était parti.

Dans les jungles de Bornéo datait de 1967. Un compte rendu classique d'expédition, assorti de cartes et de croquis. Durant deux mois, au printemps de cette année-là, Exelmans s'était enfoncé dans les forêts couvrant les pentes du Bukit Raja pour étudier la vie d'une colonie d'orangs-outangs.

Le livre rapportait sous forme de journal le détail de ses observations quotidiennes. Organisation de la structure familiale, nidation, rapports sociaux à l'intérieur du groupe, bol alimentaire, sexualité... Un travail de fourmi, en compagnie d'un guide local et du chimpanzé Socrate.

De l'expédition en elle-même, rien ou presque : les péripéties de la marche d'approche, la vie du campement étaient réduites à de brèves allusions, une suite de considérations impersonnelles sur les conditions météo, la faune et la flore rencontrées. Un court chapitre traitait de l'acclimatation de Socrate à son nouvel environnement : le voyage, d'abord, dans la cabine d'Exelmans, la découverte de la vie sauvage par l'animal, né en captivité dans le quartier des grands singes au zoo de Vincennes. Sous la plume du professeur, l'incongruité de l'aventure devenait singulièrement plate, un compte rendu d'expérience d'une sécheresse toute scientifique. Seule la photo du cahier central laissait entrevoir la vraie nature des relations entre l'observateur et son sujet, volontairement laissée dans l'ombre par le récit comme s'il avait fallu protéger le caractère intime d'une histoire qui s'achevait par la mort de Socrate, emporté sur le cargo du retour par un accès de typhus.

Jusque dans ses écrits, Exelmans fuyait. Sa photo,

agrandie dans l'après-midi au journal et épinglée au-dessus du lit, se perdait désormais dans l'ombre, repliée dans son mystère à la façon d'un portrait d'ancêtre disparu. De l'expédition à Bornéo, de l'homme qui l'avait conduite, elle était l'unique trace personnelle, une coquetterie d'auteur peut-être, l'entorse consentie à un éditeur trop pressant.

À force d'y revenir, le portrait d'Exelmans avait pris pour Morane cette familiarité lointaine des visages oubliés qui resurgissent soudain sur une photo de groupe. Était-ce cette lointaine ressemblance avec son propre père sur les quelques photos qu'il gardait de lui ? Une sorte d'ironie grave s'attardait dans son sourire, une malice de gamin construisant patiemment un écheveau de fausses pistes. Tout simplement aussi, peut-être, ce détachement un peu narquois que donne l'assurance d'être libre.

Comment savoir ? Dans ses livres comme dans sa vie, Exelmans semblait s'être employé à brouiller toutes les cartes. Et c'était à Morane qu'il revenait de reconstruire le jeu.

CHAPITRE 9

— Mon Dieu. Où avez-vous trouvé *ça* ?

Elle esquissa un mouvement de recul, portant la main à sa bouche. Elle avait des doigts nerveux, des ongles courts enduits d'un vernis transparent. Ouverte devant elle, une boîte vitrée dans laquelle elle rangeait sur des épingles une série de hannetons couleur d'ambre et de morphos bleu nuit. Des flèches obliques de soleil tombaient des hautes fenêtres, striant le bois du comptoir, éclairant des colonnes de poussière qui dansaient dans la lumière.

— C'est ridicule, je devrais être habituée...

— Pardon, dit Morane. Je vous ai fait peur. Nous avons trouvé ça dans un colis suspect. Un contrôle de routine sur le vol d'Istanbul.

— Vous êtes de la police ?

— Les douanes. J'aurais aimé avoir l'avis d'un spécialiste avant de le confier au labo.

Elle hocha la tête, attirant vers elle le petit paquet

taché de la pointe de son stylo, sourcils froncés, balançant encore entre méfiance et curiosité.

— Nous ne pratiquons pas d'expertises à proprement parler. Il faudrait voir les gens de l'atelier. Mais à cette heure-ci...

— Ne vous inquiétez pas, nous avons ce qu'il faut au labo. J'espérais juste gagner du temps.

— Nous nous occupons exclusivement de taxidermie, comprenez-vous, murmura-t-elle pour la forme en s'absorbant dans l'examen de la dépouille.

— Bien sûr, dit Morane. Je comprends.

C'était une assez jolie femme, blonde, entre deux âges, à la peau claire, aux yeux cernés d'un discret pollen rouille. Un visage pointu et intelligent, chaussé de fines lunettes à monture d'écaille qu'elle avait basculées sur son nez, plissant la bouche avec un air d'intense concentration. Une pianiste, songea Morane, un professeur de composition florale. Tout le contraire du genre de femme qu'il se serait attendu à trouver en ces lieux, parmi les collections d'animaux empaillés et de fossiles qui encombraient la boutique.

Deyrolle occupait les deux premiers étages du 42, rue du Bac. Un immeuble du siècle dernier auquel on accédait par une entrée étroite, bordée de vitrines éclairées où s'entassait une profusion coûteuse de curiosités zoologiques. Dans celle de droite, un girafon naturalisé sur un socle à roulettes lançait au visiteur un regard de jouet triste. Dans l'autre, des trophées de chasse, des boîtes à papillons, un hibou pétrifié sur sa branche, les ailes déployées, des bocaux de formol où flottaient des fœtus de petits rongeurs.

La boutique se tenait au premier, une salle toute en longueur, fraîche et silencieuse, divisée par d'immenses étagères qui touchaient au plafond. Partout, des fauves au pelage terne, des chiens de compagnie, de minuscules perruches à œil de verre, un fouillis austère et savamment étiqueté qui donnait au visiteur l'impression d'être entré par erreur dans une annexe oubliée de la faculté des sciences.

La femme ôta ses lunettes, en mâchonnant l'une des branches avec perplexité :

— Difficile de se prononcer. Vu la taille, l'aspect général, j'opterais pour un grand primate : un pongidé ou un gorille. Un adulte à en juger par la largeur de la main... Ce qui me gêne, c'est la taille du pouce. Il est plus court chez le singe que chez l'homme. Or, regardez : celui-ci atteint la deuxième phalange de l'index. Je ne connais aucune espèce qui présente ce genre de trait morphologique.

Elle leva vers Morane ses yeux bleus, presque transparents dans la lumière qui traversait le store.

— Votre spécimen intéresserait beaucoup M. Deyrolle, j'en suis sûre.

— Aucune chance à votre avis qu'il s'agisse d'une main humaine ?

— Avec une telle toison ? Mon Dieu, j'espère que non. Ce serait un cas d'hypertrichose extrêmement rare. Je sais qu'on a constaté semblables aberrations de la pilosité, chez les Aïnous d'Hokkaido en particulier, mais jamais à un tel degré... Attendez. Vous ne seriez pas en train de suggérer que j'examine les morceaux d'un cadavre arrivés par la poste ?

— C'est ce que j'essaie justement de déterminer.

Elle le regarda étrangement avant de reprendre son examen.

— Il y a autre chose qui me frappe. Les ongles : ils sont bombés, un peu jaunâtres. Aucun singe anthropoïde ne possède des ongles comme ceux-là. Des griffes, oui, mais pas des ongles.

— Ce qui veut dire ?

— Je n'en sais rien. Certaines caractéristiques, telles l'épaisseur des doigts, la largeur du carpe, la pilosité, me feraient pencher pour une espèce anthropoïde, alors que d'autres paraissent typiquement hominiennes, comme la pigmentation ou la forme des ongles. En fait, je me garderai bien d'émettre le moindre avis pour l'instant. Il faudrait plus de temps, demander l'avis d'un primatologue. Je vous avoue n'être guère compétente dans ce domaine.

— J'espérais sans trop y croire que vous auriez pu déjà rencontrer ce genre de spécimen ici.

— Oh, vous savez, on vend surtout aux musées

et aux collectionneurs. La faune est tellement protégée de nos jours. Les chasseurs risquent gros et ils s'adressent généralement ailleurs. C'est rare qu'il nous arrive un spécimen qui sorte véritablement de l'ordinaire.

— Et ces petites bêtes, là ?

— *Goliathus regius.* Des cétoines, si vous préférez. Vous vous intéressez aux insectes ?

— De loin. J'en ai une peur bleue. Et ces espèces de brindilles, dans la boîte derrière vous ?

— *Cyphocrania.* Une variété de phasme eurasien.

Elle avait pour dire ça un ton docte et séduisant de maîtresse d'école qui rappelait à Morane les leçons de choses de son enfance. Dans l'allée centrale, un employé en blouse grise juché sur une échelle rangeait des rayonnages. Elle se pencha vers Morane :

— Écoutez, plus je regarde cette main, plus je suis persuadée qu'elle ne provient pas d'un singe. Aucun ne se déplace exclusivement sur ses membres postérieurs : que ce soit le gorille, le chimpanzé ou l'orang-outang, ils prennent tous appui sur les poings. Regardez la première phalange, la bosselure des articulations : pas de trace de cal ni de coussinets. Votre spécimen se déplaçait sur ses deux jambes comme vous et moi.

Morane se pencha sur la dépouille, examinant les endroits qu'elle pointait de son stylo. Les ongles étaient ébréchés, fendus par endroits, les articulations épaisses sous le poil dru.

— Vous voyez ? Pas de cal. Ce qui rend totalement aberrants les autres traits simiesques.

— Si je vous comprends bien, cette main ne peut appartenir ni à un homme ni à un singe, c'est ça ? À qui alors ?

— Il y a bien une hypothèse, mais elle est franchement absurde.

— Dites toujours, au point où nous en sommes.

— *Gigantopithecus.* Un singe d'Asie, une sorte d'orang-outang bipède de grande taille dont on sait peu de chose. Sa découverte remonte au début des années 50, si je ne m'abuse, quelque part en Chine.

— Ce qui nous éloigne tout de même beaucoup d'Istanbul.

— Ce n'est pas ce qui me chiffonne le plus. Après tout, le trafic de l'ivoire a bien des connexions internationales. Non, ce qui est absurde dans tout ça, c'est que le gigantopithèque a disparu il y a près de 400 000 ans. Or, à en juger par l'état de conservation de votre main, l'individu auquel elle appartenait gambadait encore il n'y a pas six mois.

— Bon sang ! Vous êtes sûre de ce que vous avancez ?

— L'état de conservation ne trompe pas. Cette main a été traitée il y a peu de temps. Vous voyez ces adhérences sur le papier ? Elle suppure encore, preuve de sa fraîcheur. Un travail d'amateur. Technique artisanale, à mon avis : dessiccation puis conservation à base de solution saline.

Elle ôta ses lunettes pour plonger ses yeux bleus dans ceux de Morane.

— Vous ne pensez pas qu'il serait temps de me dire comment vous vous retrouvez en possession de cette... chose ? Vous ne travaillez pas pour les douanes, n'est-ce pas ?

Morane eut un petit rire.

— Qu'est-ce qui vous fait dire ça ?

— Vous n'avez pas la tête d'un flic.

— Vous classez comment les flics : genre ou espèce ?

Comme elle ne répondait pas, soutenant son regard :

— D'accord, je ne travaille pas pour les douanes. Je m'appelle Exelmans. Richard Exelmans. Si vous me disiez votre nom, que nous soyons à égalité ?

— Lisa.

— En fait, ma situation est plutôt embarrassante, Lisa. Un de mes amis s'est fait fourguer ce truc dans le bazar arabe d'Istanbul. On le lui a vendu pour une main de gorille, vous voyez, le genre de curiosités dont on fait des cendriers décoratifs pour épater ses amis. Il était fin saoul, pour tout vous dire, et maintenant le voilà avec ça sur les bras... Avant de s'en débarrasser, il voudrait bien savoir si cela peut avoir une quelconque valeur. Je n'ose pas vous dire combien il l'a payé.

Elle le dévisageait, la tête légèrement penchée. De magnifiques yeux de myope, songea Morane. Elle devrait porter des lentilles de contact plutôt que ces lunettes sévères.

— Je connais Richard Exelmans. Il a été mon professeur au Muséum d'histoire naturelle.

— Vraiment ? dit Morane en maudissant sa légèreté. Je suis le fils du professeur.

Il était rouillé. Autrefois, du temps de l'Amérique latine, jamais il ne se serait laissé aller à donner le premier nom qui lui passait par la tête. C'était la première règle : coller au plus près à la réalité.

— Vous ne lui ressemblez pas du tout, si vous voulez savoir. Le professeur Exelmans est grand, plutôt bel homme.

Morane secoua les mains en riant.

— Touché. Mon père sera ravi d'apprendre qu'une de ses charmantes élèves a hérité de son redoutable sens de l'humour. Le vieux coquin. Il vous a fait la cour à vous aussi, n'est-ce pas ?

Elle secoua la tête :

— Je comprends mal. Le professeur est le meilleur spécialiste des grands singes que je connaisse. Pourquoi ne vous adressez-vous pas à lui ?

— *Était.* Mon père est à la retraite depuis quelques années. Vous le connaissez : un vrai caractère de cochon. Je me vois mal aller le trouver avec cette chose et lui dire : « Papa, voilà les restes d'un sinanthrope disparu il y a plus de 400 000 ans qu'un de mes amis a achetés pour faire un cendrier. » Le vieux me passerait par la fenêtre.

Il avait beau faire, sa désinvolture sonnait faux. Elle l'observait sans ciller, avec l'intérêt d'un lépidoptériste devant un papillon prisonnier, une froideur curieuse et incrédule tout ensemble qui le fit battre en arrière.

— Aucune chance que vous me croyiez, n'est-ce pas ?

Elle haussa les épaules.

— Écoutez. Qu'importe qui vous êtes et où vous avez trouvé ça, fit-elle d'une voix lasse. Mais si j'ai un conseil à vous donner, c'est celui-ci : reprenez votre paquet et confiez-le à un laboratoire d'analyse judiciaire sans plus attendre.

— C'était bien mon intention.

Elle secoua la tête.

— Vous ne comprenez pas. Il y a des lois très strictes régissant la détention de cadavres, et vous avez de la chance que je sois seule et peu curieuse... Je devrais appeler la police mais je ne le ferai pas. Ne me demandez pas pourquoi, je n'en sais rien. Mais ce que vous transportez là n'a rien de catholique. Le poignet a été tranché à la hache sur un être vivant... À la hache, comprenez-vous ? J'espère seulement que ce n'est pas par vous.

Elle repoussa vers Morane le petit paquet sanglant, rechaussa ses lunettes. Puis, tirant vers elle la collection d'insectes qu'elle triait :

— Voilà, fit-elle doucement. Sortez, maintenant, s'il vous plaît. Ne m'obligez pas à appeler quelqu'un, d'accord ?

CHAPITRE 10

Morane consacra le reste de l'après-midi à régler les affaires courantes. Il passa quelques coups de fil, fit un saut au journal. À la comptabilité, on lui remit un chèque en règlement de quelques articles déjà anciens. De quoi tenir une poignée de semaines.

L'étape suivante était nettement tracée. Et cependant, son entrevue chez Deyrolle le laissait dépité, vaguement furieux contre lui-même. Il s'était enferré tout seul, troublé par le regard noyé de la prudente Lisa. Il n'y avait pas une chance sur un million, et il avait fallu qu'il tombe sur quelqu'un qui avait connu Exelmans. Mieux : sur l'une de ces ferventes élèves qui devaient assiéger son estrade à l'heure de la pause, serrant sur leur poitrine une liasse de notes dévotement consignées et buvant chacune de ses paroles, les cils papillonnant d'admiration.

La coïncidence était trop surprenante pour paraître à Morane tout à fait fortuite. L'ombre sardonique d'Exelmans se précisait peu à peu, comme s'il veillait à distance sur son poursuivant, marquant des points dans le combat qui les opposait, surgissant du placard où il se tenait caché pour se gausser d'un rival maladroit... C'était absurde, bien entendu : où qu'il soit, Exelmans ignorait tout de Morane et de la poursuite qu'il avait engagée. À mesure qu'il avançait, cependant, c'était comme si Morane venait donner du front contre une statue. À peine pensait-il la saisir que la figure d'Exelmans disparaissait, se repliait dans son propre mystère pour resurgir ailleurs, incontournable et protéiforme. Le professeur adulé, l'homme à femmes, le baroudeur étaient autant de carapaces, les armures successives sous lesquelles se protégeait le fantôme d'Istanbul, le vieil ami de Mehmet qui offrait à sa filleule des parfums de Paris et de petits foulards bon marché.

Mais cette fois, songea Morane, il avait l'avantage. Il n'était pas allé chez Deyrolle pour rien. Les dernières pièces du puzzle manquaient encore, mais leur contour était assez net déjà pour qu'il sache qu'il détenait avec cette main plus que ne lui en apprendraient jamais les livres du professeur ou sa photographie : la clef du mystère Exelmans, de sa disparition brutale, le moyen aussi de forcer sa retraite.

Dites bien au professeur que j'ai trouvé... L'aboutissement de toute une vie, monsieur Morane...

Quand il verra ce que vous lui apportez, il sautera dans le premier avion pour serrer son ami sur son cœur... Dites-lui que j'ai toutes les preuves.

Dans la partie qu'il livrait contre son invisible adversaire, le colis de Mehmet était sa carte secrète, un atout dont il commençait seulement à concevoir le prix. Un prix considérable s'il fallait en croire la stupéfaction de Lisa, un prix qui dépassait l'appréciation du spécialiste pour rejoindre quelque région inaccessible à la science ordinaire, à ses catégories comme à sa raison. D'où provenait cette main sans nom, mi-singe, mi-homme, cette relique dont Exelmans ignorait tout mais qu'il attendait sans le savoir, lui seul pouvait le dire. Lui seul et un vieux docteur turc qui se serait fait hacher vivant plutôt que de trahir leur secret.

Morane se hâta de replacer l'encombrante dépouille dans le réfrigérateur. Conservation artisanale, avait dit Lisa. Dessiccation saline. Suppuration. Il fallait se hâter. La dépouille se corrompait lentement. Combien de temps encore avant qu'elle ne se réduise à une pièce de charogne ? Tranchée à la hache, songea-t-il dans un frisson en refermant la porte du réfrigérateur. Mais par qui ? Dans quel but ?

Une enveloppe demi-format l'attendait au courrier. Dans le coin gauche, l'en-tête des éditions

Debrooker. Une main pressée avait tracé son adresse à grands jambages nerveux et élégants : M. Morane, 5, rue de Buci. Dans l'angle, couché à l'oblique, le mot *Personnel,* souligné trois fois.

Il avait appâté un peu au hasard. Le poisson commençait à mordre, se dit-il avec satisfaction.

À l'intérieur, d'autres enveloppes, toutes cachetées, qu'il fourra dans sa poche sans les lire. La lettre qui les accompagnait datait du soir de sa visite. Alice l'avait rédigée à la hâte, sur une feuille arrachée d'un bloc sténo. Seule l'encre violette qu'elle avait utilisée traduisait le caractère privé de sa démarche : Gérald Debrooker, Morane l'aurait parié, n'en saurait jamais rien.

Cher monsieur Morane,

Voici les lettres. Comme vous pourrez le constater, elles ont bien été réexpédiées par ma remplaçante. Elles nous sont revenues et ont été classées abusivement, en mon absence, dans le dossier des auteurs décédés.

Le professeur Exelmans — j'ai vérifié aujourd'hui même — n'habite plus Bd Sudaine depuis plusieurs années. Il n'a pas laissé d'adresse où faire suivre son courrier, qui nous est donc revenu.

J'espère sincèrement que vous pourrez le lui remettre en main propre et écrire votre article sur lui. S'il est vivant, bien entendu, mais je n'ose croire le contraire. Le professeur était un homme robuste qui doit être aujourd'hui dans la force de l'âge.

Bien cordialement à vous,

ALICE GRYNSTJAN

— Eh bien, professeur, dit Morane en repliant la lettre avec un petit sourire : vous voici devenu immortel désormais. Il ne vous manquait plus que ça.

CHAPITRE 11

— Richard ? Grand Dieu, cela fait combien d'années ? Dix, douze, peut-être, tellement loin que j'ai l'impression que ça remonte à l'Antéchrist. Toutes ces années à travailler sans voir le temps qui passe... Vingt minutes, monsieur Morane, montre en main. C'est tout ce que je puis vous accorder.

C'était la dernière étape. Aux murs, des planches anciennes, aux couleurs délicates et fanées, une haute verrière donnant sur les jardins d'où pendait un rideau poussiéreux. Le professeur Le Bihan se perdit un instant dans la contemplation des toits, essuyant les verres de ses lunettes dans un pan de sa cravate. Il portait une chemise de Tergal à manches longues, d'épaisses sandales monastiques sur des chaussettes de fil beige. Ses cheveux étaient blancs, parsemés de mèches jaunes, ses traits maigres et vifs. Il pivota sur les talons, se jeta dans le fauteuil en face de Morane, un bras jeté par-dessus le dossier.

— Pour quel journal m'avez-vous dit que vous travaillez, monsieur Morane ?

— Je ne vous ai rien dit. Je vends au plus offrant.

— *Free-lance,* alors. C'est comme ça qu'on dit, je crois, dans votre jargon, murmura Le Bihan, savourant le mot comme s'il s'agissait d'une rareté philologique dont il découvrait soudain tout le sel.

Morane s'était abrité sous sa première couverture, exhibant sa carte de presse pour franchir les barrages successifs. Oui, il avait rendez-vous avec le professeur Le Bihan, il avait téléphoné. Le professeur lui-même avait assuré qu'il le recevrait. Morane, avec un seul *r.* Un article qu'il préparait.

— Je pars pour Bruxelles dans une heure, expliqua Le Bihan à contretemps, jetant sur sa montre un coup d'œil d'oiseau. Une cigarette ? Sans doute l'ignorez-vous, mais Richard est un ami d'enfance. Nous nous sommes connus sur les bancs du lycée, à Lakanal. Un esprit de premier ordre, je vous prie de le croire. Pénétrant, enthousiaste, rigoureux, le meilleur d'entre nous, monsieur Morane. Une intelligence passionnée, curieuse de tout, farouchement inventive... Comment vous dire ? Peut-être un peu fantasque, une propension à ne rien croire qu'il n'ait éprouvé par lui-même, une indépendance d'esprit qui frôlait parfois la provocation...

Il repoussa rêveusement vers le plafond un nuage de fumée jaune.

— ... Et puis, un matin d'hiver, je me souviens,

ce devait être en janvier 44, plus de Richard : personne à l'appel du matin ce jour-là, ni le suivant. Il nous a fallu une semaine pour comprendre qu'il avait rejoint la Résistance.

Il eut un rire aigu, dardant sur son visiteur ses petits yeux pénétrants :

— Il n'avait pas quinze ans, monsieur Morane, comprenez-vous ? Un grand gaillard bâti en force, des poings déjà comme des massues ! Il a abusé tout son monde. Maquis du Vercors, décoré à la Libération. De l'Exelmans tout craché. Richard Cœur de Lion boutant seul l'étranger hors de France.

— Courageux, en effet. J'ignorais ce détail.

Le Bihan soupira douloureusement :

— Pure folie. Richard a toujours été un Croisé : il aurait pris Jérusalem d'assaut sur un coup de tête... Au vrai, il ne s'est jamais senti très à l'aise dans l'étude. Sa grande carcasse avait besoin, comment vous dire, de plus d'*espace.*

— Ce n'est pas exactement l'image que l'on se fait d'un homme de sciences.

Le Bihan renversa la tête, les yeux au ciel, joignant les doigts sous les narines.

— Il y avait tout cela en Richard, monsieur Morane : l'esprit de géométrie et l'esprit de finesse, la méthode et le coup de gueule... Je vous l'ai dit : un bonhomme supérieur, l'un des tout premiers dans sa spécialité. Et croyez-moi, il fallait être Richard pour choisir la primatologie dans ces années-là. Nous avions un retard considérable sur les Américains, des crédits dérisoires, la défiance unanime des autorités scientifiques... Il a presque tout créé dans ce domaine : les premiers travaux sur l'intelligence simiesque, les premières études *in situ*. Avez-vous lu son livre sur les orangs-outangs de Bornéo ?

Morane hocha la tête.

— 1967, monsieur Morane. Je ne sais pas si vous réalisez ce que cela signifie. Et son très remarquable traité de primatologie, une somme presque définitive, si tant est qu'il y ait quelque chose de définitif dans notre humble travail...

Il leva vers Morane ses yeux mouillés de moineau, cherchant à apercevoir à travers lui le cadran de la petite pendule Directoire qui battait dans son dos.

— Mais vous savez ce qu'est la vie, reprit-il, le regard perdu vers le jardin. Nos chemins se sont lentement écartés, malheureusement. Je travaillais à ma propre thèse, lui à la sienne, et entre mes invertébrés et ses grands singes, n'est-ce pas... J'ai suivi ses expéditions dans la presse, comme tout le monde. Le personnage était hors norme : le lustre de l'explorateur, je suppose, quelque chose de l'imagerie populaire attachée aux grands chasseurs de fauves d'autrefois. Une involontaire photogénie, aussi. Tout cela a dû jouer. Pour ma part, je me suis toujours senti plus à l'aise dans un amphithéâtre qu'entre les pages glacées des magazines. Mais j'oublie que je m'adresse à un journaliste, pardonnez-moi.

— Je vous en prie, dit Morane en souriant aimablement.

Là, sans bouger de ma place, songea-t-il, je pourrais faire sauter ses lunettes d'un coup de pied sans même toucher au nez.

— Je dois avoir encore quelque part ce numéro de *Paris-Match* au retour de l'expédition Hillary. Je ne l'aurais pas reconnu : un vrai grizzly. Mais ce n'est pas à vous que j'apprendrais ces choses : le public veut sans cesse de nouveaux visages et s'en lasse plus vite encore. Je ne saurais dire dans quelle mesure l'épisode a pu influencer la suite de sa carrière, mais tout a commencé là, à mon avis.

— Là ?

— Oh, je parle de cette grotesque expédition. Vous n'êtes pas au courant ?

— Très vaguement. Il s'agit bien de sir Edmund Hillary, le vainqueur de l'Everest ?

— Lui-même. C'était au tout début des années 60. Vous êtes trop jeune pour vous en souvenir, naturellement. Je ne vous l'ai pas dit, mais Richard était lui aussi un alpiniste de premier ordre. L'expédition Hillary étant financée par des capitaux privés — un éditeur de Chicago, si ma mémoire est bonne —, les organisateurs recherchaient un témoin scientifique, une autorité internationalement reconnue dans son domaine et d'une pointure incontestable : c'est sa candidature qui a été retenue. Vous permettez ?

Il passa derrière le bureau, murmura quelque chose au téléphone et vint se rasseoir. Il émanait de lui une curieuse énergie, un mélange de désordre et d'obstination, de vitalité et d'ennui poussiéreux. Malgré l'étouffante chaleur du bureau, sa chemise était boutonnée jusqu'au col et des auréoles sombres marquaient ses aisselles.

Il y avait quelque chose de gênant dans cette inélégance, un mépris de soi un peu obscène, une négligence d'homme d'Église trahissant un orgueil sans mesure.

Une sourde antipathie avait pris possession de Morane depuis quelques instants. La personnalité vibrionnante du professeur Le Bihan ranimait en lui l'image exécrée des anciens maîtres, un souvenir de salive séchée au coin des lèvres et d'haleine aigre. C'étaient toute la détestation de ses années de collège, la haine des pions et du savoir auxquels l'avait livré le départ de son père qui remontaient à la surface, l'obligeant à sourire avec effort.

— Où en étions-nous ? Ah oui, Richard. Nous ne nous sommes réellement retrouvés qu'en 1970. J'étais au conseil d'administration de cette maison lorsqu'il a obtenu la chaire de primatologie. J'ai toujours su que c'était là sa véritable famille. Voulez-vous que je vous dise, monsieur Morane ? Sans cette malheureuse affaire, c'est lui qui serait aujourd'hui à cette place.

— De quelle affaire parlez-vous, professeur ?

— Oh, il y avait bien eu quelques publications marginales qui auraient dû nous alerter. J'étais son ami, j'avais soutenu sa candidature de toutes mes modestes forces. J'ai cru à quelques pieds de nez sans conséquence. Richard a toujours eu un penchant malsain à l'irrévérence, le revers, je suppose, de ce charme juvénile auquel nous succombions tous...

Il toussota dans sa main, visiblement mal à l'aise. La curée commence, songea Morane, l'esprit en alerte. Ils entraient maintenant dans le vif du sujet.

— Pardonnez ma curiosité, professeur, mais de quoi s'agissait-il exactement ?

— Oh, une retombée de cette grotesque expédition Hillary, rien de plus, mais qui avait fini par monter à la tête de Richard au point de l'obséder. Figurez-vous que la finalité de cette expédition, outre son aspect sportif, était ouvertement mercantile : pour la financer, Hillary s'était engagé à rapporter de ses pérégrinations dans l'Himalaya la première preuve matérielle de l'existence du yeti.

— Le *yeti* ? L'abominable homme des neiges ?

— Risible, n'est-ce pas ? Ce pauvre Richard devait servir de caution à cette mascarade. Comme vous vous en doutez, Hillary n'a rien trouvé du tout, et pour cause... D'après ce que j'ai cru comprendre,

Richard travaillait déjà sur ce sujet avec un groupe d'hurluberlus, des Russes, je crois. La chose l'amusait, disait-il, une sorte de distraction à l'aridité de ses travaux. L'expédition a été le vrai déclencheur. Au lieu d'en reconnaître les conclusions, il s'est entêté, au contraire, ferraillant contre l'évidence jusqu'à l'absurde.

— Vous voulez dire qu'il était persuadé...

— De l'existence du yeti, oui. Du moins de l'un de ses proches cousins asiatiques, sur lequel il a rassemblé un fatras impressionnant de témoignages, tous plus extravagants les uns que les autres. J'en ai lu quelques-uns, monsieur Morane : un tissu de sottises et d'enfantillages.

Gagner du temps. Morane touchait au but. Tout se mettait en place tout à coup, les pièces s'emboîtaient avec une telle simplicité.

Trop facilement peut-être, comme si l'ensemble avait été cousu de fil blanc. Mehmet à Istanbul, Exelmans ici, deux érudits vieillissants qui renouaient sur le tard avec des fantasmagories d'enfants, alliant leurs dernières forces dans quelque secrète Internationale du rêve... Deux Tintin chenus et vaguement grotesques rattrapés par le démon de l'aventure.

Et cependant, cette hypothèse ne coïncidait pas avec le personnage d'Exelmans tel qu'il commençait à l'entrevoir : un homme rassis, au courage physique indéniable, un chercheur compétent doublé d'un baroudeur, l'un de ces esprits libres et caustiques qu'on voit mal se laisser prendre au premier montreur d'ombres venu.

Et puis il y avait la main. Supercherie ? Canular malsain ? Un artefact assez réussi en tout cas pour abuser une spécialiste telle que Lisa et jeter le trouble dans son esprit.

— Mais vous, professeur, insista Morane en tendant son étui à cigarettes, vous qui avez été son ami, son collègue au Muséum : comment expliquez-vous cet acharnement ? Exelmans aurait-il pu trouver quelque chose — un indice matériel, une photo, je ne sais pas, une preuve concrète à l'appui de sa thèse ?

Le Bihan se cabra dans son fauteuil :

— Indubitablement, il y a quelque chose, monsieur Morane : quelque chose qui s'appelle l'inconscient collectif, les grands archétypes qui traversent toutes les cultures. Avez-vous lu Jung ? Vous verrez, c'est très instructif. L'homme velu, le *daïmon,* le satyre, le *domovoï* ou quel que soit le nom qu'il vous plaira de leur donner, hantent notre imaginaire depuis le début des temps. Ils sont nos peurs, monsieur Morane, le produit des terreurs ancestrales.

Morane ricana.

— Le professeur Exelmans ne me paraît pas le genre d'homme à prendre pour argent comptant semblables fariboles.

— Qui sait ? soupira Le Bihan en soufflant vers le plafond un rond de fumée parfait. J'ai ma propre théorie là-dessus, je vous la livre pour ce qu'elle vaut. Mais que cela reste entre nous, n'est-ce pas ? Voyez-vous, Richard avait une vie privée des plus compliquées. Son couple battait sérieusement de l'aile à cette époque, et sans son fils... Vous me mettez dans une situation un peu gênante, monsieur Morane. Nous parlons *off record,* comme l'on dit dans votre jargon, c'est entendu ?

Morane acquiesça d'un battement de paupières.

— Qu'une telle situation ait pu altérer son jugement n'a rien d'improbable. Un déséquilibre affectif est souvent cause de ce type de crise mystique... J'avais beaucoup de respect pour Richard, monsieur Morane, de l'admiration. J'espère que c'est ce qui ressortira de votre article. Croyez-moi, j'ai tout tenté pour le faire revenir à des positions plus... orthodoxes. Mais qui peut se vanter d'avoir jamais fait entendre raison à Richard Exelmans ? L'homme n'était pas facile, monsieur Morane.

— C'est ce que j'ai cru comprendre. Un cas certainement difficile à classer dans vos invertébrés.

— Je dois à la justice de préciser que le conservateur de l'époque a fait montre de toute la mansuétude possible. Cette maison est une institution vénérable, monsieur Morane, pas une chapelle : au fond, nous aurions tous fermé les yeux sur un *hobby* innocent, si contestable soit-il par ailleurs. Richard était l'un des nôtres, un membre éminent de cette maison. Le respect de sa fonction aurait dû l'engager à plus de circonspection.

Le Bihan se tut un instant, fermant un œil pour viser à travers le rond de fumée qui montait vers le plafond en ondulant à la manière d'une anémone de mer.

— Bien entendu, les mises en garde se sont multipliées, soupira-t-il. À chacune, fidèle à son style, il répondait par une nouvelle provocation. Il y a d'abord eu ce livre sur l'Homme sauvage, un article dans *Nature,* mon Dieu, plus ridicule que révoltant, tout compte fait... Et puis, en 1976 ou 1977, ici même, cette parodie de colloque, un rassemblement d'originaux de tout poil destiné à jeter les bases d'une utopique Société internationale de cryptozoologie. Une science nouvelle dont l'objet aurait été les espèces mythiques ou disparues.

— Comme par exemple ?

— Que vous dire ? La licorne, peut-être, le monstre du Loch Ness ou le dinosaure du Congo. Tout cela sous la caution implicite du Muséum. Nous nagions en pleine hérésie, monsieur Morane. Vous pouvez imaginer ma situation : j'avais toujours défendu Richard, mais cette fois c'était trop. Je n'ai pu que souscrire à la motion de défiance votée par le conseil d'administration. La mort dans l'âme, monsieur Morane.

— Comment donc. Le baiser de Judas, hein ?

— Je vous demande pardon ?

— C'est sans importance. Que s'est-il passé ensuite ?

— Richard a dû démissionner. De toute façon, il s'était mis de lui-même au ban de la communauté scientifique. Si étrange que cela puisse paraître, je me demande si ce n'est pas ce qu'il recherchait, du moins inconsciemment. Toutes ces années à arpenter les jungles du monde, ses expéditions en solitaire : il y avait contracté des habitudes de franc-tireur, une sorte d'individualisme forcené... Notre monde est très cloisonné, monsieur Morane, à mille lieues des grands espaces amazoniens. Richard se sentait à l'étroit partout, il fallait sans cesse qu'il secoue les barreaux. Le gorille dans sa cage, si je puis risquer cette image... Du singe, il était passé presque naturellement aux origines de l'homme, mais à sa façon : fougueuse, emportée, iconoclaste. Un touche-à-tout brillant, monsieur Morane.

Il hocha la tête lentement, les mains jointes sous le menton, contemplant le bout de ses orteils à travers la lanière des sandales. Un confesseur à l'instant de l'absolution.

— Une affaire très regrettable aussi pour notre maison, et sur laquelle je vous demande la plus grande discrétion, cela va de soi. Mon ami Richard mérite mieux que cette sulfureuse réputation sur laquelle il nous a quittés. D'une façon ou d'une autre, vous l'auriez appris tôt ou tard. Je préfère que cela soit par moi. Simple affaire d'équité scientifique.

Amen. La messe était dite, pensa Morane, le sacrifice consommé. Déjà, Le Bihan regardait sa montre, la portait à son oreille avec incrédulité.

— Grand Dieu, Bruxelles ! Je devrais être parti depuis longtemps. Il faut vraiment que je vous mette à la porte, monsieur Morane.

— Un tout dernier mot, professeur. Ce n'est pas votre spécialité, naturellement, mais le gigantopithèque vous dit-il quelque chose ?

— Rien qui puisse vous aider, je le crains. Les singes étaient le domaine réservé de Richard. Si vous vous intéressez à la question, demandez donc à ma secrétaire, elle vous délivrera un laissez-passer temporaire pour la bibliothèque du Muséum. Nul doute que vous y trouverez votre pâture.

Comme il raccompagnait Morane jusqu'à la porte :

— J'espère ne pas vous avoir donné une idée trop négative de lui, monsieur Morane. J'aurais aimé vous en brosser un portrait plus complet, mais le temps manque. Bruxelles m'attend. Les servitudes de la fonction, et qui m'éloignent trop souvent de mon cher laboratoire... Croyez-moi, j'envie parfois Richard d'avoir su préserver sa liberté.

Son visage s'éclaira d'un large sourire tandis qu'il tendait à Morane sa main sèche :

— J'ai été vraiment ravi de bavarder avec vous du bon vieux temps. N'oubliez pas de m'adresser votre article quand vous l'aurez écrit, n'est-ce pas ?

— Je n'y manquerai pas, soyez-en sûr, dit Morane avec douceur. Vous verrez, vous serez content.

CHAPITRE 12

Journal de l'ingénieur-géographe Andréï Tchinenoff, service de cartographie des armées.

Novembre 1929. Région autonome de Karatchaï-Tcherkess.

Nous avons établi notre camp sur le plateau d'Irakhitsyrt pour quelques jours. Après deux semaines de marche, les hommes aspirent au repos, et il faut toute la poigne du major Svechnikov pour conserver quelque apparence militaire à la vie du bivouac.

Dès le matin, nous quittons la troupe pour explorer les vallées alentour. L'automne avance, nous devons nous hâter si nous voulons achever notre travail avant les premières neiges. La température descend la nuit au-dessous de zéro et la pluie complique notre tâche.

Dans les villages, Ogul nous sert d'interprète pour négocier l'achat de lait et de fromage. Son avarice naturelle fait merveille auprès de ces frustes populations de pâtres. Moissiev, chargé du ravitaillement, l'accompagne avec quelques hommes. Après la solitude de la marche d'approche, ces tractations souvent âpres sont une sorte de récréation à laquelle je regrette de ne pas pouvoir participer plus souvent.

La beauté des Circassiennes n'est pas une légende. Timides, mais curieuses, elles se regroupent en pouffant dans l'ombre des maisons, surveillant notre passage, le visage masqué derrière un pan de voile et s'égaillant comme des moineaux dès que nous faisons mine de nous approcher. Ces hameaux sont si isolés qu'il semble que nous soyons des êtres tombés du ciel. Notre arrivée, saluée par l'aboiement des chiens et les cris des enfants, provoque toujours la même effervescence.

Pour un peu, le gros Moissiev passerait pour un dieu : on le regarde avec un mélange de crainte et de vénération sous lequel il paraît enfler chaque fois davantage. Nos hommes ont résolu de le marier à la fille d'un chef de village. Ce sont des plaisanteries sans fin auxquelles, je l'avoue, je sacrifie volontiers moi aussi, au grand dam de Nichine, mon jeune assistant, garçon pudique qu'un rien inquiète et fait rougir.

Dix-septième jour d'expédition

Comme ces dernières pages me paraissent frivoles en regard de ce qu'il me faut noter maintenant !

Seule la certitude que nul ne lira ce carnet m'engage à y coucher ce que j'ai vu. Me croirait-on seulement ? Et comme les mots soudain me semblent inadéquats pour exprimer l'exacte nature du prodige auquel je viens d'assister !

Je dois essayer cependant. Au moins pour me convaincre que je n'ai pas rêvé. L'incident d'aujourd'hui éclaire d'un jour si nouveau les événements qui ont ponctué ce voyage que je dois à la raison de tenter d'en rendre compte.

Journée de travail avec Nichine. Nos relevés nous ont entraînés à plusieurs heures du camp, sur un escarpement verglacé qui offre le plus magnifique panorama qu'on puisse imaginer : au sud, la façade septentrionale de l'Elbrouz couronnée de nuages, à l'ouest, la vallée de la Kyzylsu, noyée de brume et de forêts.

Au milieu de l'après-midi, un brouillard soudain s'est levé. Quoique courant en cette saison et à cette altitude, le phénomène surprend par sa rapidité.

J'avais laissé Nichine pour dresser mes instruments sur un surplomb d'où j'embrassais à perte de vue le paysage. En quelques instants, tout fut noyé sous d'épaisses nuées. On ne voyait pas à dix mètres. J'eus les plus grandes peines du monde à retrouver ma monture qui paissait non loin de là. Je chargeai le matériel sur la mule, hélant à tue-tête, un peu inquiet de savoir seul le jeune Nichine.

J'attendis un long moment avant de me décider à rentrer. Le jour commençait à décliner, la visibilité était déjà très faible. Une sorte de jour jaunâtre estompait tout repère, et ce fut par le plus grand des hasards que je retrouvai le sentier muletier par lequel nous étions venus.

J'avançai ainsi une heure durant, m'aidant de la boussole. Les bêtes étaient nerveuses, soufflant et battant du sabot sans raison. Nul ne répondait à mes appels, mais du crottin fumant, sur le chemin, me rassura sur le sort de Nichine : il devait me précéder à quelque distance, hors de portée de voix cependant. En forçant le pas, je pourrais sans doute le rejoindre avant le camp.

Ce n'est qu'au bout d'une demi-heure environ qu'un bruit de cailloux roulant en contrebas m'avertit d'une présence. Le sentier, à cet endroit, décrivait une large courbe. J'appelai, sans résultat. Coupant par la pente au risque de verser mon précieux chargement, je retrouvai le sentier à l'instant où une saute de vent dissipait un peu le voile de brume.

C'est alors que je l'aperçus. Que je devinai du moins sa silhouette, avant qu'un repli du terrain ne le dissimule à ma vue. Deux ou trois cents mètres nous séparaient à peine (comment apprécier les distances dans de telles conditions ?), et cependant il ne parut pas m'entendre, avançant d'un pas têtu et sourd au milieu du chemin de pierraille.

Je l'avoue, mon premier réflexe fut de penser qu'il était ivre. Désarçonné par sa monture, blessé peut-être. J'avais beau m'époumoner, il continuait du même pas égal, apparaissant et disparaissant au gré des nappes de brume sans même tourner la tête.

Freiné par les bêtes que je tirais, je perdais du terrain, en reprenais, en perdais encore. J'ai fait parfois ce rêve : quelqu'un marche devant moi, je crois le toucher et ma main ne traverse qu'une fumée impalpable...

Enfin, la brume se déchira. La pente était moins prononcée, bordée de conifères, nous avions rejoint le plateau. Dans la semi-obscurité de la forêt, il parut ralentir, obliqua vers les fourrés où je le vis s'accroupir. Nouant la longe à une souche morte, j'abandonnai les bêtes et courus vers lui, bien décidé à profiter de sa halte pour mettre fin à cette course absurde.

Ce détail a son importance : j'étais *contre le vent*. Sans doute est-ce là toute l'explication. Le brouillard étouffant ma voix, le vent chassant le martèlement des sabots sur la pierraille et l'*odeur* des bêtes.

Quand je la rejoignis, la silhouette était toujours accroupie, grattant furieusement dans les buissons de genévriers pour chercher quelque chose.

Comment décrire cette rencontre ? Au bruit que je fis, elle se redressa. En face de moi, je n'avais pas Nichine, mais un homme gigantesque. Un homme ? Une bête plutôt à face humaine, au corps couvert de poils grisâtres, au visage glabre et sans cou, qui roulait des orbites horrifiées et montrait les gencives.

La terreur me cloua sur place. Aussi surpris que moi, le monstre retroussait les babines, émettant des sifflements rauques et balançant ses épaules d'ours. Puis, poussant un hurlement déchirant, il se jeta d'un bond à travers les fourrés, dévastant tout sur son passage jusqu'à se fondre au plus épais du sous-bois.

Je fus longtemps à reprendre mes esprits. Maintenant encore, rédigeant ces lignes à l'abri de ma tente, je sens mes veines se glacer. Je suis géographe, un homme sensé — du moins le pensais-je jusqu'alors —, rompu aux disciplines scientifiques et à l'observation. Ce que j'ai vu sur ce sentier défie les lois de la raison.

Quand Nichine m'eut rejoint (il s'était égaré plus haut, sain et sauf, avec sa monture), j'eus toutes les peines du monde à lui cacher mon trouble. Ce serait créer dans la troupe une panique inutile. Mais ce secret est bien lourd. J'hésite encore à m'en ouvrir au major Svechnikov : en tant que responsable militaire de cette expédition, doit-il savoir ? Comment accueillera-t-il semblable révélation ? D'un autre côté, je ne peux taire, si incroyable soit-elle, l'explication des incidents qui ont émaillé notre expédition : le saccage du camp, l'incident du bouquetin, la bête qu'ont poursuivie en vain nos hommes dans la forêt...

À qui les imputer ? À quelque homme des bois ? L'être que j'ai vu tenait plus de l'animal que de l'humain. Je sais qu'on parle d'hommes élevés par les loups, pourquoi pas d'hommes ours... Mais aucun homme, même revenu pour quelque obscure raison au stade le plus sauvage, n'aurait ce faciès vide et épais de brute, cette absence d'expression si complète qu'un instant il m'a semblé considérer une créature de Dieu qui eût été privée d'âme.

Vingtième jour d'expédition

Rien de nouveau depuis l'épouvantable rencontre. J'ai décidé d'en taire le récit à Svechnikov, mais d'accepter en revanche l'escorte de deux hommes qu'il nous adjoint dès que nous nous aventurons loin du campement.

Vingt et unième jour d'expédition

Intéressant entretien avec le chef du village. C'est un vieillard aux traits dignes, au parler lent et mesuré, qui nous reçut dans sa maison avec une touchante simplicité. Ogul me servait d'interprète, Moissiev somnolait, cuvant la bière qu'il s'était fait servir en lieu et place du thé.

J'en profitai pour aiguiller notre hôte sur les légendes locales et les superstitions entourant de mystérieux habitants des forêts. À ma grande stupéfaction, il s'ensuivit une conversation fort animée avec Ogul. Les propos qu'il me rapporta — et dans lesquels il faut faire la part de sa propre imagination enfiévrée — sont à peu près ceux-ci : ma rencontre de l'autre jour n'a rien d'exceptionnel dans ces contrées où les apparitions d'hommes sauvages sont monnaie courante. Le chef lui-même en a vu lorsqu'il était enfant, et les pâtres nomades croisent régulièrement des familles entières d'êtres nus et velus sans s'en inquiéter davantage. *Agatch-kichi,* ou « homme des bois », est le nom qu'on donne ici à ces créatures. Elles vivent dans la profondeur des forêts, se nourrissent de baies et de petits rongeurs, mais il n'est pas rare qu'elles s'approchent des maisons isolées, poussées par la faim et la curiosité.

Toujours selon le chef, les femelles ont des mamelles longues et pendantes qu'elles rejettent sur l'épaule pour mieux courir. Mis à part ce détail anatomique saugrenu, le portrait qu'il m'en fit correspond trait pour trait à la créature que j'ai aperçue : face glabre profondément enfoncée entre les épaules, arcades épaisses, torse surdéveloppé, le corps couvert d'un crin épais et sale.

Précision troublante : ce sifflement inarticulé qui semble leur seul langage, et que le chef a imité pour moi avec un réalisme si troublant que j'ai senti à nouveau se hérisser la peau de mon crâne.

Pure légende ? Non, puisque *j'ai vu,* que *j'ai senti* aussi, et par deux fois, l'immonde odeur de charogne. Pour ces peuples arriérés, de telles créatures trouvent naturellement leur place dans la faune magique dont les entoure la tradition. Se peut-il cependant qu'il existe ici, dans ces montagnes reculées, une espèce encore inconnue des sciences ? Un animal si proche de l'homme que sa découverte, si elle devait se confirmer, renverserait les catégories communément établies depuis Darwin et Linné ?

Une telle considération me saisit de vertige. Désormais, je cache ce carnet, comme s'il avait pu contenir quelque dangereux aveu de sorcellerie. Les rigueurs de notre expédition ont-elles pu altérer ma raison au point de me faire perdre tout sens commun ?

Je l'affirme cependant : moi, Andréï Tchinenoff, ingénieur-cartographe de première classe, sain de corps et d'esprit, ai vu sur ce sentier une créature dont Dieu seul — du moins je veux le croire — connaît aujourd'hui la nature.

Trentième jour

Terrible tragédie : Nichine, mon jeune et précieux assistant, a fait hier une chute mortelle.

Il s'était éloigné seul, malgré mes ordres, pour effectuer quelques croquis dans un couloir d'avalanche. Les pluies diluviennes qui tombent depuis deux jours ont rendu les recherches plus difficiles. Nous avons trouvé au matin son corps disloqué au fond d'une crevasse.

Enterrement demain dans le petit cimetière du village.

Chagrin et hébétude de la troupe. Cet accident décide de la fin de notre expédition.

Svechnikov, tout à l'heure, est entré dans la chapelle où je veillais notre malheureux camarade. Cette tragédie l'affecte plus qu'il ne veut le montrer. Nous aimions tous Nichine, sa juvénile candeur, ses manières douces et sensibles.

« Prenez, a murmuré le major. Ce sont ses carnets de croquis. Ils vous reviennent. »

Je les ai pris, la gorge nouée par l'émotion. Demain, nous levons le camp. Je suis sorti pour qu'il ne me voie pas pleurer.

CHAPITRE 13

La pluie tombait par rafales sur l'aéroport, agitant les toits de tôle du parking. La fille tendit à Morane une enveloppe plastifiée, retenant son calot que le vent menaçait d'emporter.

— Vos clefs, *señor* Morane, votre passeport. Je vous souhaite un bon séjour en Espagne.

La voiture de location, une Seat Ibiza métallisée, sentait le plastique neuf et l'huile de moteur. Morane jeta son sac sur la banquette arrière, déplia la carte routière gracieusement fournie par l'employée d'Avis et s'engagea sur l'échangeur de Valence.

L'autoroute contournait la ville, ne laissant apercevoir que de vastes entrepôts industriels, des terrains vagues labourés, des chantiers en construction. Le temps était gris, brouillé, une atmosphère de tempête qui déportait la Seat à chaque camion qu'elle doublait. Une heure, avait dit la jeune femme en cernant un point sur la carte d'un trait de feutre. Salida 62. Vous venez en vacances ?

Séjour touristique, avait noté Morane. Adresse en Espagne : Javea, province d'Alicante. Une petite station balnéaire de la Costa Blanca. Il garderait la voiture une semaine, moins peut-être. Tout dépendrait de la pertinence de son intuition.

Comment appeler autrement ce qui l'avait conduit ici ? Le flair du journaliste ou du chasseur. L'entêtement aussi, ce besoin d'action qui le poussait depuis Istanbul. Renoncer maintenant aurait rendu par trop absurdes les jours perdus, cet acharnement aveugle qui l'animait. Cette fois, c'était la dernière piste. Il s'y était jeté sur un coup de tête, presque sans réfléchir. Les préparatifs à la hâte, le vol Paris-Valence retenu au dernier moment, tout ressemblait jusque-là à l'euphorie des reportages, masquant sous l'illusion du mouvement ce que l'entreprise avait de risqué et de hasardeux. Cet instinct, ces manières de fonceur, c'était précisément cela qu'on appréciait en lui au journal, une manière de sentir les coups, et la disponibilité qui l'accompagnait — sac de voyage bouclé, capable de sauter sur l'heure dans le premier avion pour le bout du monde, et de voir après.

Pourquoi ne se serait-il pas fié une fois de plus à l'intuition ?

Sa visite à la bibliothèque du Muséum d'histoire naturelle s'était révélée plus fructueuse qu'il ne l'aurait cru. Elle abritait, outre les ouvrages d'Exelmans qu'il connaissait, un gros volume in-quarto, à couverture jaune et cartonnée, au sigle ésotérique des Nouvelles Éditions Hazzam. *L'Homme sauvage, étude sur les Paléanthropes reliques,* 1979, par le professeur Richard Exelmans du Muséum. *À mon ami Le Bihan, confraternellement, R.* Le petit marque-page de tissu rouge n'avait pas dépassé le premier chapitre, preuve de l'intérêt de l'éminent invertébriste pour les thèses de son confrère et ami d'enfance.

Sous l'œil vigilant de la bibliothécaire, Morane s'était plongé dans la lecture du copieux ouvrage, surchargeant de notes et de citations son petit calepin à spirales.

Il lui fallut deux jours pour en venir à bout. Et puis, comme une prime à l'entêtement dont il avait fait preuve, cette apostille en italique à la toute dernière page du volume. De celles qu'aiment à laisser les écrivains en souvenir des heures passées au cœur brûlant de leur œuvre, ainsi que pour la relier au temps qui se remet à battre, rendre hommage aux lieux où elle s'est lentement formée.

Juillet 1972-Septembre 1978, villa El Galion, dans le bel été de Javea.

— Monsieur Mortagne ? Non, Richard n'est pas là, je suis navrée. Je ne vois pas de quoi vous voulez parler.

— À quelle heure pourrais-je le joindre ? C'est vraiment très important.

— Je ne crois pas qu'il souhaite vous parler, monsieur Mortagne. Je ne vous promets rien, mais laissez-moi votre numéro, j'essaierai de vous rappeler.

Rachel avait rappelé le lendemain.

— Une maison de vacances qu'ils ont louée autrefois, monsieur Mortagne, quand Richard était enfant. Une location d'été, vous voyez. Comment dites-vous que s'appelle l'endroit ?

— Javea.

— C'est le nom. Il ne veut pas vous parler, monsieur Mortagne. J'ai dit que j'avais retrouvé une photo en rangeant des papiers.

— Je vous suis très reconnaissant, Rachel. Écoutez : est-ce que vous savez si son père avait l'habitude de retourner là-bas ?

— Aucune idée, monsieur Mortagne. Je vous répète seulement ce qu'il m'a dit : qu'il avait passé là les meilleurs étés de son enfance. Je ne sais rien de plus. Il ne m'avait jamais parlé de l'Espagne jusqu'alors, vous voyez ? Maintenant, il faut que je raccroche, monsieur Mortagne. J'ai mon cours d'accouchement sans douleurs et le type de la machine n'est toujours pas passé.

La route longeait maintenant des sierras grises et déchiquetées. La pluie avait cessé. Un soleil de fin d'après-midi, jaune et légèrement voilé, éclairait de ses rayons rasants les plantations d'orangers. Des terrasses de terre ocre, des hectares d'orangers en bandes régulières, aux feuilles lavées par la pluie. De rares habitations d'allure mauresque, ornées de tours crénelées, de mosaïques bleues, au bout d'une allée droite comme un trait de sanguine. À l'ouest, perdue dans la brume, on devinait la masse lointaine et grise de la Méditerranée, de petites villes assemblées comme des cubes.

Combien de chances y avait-il pour qu'Exelmans eût cherché refuge dans ces âpres paysages du Sud ? Pour qu'entre tous les endroits du monde, il fût revenu vers celui-là plutôt que vers les terres sauvages de ses expéditions d'autrefois, les grands espaces vierges dans lesquels il posait, un chimpanzé à ses côtés, libre et secrètement triomphant ? Pas une sur un million. Et pourtant, quelque chose poussait Morane à la courir. *Le bel été de Javea*... La première, l'unique confidence d'Exelmans, l'aveu de quelque racine affective à l'instant de boucler le livre qui devait lui valoir l'opprobre de sa profession, sa mise au ban du monde scientifique et la suspicion moqueuse de ses pairs. Une façon peut-être de se retourner avant de sauter dans le vide, d'embrasser une dernière fois le paysage où l'on a été heureux.

L'animal blessé revenant dans sa tanière pour y mourir en paix : c'était bien là dans le style d'Exelmans, pour ce que Morane commençait de connaître du personnage. La fuite d'un vieux misanthrope qui était aussi l'aveu d'une faiblesse cachée, l'étrange élan de nostalgie pour un passé où figurait une famille unie, un couple jeune encore et leur fils unique goûtant dans le Sud quelque harmonie retrouvée.

L'après-midi s'achevait quand la petite Seat s'engagea dans la rue principale de Javea. Le village se dressait sur une colline, adossé au cône pelé du Montgo. Un ensemble d'immeubles bas et carrés, sans caractère défini, alternant avec de vieilles maisons espagnoles en pierre poreuse, aux fenêtres fleuries et ouvragées. Par l'enchevêtrement de ruelles qui délimitait la partie ancienne, on devinait une petite place en pente, la tour carrée d'une église fortifiée.

Morane traversa le village au ralenti avant de redescendre vers le port et la station balnéaire. Le ciel, entièrement dégagé maintenant, était d'un bleu éclatant au-dessus de la baie. Un bleu surnaturel, tout à la fois profond et lumineux, comme si cette partie du monde seule eût été éclairée. Face à la mer, une succession de villas blanches aux jardins plantés de palmiers, des haies de lauriers en fleur. Laissant le port derrière lui, il gagna lentement la station, s'arrêta au Parador où il prit une chambre avec vue sur la plage.

Il était trop tard pour se mettre en quête d'Exelmans dès ce soir. Il prit une douche, se rasa, enfila un pull pour dîner dans les jardins de l'hôtel. La saison commençait à peine. Les serveurs s'empressaient autour des rares tables, le menu touristique était exécrable. Morane commanda de l'espadon, un rosé de Penedes et du melon, fit un tour sur le Paseo en fumant des cigarettes avant de monter se coucher.

Le lendemain, éveillé tôt par la luminosité inhabituelle du jour et le tintement des drisses dans l'anse sous sa fenêtre, il alla flâner du côté du port. Dans un petit bar en terrasse qui sentait la friture de *churros,* il attendit l'heure d'ouverture des boutiques en bavardant avec le patron.

Son espagnol n'était pas trop rouillé, constata-t-il avec satisfaction, bien qu'entaché d'une pointe d'accent équatorial qui le faisait prendre invariablement pour quelque vacancier latino-américain.

— *¿ Un señor francés que vive aquí ?* Il y a tellement de Français ici, pendant la saison, et des Belges aussi, des Canadiens... Comment savoir, *señor* ?

— L'homme que je cherche doit être résident. La soixantaine, très grand, plus d'un mètre quatre-vingt-dix.

— Alors c'est sûr, *señor,* ce n'est pas un Belge. Les Belges boivent beaucoup de bière. La bière les fait grandir comme ça : horizontalement, non ? s'esclaffa le patron en caressant la surface du zinc du dos de la main. Un autre café, *señor* ?

Il essaya quelques agences immobilières spécialisées dans les locations saisonnières. Aucune n'avait en gérance une villa *El Galion.* Dans les boutiques du port, on connaissait beaucoup de résidents français ; aucun cependant qui correspondît au portrait d'Exelmans. La population de la station grossissait dès le mois de juin d'une foule d'étrangers venus de l'Europe entière. Quant aux quartiers résidentiels, ils couvraient les collines avoisinantes, dispersés parmi les pins en petits îlots de maisons basses, d'un blanc éclatant, coiffées d'une multitude de toits ocre. Autant chercher une aiguille dans une meule de foin, songea Morane. Il pourrait errer jusqu'au Jugement dernier sans jamais tomber sur la villa. Existait-elle seulement encore sous ce nom ? À en croire Rachel, les Exelmans y avaient eu leurs habitudes il y a près de vingt ans. C'était trop loin pour envisager d'en retrouver une quelconque trace. La maison avait dû entre-temps passer de main en main, et rien ne disait qu'Exelmans, s'il en avait eu l'intention, ait pu y faire retraite.

À l'Office du tourisme, Morane n'apprit rien de plus. Les bureaux du cadastre étaient fermés quand il s'y présenta. À la mairie, il fut reçu par l'employé chargé du tourisme et de la culture, un petit homme à gros sourcils dont le crâne chauve dépassait à peine du comptoir. Un ventilateur faisait voleter des papiers qu'il rattrapait au vol, rabattant l'unique mèche teinte qui lui barrait le front. Morane exhiba sa carte de presse par-dessus le comptoir, se présenta avec un grand sourire comme l'envoyé de *Vogue international.* Il préparait un numéro spécial sur la Costa Blanca, expliqua-t-il, souhaitait interviewer quelques personnalités qui avaient choisi de s'y retirer.

— Vous savez comment sont les gens, soupira-t-il avec une lassitude complice. Il leur faut des photos de stars et de piscines de luxe. On m'a dit que le professeur Exelmans vivait ici depuis quelques années. Ne le répétez surtout pas, mais on parle beaucoup de lui pour le Nobel. Alors, si j'avais pu avoir quelque chose de lui avant que toutes les télés ne débarquent ici...

Mais l'employé ne connaissait pas *el profesor.* Si Morane voulait tenter sa chance à *La Gazette,* la revue des résidents français, peut-être que là... L'officine de *La Gazette* n'ouvrait pas avant 18 heures. Vaguement découragé, Morane alla traîner ses guêtres à la station balnéaire. Un restaurant abritait le Club de bridge, mais Exelmans apparemment ne jouait pas aux cartes. Morane en profita pour boire une bière et avaler un sandwich, puis, à court d'idées, entra dans une boutique du Paseo acheter un maillot-short à impressions bleu canard. Il fit un tas de ses vêtements, glissa sa montre dans ses chaussures et crawla voluptueusement dans l'eau fraîche de juin avant de s'allonger sur le sable avec une cigarette. Le sel rendait plus âcre le goût du tabac, et il resta étendu près d'une heure, somnolant au soleil, les yeux mi-clos, contemplant dans l'azur la course de petits nuages blancs que le vent effilochait au-dessus du large.

Il rentra à son hôtel, se doucha à l'eau douce avant de vérifier le contenu du mini-bar. La main s'y trouvait toujours, petit paquet informe et morbide au milieu des mignonnettes de whisky et des sachets d'amandes salées. De quoi provoquer la syncope du garçon d'étage, se dit-il avec amusement. La chambre n'avait pas encore été faite, le lit offrait le spectacle consternant d'une nuit solitaire et agitée. Il referma la porte du mini-bar, empocha la clef et quitta l'hôtel sans but, roulant fenêtre ouverte à petite vitesse dans les ruelles ombragées du port.

Le bain l'avait ragaillardi, lui donnant un curieux sentiment de vacances après l'agitation des derniers jours. Il était en Espagne, l'air sentait le poisson, le linge propre et l'Ambre solaire, des filles en short traînaient à la terrasse des cafés, exhibant de longues jambes brunies au bout de sandales à semelles de liège surélevées. Les lunettes noires qu'il portait sur le nez contrastaient avec sa propre pâleur, renforçant l'agréable sentiment d'étrangeté, de désœuvrement aussi, d'un temps volé désormais sans raison.

Personne ne l'attendait nulle part, ne savait même où il se trouvait, ne s'inquiéterait de lui — sa mère exceptée, mais elle avait l'habitude depuis le temps de ses disparitions. Une carte postale la rassurerait, la vue d'un bout de plage surexposée justifiant à ses yeux tous les départs, flattant son goût immodéré pour la normalité. Même célibataire, oublieux, tête brûlée, sans emploi ni compagne stable, son fils à l'existence si déroutante avait droit lui aussi à de vraies vacances, dût-elle en être plus délaissée encore pour cela.

À qui aurait-il pu manquer ? Sans amis véritables — quelques partenaires de poker, des habitués des boîtes du Quartier latin, noctambules invétérés et plus prompts à se déboutonner dans l'ivresse qu'il ne l'était lui-même, quelques types aussi du journal, des solitaires comme lui qu'il croisait quelquefois dans des capitales étrangères le temps d'une nouba à tout casser —, il était sans attaches, libre et chaste depuis le départ de Jacqueline. C'était la vie qu'il s'était choisie. Non pas un idéal, mais quelque état préparatoire, la solitude méthodique de l'athlète avant l'épreuve.

Depuis les années d'internat, les cauchemars dans les dortoirs déserts, il se préparait, s'endurcissait. Pour quel rendez-vous ? Il n'aurait su le dire, sinon que quelque chose était là, tapi dans son destin, dont il ignorait la nature mais qui en était le centre de gravité et vers lequel convergeaient toutes les incertitudes de son existence.

Une sorte de romantisme, sans foi ni idéal, qui

l'avait fait choisir d'abord, parmi le contingent de jeunes V.S.N.A. fraîchement débarqué, pour accomplir les tâches obscures du Renseignement. « Vous vendriez père et mère, Morane, avait dit l'officier recruteur, un vieil attaché militaire qui achevait sa carrière dans une ambassade de seconde zone au Panamá, en le toisant avec un mépris plein d'intérêt. Faites-le simplement pour le service, Morane, et coupez-moi ces cheveux avant que je ne vous mette trois jours au trou. »

Morane avait obtempéré — sauf pour les cheveux —, avait cru même trouver comme soldat de l'ombre ce domaine d'exercice pour lequel il s'était tenu prêt. Après seize mois, rendu à la vie civile, il avait continué à servir comme agent occasionnel, infiltrant des groupuscules de gauche, fraternisant avec les mouvances extrémistes des milieux culturels dans toute l'Amérique latine pour le même colonel.

« Vous avez des nerfs mais il vous manque une cause, Morane, une vraie, pour devenir un soldat. Vous croyez servir mais c'est le sport qui vous intéresse, seulement le sport. Nous avons besoin de moines, Morane, pas de voyous de votre sorte. »

Rentré en France, il s'était servi de son expérience du continent sud-américain pour quelques journaux, avait pris sa carte de presse. Bouger, c'était tout ce qu'il savait faire, sauter d'un vol à l'autre à travers les lignes à long-courrier, flairer les lieux, s'en imprégner jusqu'à devenir transparent. Le reste était une affaire de régurgitation. On lui concédait une facilité de plume, un rythme, quand il s'agissait encore de mouvement, le cliquetis furieux de la machine à écrire achevant d'épuiser les réserves d'énergie dont il s'était chargé ailleurs. Après, il dormait deux jours durant.

C'était ainsi qu'il procédait depuis Istanbul : une marche au flair, sans objet défini sinon le sentiment qu'au bout de la course il *fallait* qu'il y ait quelque chose, dût-il le chercher jusqu'en Espagne, dans cette petite station engourdie par la venue précoce de l'été.

Soudain, il freina, se rangea en catastrophe le long du trottoir.

C'était une minuscule boutique à façade vermillon. Une enseigne en forme de livre, une vitrine étroite, constellée de taches de doigts. *Polly's Bookshop.* En devanture, des romans d'occasion à couverture criarde. Morane poussa la porte, soudain aveugle après le soleil de la rue.

La boutique était exiguë, une sorte de couloir sombre encombré de livres du sol jusqu'au plafond. Ils s'entassaient par terre, en piles, débordaient des étagères, asphyxiaient les murs sous une prolifération poussiéreuse et colorée de champignonnière. Le propriétaire était un homme entre deux âges, cheveux blancs, le teint rouge brique, une allure distinguée de hippie vieillissant. Il leva les yeux de ses mots croisés, salua Morane d'un hochement de tête.

— Je voudrais consulter un ouvrage que vous avez en vitrine. Celui qui a une jaquette déchirée.

— Je vous en prie, faites comme chez vous.

C'était un ouvrage scientifique, une édition américaine datant de 1927. *Non-Human Primates Intelligence,* par J. Hobbes et K. Hoffman. Sur la couverture aux couleurs violentes, un photomontage de mauvais goût montrait un chimpanzé jonglant avec des chiffres. C'était elle qui avait attiré l'attention de Morane, s'incrustant dans son champ de vision à la manière fortuite d'une écharde de lumière. Une part de son esprit qui continuait à chercher seule quand lui-même avait renoncé.

Sur la page de garde, un ex-libris à l'encre bleue : les initiales R.E. entrelacées en longues majuscules élégantes. Quelle probabilité raisonnable pour qu'il s'agisse...

— Très bonne édition, lança le bouquiniste depuis son tabouret. J'ai d'autres choses sur le sujet, si cela vous intéresse. Pas très neufs mais en bon état.

Il se leva, fouilla dans un rayonnage reculé, en tirant une poignée de livres qu'il tendit à Morane. Dans chacun d'eux, le même ex-libris.

— Vous recherchez un titre en particulier ?

— Peut-être. À vrai dire, je suis surpris de trouver ce genre d'ouvrages ici. Ce ne doit pas être précisément la lecture à la mode sur la plage.

L'homme haussa les épaules.

— Un Français qui vient ici de temps à autre. Un résident. Je lui échange des livres contre de vieux policiers.

— Écoutez, je suis à la recherche d'un ami français. Votre client ne s'appellerait pas Exelmans, par hasard ?

— Il m'a dit son nom, je crois, mais j'ai oublié.

— Un grand type, le crâne dégarni, une bonne soixantaine ?

— Hon hon. Vous le connaissez ?

— Je suis de passage dans la région pour quelques jours et j'ai promis de lui rendre une petite visite amicale. Étourdi comme je suis, j'ai oublié de prendre son adresse sur moi. Vous ne sauriez pas où je peux le trouver ?

— Je sais seulement qu'il a ses habitudes dans un petit restaurant du quartier. Mais avec la saison qui commence, je crains qu'il ne sorte plus guère de chez lui. Je le vois surtout l'hiver. Votre ami n'aime pas la foule, je crois.

— Richard a toujours été un ours.

— Attendez... Je suis allé chez lui, il y a de ça quelques années. Il voulait faire estimer sa bibliothèque. À l'époque, il habitait à Granadella, une vieille maison blanche au-dessus de la mer. Un nom de bateau, si je me souviens bien.

— *El Galion* ?

— Peut-être, un nom comme celui-là en tout cas... Eh, si le lot vous intéresse, je peux vous faire un prix... Monsieur ? *Mister ?*

CHAPITRE 14

La villa se dressait sur la falaise, invisible depuis la route en lacet qui conduisait à la crique.

Une maison plate et blanche, toute en longueur, aux murs mangés par l'humidité. On y accédait par un sentier de terre sur lequel la Seat soufflait et grinçait, soulevant des nuages de poussière ocre. Pas de portail, un mur bas de pierres sèches hâtivement chaulées cernant un jardin de rocaille qui semblait à l'abandon. Une courette en terre battue où séchait du linge, une tonnelle abritant quelques meubles de jardin empilés les uns sur les autres. Sous une *sombra* de canisse, une Jeep décapotée et maculée de boue. Un beau chat abyssin au pelage presque bleu dormait sur le capot, le corps strié d'ombre et de soleil.

Morane se rangea sur le bas-côté, la chemise trempée de sueur, le cœur battant plus vite qu'à l'accoutumée tandis qu'il pénétrait dans la courette.

Le nom s'étalait sur la façade, en lettres de fer

forgé étirées par des coulures de rouille : *Villa El Galion.* Morane aurait pu chercher longtemps. La petite crique de Granadella se trouvait sur l'autre versant de la baie, en contrebas d'un maquis abrupt de pins et de chênes verts. Une anse de galets où la mer venait battre, encastrée entre les flancs d'un massif de roche rouge. Morane s'y était repris à deux fois avant de découvrir la piste qui conduisait aux rares villas étagées au-dessus des flots. *El Galion* était la dernière, sans autre vis-à-vis que le ciel et l'eau.

Morane s'avança sous le porche, frappa au carreau. Personne. Un rideau intérieur masquait la porte vitrée, empêchant de rien voir. Il manœuvra la poignée : fermée à clef. Il recula, la main en porte-voix.

— *¡ Hola !* Il y a quelqu'un ?

Contournant le bâtiment, il déboucha sous les arcades d'une terrasse, encombrée de mauvaises chaises de toile et de rotin qu'on avait poussées dans un coin. Une petite femme en noir, un foulard noir noué sur des cheveux gris fer, battait un tapis de corde jeté sur la balustrade, dos tourné à Morane.

— *Hola, señora. Buenas tardes.*

La femme sursauta, portant la main à son cœur.

— *Señor,* vous m'avez fait une de ces peurs !

— Pardon. J'ai appelé, mais personne n'a répondu. Est-ce que le *señor* Exelmans est là ?

La petite femme secoua la tête, assena une vigoureuse volée de coups au tapis avant de maugréer.

— Le *profesor* est là, mais il ne reçoit personne.

Son espagnol avait l'accent buté des paysans. Elle se remit à l'ouvrage, dos ostensiblement tourné au visiteur.

— Je viens de France pour le voir, *señora,* insista Morane. S'il vous plaît.

— Le *profesor* ne reçoit personne, répéta la femme.

De la porte-fenêtre, un gnome difforme et grimaçant avait surgi, progressant sur le sol par bonds silencieux. Avant que Morane ait pu esquisser le moindre geste, le gnome bondit sur lui avec une étrange délicatesse. Morane recula sous le choc, perdit l'équilibre, entraîné par le poids de l'animal dans l'empilement des chaises qui se renversèrent avec fracas.

— Qu'est-ce que c'est que ce bordel, Maria ?

Un rugissement, puis une silhouette qui se profilait dans l'embrasure de la porte-fenêtre. Un instant, elle se tint entre lumière et ombre, éructant et clignant des yeux.

Puis, sans transition, l'homme éclata de rire, un rire qui ressemblait à un barrissement et semblait ne jamais devoir s'arrêter.

Il était plus grand encore que Morane ne l'avait imaginé. Plus grand que son fils, un géant d'un mètre quatre-vingt-quinze au moins malgré la voussure du dos, et qui forçait Morane à ployer le cou comme un écolier.

Il portait un short immense et sans forme, des sandales de cuir éraillées. Le torse était nu, épais, couvert d'une toison blanche et caprine, les épaules larges. Seuls les muscles de la poitrine avaient fondu, soulignant la saillie des clavicules, les plis du cou, flétris par l'âge comme des fanons. Les genoux aussi paraissaient énormes, anguleux, des genoux de gladiateur, songea Morane. Un chapeau de toile avachi lui couvrait le crâne, encadrant un visage aux traits larges et fermement dessinés.

Malgré la barbe taillée en bouc qu'il arborait maintenant, Morane l'aurait reconnu au premier regard. C'était le même air altier que sur la photo : un visage tout en bouche et en nez, aux yeux intenses sous l'arc dissymétrique des sourcils. Un air de virilité narquoise, c'était la première expression qui venait à la pensée, et que l'âge et les rides n'avaient su altérer. Le bouc, les progrès de la calvitie sur son grand crâne y avaient ajouté une noblesse de vieil hidalgo.

— Vous avez de la chance, dit-il sans esquisser un mouvement. D'habitude, il jette des pierres aux visiteurs importuns.

Le singe lâcha Morane, glissa à terre et rejoignit son maître de sa curieuse démarche chaloupée, ses longs bras d'araignée traînant sur le carrelage.

— Charmante bestiole, grimaça Morane en se relevant. Elle est toujours aussi affectueuse avec les inconnus ?

— Il vous aurait assommé s'il l'avait voulu. Vous n'avez pas idée de la force de ce vieux Platon.

Il flatta le crâne clairsemé du singe dont les babines se retroussèrent, exhibant un sourire jauni de vieux beau.

— Socrate d'abord, maintenant Platon : vous n'en finissez pas de repasser vos humanités, professeur.

Exelmans dressa un sourcil intrigué :

— Vous connaissez Socrate ?

Ce n'était pas à proprement parler une question : une manifestation de méfiance, doublée d'une mise en garde implicite. Morane choisit d'ignorer l'une et l'autre.

— L'imparfait conviendrait mieux : Socrate est mort du typhus en 1966.

— Vous semblez remarquablement informé, jeune homme, murmura Exelmans en le dévisageant sans aménité. Pure curiosité avant que je vous flanque hors de chez moi : comment m'avez-vous trouvé ?

— Je n'essaierais pas, à votre place, dit Morane en allumant une cigarette. Nous ne boxons pas dans la même catégorie, mais je connais les coups vicieux, d'accord ?

Ils se toisèrent un instant en silence, se mesurant comme deux collégiens brûlant d'en découdre. Puis, s'emparant d'une seule main d'un lourd fauteuil en osier :

— Venons-en au fait, lâcha Exelmans avant de s'asseoir. Vous vous imposez chez moi, alors inutile de perdre plus de temps : qui êtes-vous et que voulez-vous ?

Morane s'appuya à la balustrade.

— Je m'appelle Morane. Philippe Morane. Mon nom ne vous dira rien. Mettons que je viens de la part d'un de vos amis.

— Un ami ? ricana Exelmans. Vous devez avoir beaucoup d'imagination.

— Est-ce que le nom d'Iskander Mehmet vous dit quelque chose, professeur ?

Le fauteuil d'Exelmans craqua dangereusement comme il se penchait vers Morane.

— Iskander ? Que me chantez-vous là... C'est *Iskander Mehmet* qui vous envoie ?

— Lui-même, professeur, qui m'a chargé de vous transmettre son souvenir ému et ses hommages.

Exelmans se rejeta lentement en arrière, émettant un ricanement incrédule.

— Iskander Mehmet, répéta-t-il, comme si ce nom remontait d'un passé si lointain qu'il dût en éprouver à l'oreille la consonance familière. Bon Dieu ! Qui que vous soyez, Morane, il va vous falloir être fichtrement convaincant si vous voulez que je croie un seul mot à vos salades.

— J'ai rencontré votre fils Richard, continua Morane sans se troubler.

— Le petit Ric ?

— Rachel aussi. Et votre ami Le Bihan. Et Alice Grynstjan.

Ce n'était pas la meilleure méthode, il le savait, ni la plus sport, mais tant pis. Il n'était pas venu jusqu'ici pour se laisser traiter en petit garçon par un gaillard qui lui rendait deux fois son poids. À chaque nom nouveau, Exelmans accusait le coup, le visage figé, le sourcil droit tressautant au-dessus de l'œil. À la fin, il explosa :

— Bon Dieu. Qui vous a autorisé à voir le petit Ric, Morane ? Qui vous a autorisé à mettre votre sale nez dans mes affaires ?

Le singe avait sauté de l'accoudoir pour se réfugier sous une chaise, la tête sous l'aisselle et poussant des geignements. L'ombre noire de Maria se profila à l'angle de la terrasse.

— Ça va, Maria... Ne t'inquiète pas. Un petit différend entre *gentlemen.* Apporte-nous à boire. Quelque chose de fort.

Il attendit qu'elle se fût éloignée pour se tourner vers Morane.

— Écoutez, jeune homme. Prenez cette chaise et finissons-en. Mettons que vous êtes mon invité. Vous allez vous dépêcher de vider votre sac et de disparaître. Mais pas avant de m'avoir expliqué de quel droit vous vous êtes permis de voir mon fils.

Sous le fauteuil, Platon battit des mains comme pour saluer la fin du premier round.

CHAPITRE 15

Jamais, quand il avait songé à cette rencontre, Morane n'aurait imaginé qu'elle se déroulerait ainsi. Les deux hommes assis face à face, un verre à la main, s'observant avec curiosité depuis leurs fauteuils respectifs. La mer en contrebas, la stridulation des cigales parmi les pins. Dans leur dos, les va-et-vient silencieux de Maria qui remplissait les verres. Platon s'était accroupi sur l'accoudoir de son maître, fixant Morane sans ciller tandis qu'une séquence de mimiques défilait sur son visage. Une odeur de jasmin montait d'un massif à l'abandon, fade et déplaisante comme une haleine humaine.

— J'ai mis des années à trouver la paix ici, Morane, dit Exelmans en montrant le paysage. Appelez ça une retraite ou ce que vous voulez. Savez-vous comment les gens d'ici me nomment ? *El loco,* le fou... À part Maria, j'ai appris à me passer de la compagnie de mes semblables. C'est la condition :

rompre avec tout ça une bonne fois... Vous avez une femme, Morane ?

— Pas pour l'instant.

— Un métier ?

— Épisodiquement. Je suis journaliste.

— Bon Dieu. J'aurais dû m'en douter et vous foutre dehors.

— Vous avez essayé, il me semble. Mais je vous l'ai dit : il s'agit d'une visite privée. Un service que j'ai accepté de rendre.

— O. K, Morane, allez-y, soupira Exelmans. Parlez-moi du vieil Iskander. C'est pour ça que vous êtes venu, non ?

Morane commença, curieusement gêné d'abord par le regard du singe posé sur lui. Exelmans écoutait, se levant par instants pour faire les cent pas sur la terrasse, se rasseyant bruyamment pour retomber dans sa torpeur tendue, le cou enfoncé entre les épaules, ses grands bras en appui sur les accoudoirs, mains jointes à hauteur des yeux.

C'était Morane qui parlait : Istanbul, l'étrange cadeau du docteur Mehmet, le retour à Paris. Quand il en vint au petit pavillon de Jouy :

— Comment va-t-il, Morane ?

— Bien. Enfin je crois. Il attend un enfant.

— Continuez.

Il parla des lettres de Mehmet, du journal qu'il lui avait confié, gardant en réserve pour quelque obscure raison l'évocation de la main tranchée.

— Vous les avez apportés avec vous ?

— Tout est dans ma chambre, à l'hôtel.

Il raconta sa visite chez Debrooker, les recherches au Muséum.

— Vous auriez dû être détective, Morane, ricana Exelmans. Je suppose que je devrais être flatté : tous ces efforts pour moi...

— Pas pour vous, professeur, rectifia Morane : une promesse que j'avais faite.

— Très franchement, vous ne paraissez pas le genre de type à faire quinze cents kilomètres jusqu'au fin fond de l'Espagne pour une simple promesse. À propos, comment m'avez-vous retrouvé ?

— L'apostille dans votre dernier livre. Vous y évoquiez cette maison. Le reste a été un coup de chance.

— Vous avez lu mes livres, aussi ?

— Où croyez-vous que j'aie découvert Socrate ?

— Bon Dieu, Morane, vous fouillez dans ma vie privée, dans mes livres... Qu'espérez-vous déterrer ? Pourquoi ce harcèlement ?

— Je ne sais pas. L'envie de comprendre pourquoi vous aviez subitement disparu.

— Écoutez-moi bien, Morane : je n'ai *pas* disparu et vos manières de fouineur ne me conviennent pas du tout. J'ai soixante-sept ans, bon Dieu, l'âge où un homme peut décemment prendre sa retraite sans qu'un fouille-merde de votre espèce ne cherche à l'attraper par les couilles ! Tenez, donnez-moi une de vos cigarettes puantes avant que je ne vous passe par le balcon.

Comme Morane s'exécutait, leurs mains se touchèrent au-dessus de la flamme du briquet. Exelmans tira une longue bouffée avide, contemplant le bout rougeoyant de sa cigarette :

— C'est une des choses que j'ai apprises avec l'âge, Morane : on se passe plus facilement des hommes que du tabac. Socrate fouillait dans mes paquets pour brouter mes cigares. Croyez-le si vous voulez, Platon est d'une autre génération : chaque fois que j'allume une cigarette, il tourne autour de la pièce en gémissant et en battant des bras comme un foutu représentant des ligues anti-fumeurs.

Il s'extirpa de son fauteuil avec effort, le pas mal assuré. Sur la table, la bouteille de Glenfiddish était à moitié vide.

— Vous pourrez ajouter cela à votre dossier, Morane : le professeur Exelmans n'a pas renoncé à devenir un saint dans ses vieux jours. Maintenant, disparaissez avant que je commence à dire des bêtises. Quinze heures, demain, ça vous convient ? Ne soyez pas en retard. Ici, je vis comme un moine : matines, vêpres et tout le tremblement. Quinze heures, c'est l'heure du facteur. Il lui faut tout ce temps pour pousser jusqu'ici quand il a une lettre, ce qui doit arriver deux fois par an... Que ça ne vous empêche pas de finir votre verre tranquillement, hein ? Laissez tout en partant, Maria s'en occupera.

Il se saisit du singe comme on attrape un nouveau-né, le cala sur sa hanche et disparut à l'intérieur de la maison. Le dossier de rotin, sur son dos, avait imprimé une marque rouge en forme de rosace.

Morane leva silencieusement son verre sur la terrasse vide. La mer en contrebas miroitait comme un diamant.

— *Salud,* professeur, murmura-t-il. À votre béatification passée et à venir.

CHAPITRE 16

Le soir, il déambula dans les ruelles du port. La nuit était claire, une grosse lune orange se reflétait sur la mer. À la terrasse de minuscules *cantinas,* des familles attablées regardaient un match de La Corogne sur le téléviseur du bar, dans la lumière grésillante des lampes à moustiques. Comme il passait devant Santa Estrella del Mar, les portes de l'église s'ouvrirent, libérant une procession bruyante et endimanchée. Les mariés étaient très jeunes, les femmes en voilettes et capelines, les hommes étranglés dans des cols à lacet. Sur les murs, des affiches annonçaient la future prestation des *Hermanos Niños,* une équipe de toreros nains, dans les arènes d'un village voisin.

Quand il revint à la villa *El Galion,* le soleil était au plus haut. Des stores de bois brisés par endroits ombrageaient la façade, brossée de taches bleues par l'ombre des pins.

Maria le conduisit par un couloir peint en blanc,

décoré de petits ex-voto anciens. La maison était vaste, pavée de tommettes rouges. Les meubles y étaient rares, hétéroclites, presque austères dans leur manque de goût. Le crépi des murs, marbré de coulures noirâtres par l'humidité comme l'intérieur d'une grotte, aurait eu grand besoin d'être rafraîchi.

Exelmans était assis sur la terrasse, le crâne luisant de sueur dans le soleil. Devant lui, une planche en équilibre sur les accoudoirs supportait une antique machine à écrire à la peinture éraflée, un cendrier en coquillage posé sur des feuillets épars.

En apercevant Morane, Platon abandonna le jouet de caoutchouc avec lequel il jouait pour se précipiter vers lui et glisser la main dans sa poche à la recherche d'une sucrerie.

— Désolé, mon vieux, je n'ai rien pour toi.

Exelmans sursauta.

— Ah, c'est vous, Morane. Juste à l'heure, hein ? Ne vous laissez pas faire par ce pillard, surtout : il vous faucherait votre montre avant que vous ayez eu le temps de dire ouf. Asseyez-vous, asseyez-vous. Une citronnade ?

— Rien, merci. Vous travailliez ?

— Oh, quelques notes que je mettais au propre. J'ai dû m'assoupir un instant. Maria, enlève-moi ce chevalet de torture, que je puisse respirer. Le vieil homme qui se retire pour écrire son chef-d'œuvre face à la mer, hein, c'est à ça que vous pensez ? Mythologie facile, Morane : vous allez être déçu.

— Voici votre courrier, dit Morane en jetant le petit paquet sur la tablette. Avec les compliments du docteur Mehmet.

Exelmans se débarrassa de la planchette qui l'encombrait, essuya la sueur qui perlait à ses sourcils avant de s'emparer de l'enveloppe, la tournant entre ses doigts sans l'ouvrir.

— Je suppose que je dois vous remercier, Morane. Vous dédommager, aussi. Je n'ai que des *pesetas,* mais si un chèque...

— Ne soyez pas inutilement grossier, professeur. Brûlez plutôt un cierge pour moi à Santa Estrella del Mar. Ou non : mettez plutôt ça sur mon compte, pour vous avoir fait reprendre vos vices de fumeur, ajouta-t-il en désignant le cendrier plein.

Exelmans hocha la tête, reniflant les lettres comme si elles avaient pu contenir une correspondance galante.

— Fair-play, Morane. Un bon point pour vous. J'aurais préféré ne pas me sentir votre débiteur, ça m'aurait épargné des efforts de politesse, mais je suppose qu'il est inutile d'insister. Vous êtes juste un garçon très serviable qui a fait tout ce chemin pour satisfaire un vieil homme à l'article de la mort.

— Ma mère a toujours été très fière de moi.

— Vous savez quoi, Morane ? Je n'y crois pas une seconde.

— Appelez-la.

— Je parle de votre abnégation, Morane, de ce

rôle de gentil facteur que vous prétendez jouer. Je suis un vieil ours, Morane, mais je connais les types de votre sorte. Je vous ai flairé à la seconde où vous avez mis les pieds chez moi. Je connais les journalistes, leurs manières mielleuses de faux jetons, leur fair-play : des requins qui viennent par bandes dès qu'ils ont reniflé l'odeur du sang.

— L'affaire Hillary, par exemple ?

— Parce que vous connaissez ça aussi ?

— C'est la première chose dont votre ami Le Bihan s'est empressé de m'informer. Mais je l'aurais appris de toute façon : vous êtes un homme public, professeur, vous avez écrit des livres, des articles. J'ai retrouvé des numéros de *Paris-Match,* des photos. Rien d'intime ni de personnel, professeur : des coupures de presse que n'importe qui peut consulter. Alors, je vous en prie : cessez de jouer les vierges outragées parce que vous avez décidé de couper les ponts et de poser au vieil ermite sur sa colonne.

Exelmans s'appuya contre la balustrade sans répondre. Il semblait plus vieux soudain, le visage défait par la sieste, la peau sèche et fripée autour des coudes, comme décolorée en cet endroit, l'estomac un peu trop proéminent. Il se tint ainsi une longue minute, garde baissée, non plus le vieillard flamboyant et sarcastique de la veille, mais un géant échevelé à la digestion laborieuse, au short déboutonné et sans taille, une chemisette à fleurs flottant autour des reins.

— Écoutez, Morane, dit-il enfin. Je suis fatigué de ce petit jeu. Dites-moi ce qui vous amène et disparaissez de ma vue une bonne fois pour toutes.

— Le Graal, professeur, voilà ce qui m'amène. La conclusion de vos travaux, de ceux du docteur Mehmet. La preuve après laquelle vous courez tous les deux depuis près de vingt ans.

Exelmans ricana :

— Que savez-vous de mes travaux, jeune homme ? Vous avez une thèse, des titres, une accréditation ?

— Ce sont les propres mots de Mehmet que je vous rapporte, professeur, rien de plus. Et puis, je vous l'ai dit : j'ai lu vos livres. Le dernier, en particulier. Je vous avoue qu'au début je vous ai pris moi aussi pour un joyeux hurluberlu : cette expédition Hillary à la recherche du yeti, votre thèse sur ce prétendu homme sauvage du Caucase... Une espèce encore inconnue, mi-singe, mi-homme, qui baguenauderait dans les montagnes reculées de la vieille Russie. Pourquoi pas le fantôme de Joseph Staline ou le dernier des Mohicans ? Vous avez raison de le souligner, professeur : je ne suis qu'un journaliste inculte. Mais je sais faire la part entre les élucubrations d'illuminés et les vrais témoignages. C'est la base de mon métier. Les concordances que vous relevez sont troublantes, pour le moins, les similitudes trop précises pour être le fruit de l'imagination ou de légendes locales. Je suis un esprit cartésien, professeur : comme vous, je veux voir les plaies du Christ avant de croire.

— Il ne s'agit pas de foi, Morane. Navré de vous détromper, mais mes livres n'ont rien à voir avec l'existence du père Noël. Je suis un scientifique, pas un marchand de sable.

— Voulez-vous que je résume ? 1948, vous avez vingt ans. Ancien résistant, vous reprenez vos études de zoologie et faites la connaissance d'un jeune paléontologue turc. Votre discipline, la primatologie, vous rapproche de ses propres travaux sur les origines de l'homme. Il retourne à Istanbul tandis que vous poursuivez la carrière qu'on sait : Bornéo, Socrate, vos recherches sur les orangs-outangs, les premières publications... Vos voyages vous mettent en contact avec une équipe de chercheurs russes plutôt marginale, spécialisée dans le problème de l'homme sauvage. Nous sommes dans les années 60, n'est-ce pas ? L'époque de la guerre froide, du rideau de fer. Vous créez la première société française de cryptozoologie, continuez de correspondre avec Mehmet, accompagnez Hillary au Tibet, sans autre résultat que d'écorner votre réputation auprès de la communauté scientifique... Interrompez-moi si je me trompe, d'accord ?

Exelmans eut un petit rire sarcastique :

— Continuez, Morane : j'ai l'impression d'entendre ma notice nécrologique.

— Continuons alors. Milieu des années 70 : vous êtes entré au Muséum d'histoire naturelle où vous retrouvez votre ancien condisciple, le professeur Le Bihan. Profitant de cette nouvelle tribune, de la détente Est-Ouest, vous faites venir vos Russes à Paris, le docteur Mehmet et quelques autres, pour le premier colloque international sur le sujet qui vous tient tant à cœur... Vous en publiez les actes, assortis de vos propres thèses, rompant pour l'occasion avec votre éditeur habituel, le vieux Debrooker... Ce n'est que le début du trou noir : votre livre fait scandale. Dans les milieux bien informés, vous faites figure de Galilée, votre propre maison vous rejette, et ce brave Le Bihan se voit comme par enchantement débarrassé d'un concurrent dangereux dans sa longue course vers le podium... Pas très *fair-play,* c'était bien votre mot, n'est-ce pas ? Quoi qu'il en soit, vous brûlez vos derniers vaisseaux plutôt que de plier, fidèle à votre légendaire caractère de cochon, et vous quittez la scène avant les saluts sans dire au revoir à personne.

Exelmans battit mollement des mains :

— Fin de l'histoire. Vous racontez bien, Morane. Je ne sais de qui vous parlez, mais vous racontez bien.

— Non, professeur, l'histoire n'est pas finie. Pendant que vous jouiez au sénateur ulcéré, vos amis continuaient d'y croire et de travailler. Des amis fidèles et têtus, un peu surpris que vous ayez oublié si vite l'anniversaire de la petite et les flacons de parfum hors taxe. Que voulez-vous, les Turcs sont comme ça : le sens de la famille, hein, un peuple fier et qui ne se déculotte pas si facilement.

— N'allez pas trop loin, Morane, avertit Exelmans. Vos petites fiches ne vous donnent aucun droit. Que savez-vous de ce que j'ai vécu, hein ? Avez-vous la moindre idée de ce que signifient la discipline scientifique, l'exigence de vérité ? Restez-en à vos petits reportages sur les malheurs des couples princiers et foutez-moi la paix.

— *Dites à mon ami Exelmans que j'ai toutes les preuves,* récita Morane. Le vieux bonhomme en avait les larmes aux yeux. C'est un appel au secours, professeur, ou je n'y connais rien. La dernière chance.

— De quoi, bon Dieu ? De reprendre la course ? De ranimer toute cette merde ? La dernière chance pour *qui,* Morane ?

Morane désigna l'enveloppe abandonnée sur la chaise.

— Tout est là, professeur. Les lettres de Mehmet, les preuves. Dites que vous n'avez pas le courage, que vous préférez continuer de ruminer votre amertume et de bercer vos chimères plutôt que d'affronter la réalité.

— Mais nous avions *toutes* les preuves, Morane, éructa Exelmans en bondissant de sa chaise. Oh, pas de preuves directes, non, mais des milliers de témoignages concordants et d'indices matériels : litière, excréments, de quoi rendre envieux la majorité de nos confrères des autres disciplines. De quoi pensez-vous que les astrophysiciens aient besoin pour démontrer l'existence d'une étoile, Morane : de son cadavre naturalisé ?

— Vous prêchez un convaincu.

— Trop facile, jeune homme. Vous portiez encore des couches quand je crapahutais dans les montagnes avec une tente qui prenait l'eau et un interprète aussi puant qu'un bouc. Vous avez lu mes livres ? Quel droit cela vous donne-t-il ?

— Reprenez votre bâton de pèlerin, Exelmans, dit Morane doucement. Pour Mehmet, pour la paix de votre propre esprit.

Exelmans haussa les épaules avec irritation.

— Vous m'emmerdez, Morane. Définitivement.

Il inspira profondément, passa les mains sur son visage comme s'il avait voulu le laver à grande eau.

— Venez, ordonna-t-il, je vais vous montrer quelque chose. Vous savez nager, j'espère ?

Sans attendre Morane, il enjamba la balustrade et entreprit de dévaler à grandes enjambées le petit sentier bordé d'agaves qui serpentait le long de la falaise, le singe sur les talons, lâchant derrière lui de prodigieux nuages de tabac, ses longs avant-bras ballottant le long du torse comme s'ils avaient été vissés au coude.

En bas s'ouvrait une petite crique, invisible depuis la maison. Collée au rocher, une bâtisse blanche à volets bleus. Exelmans y pénétra, en ressortit aussitôt avec des masques et des palmes de plongée qu'il jeta aux pieds de Morane. Puis il ôta son short, ses sandales, se planta nu devant Morane, le pénis sombre et fripé dans une broussaille de poils gris :

— Enlevez vos frusques et suivez-moi.

Ils se glissèrent entre des rochers affleurants, recouverts d'un lichen jaune et glissant. L'eau était claire, presque dorée avec le soir tel un vin de Provence. Exelmans s'éloigna en quelques battements de palmes, laissant Morane suivre avec peine sa nage puissante et heurtée. Celle d'un homme qui se noie, pensa Morane, qui lutte contre le froid et l'engourdissement.

Mais l'eau était tiède et peu profonde, chauffée tout le jour par le soleil du printemps. Il me donne une leçon, pensa plutôt Morane : *Homo virilis* parcourant ses domaines avec une hargne de propriétaire.

En dessous d'eux, des bancs de poissons argentés fusaient dans des trous de lumière. La main d'Exelmans saisit l'épaule de Morane à la broyer tandis que l'autre, l'index impérieux, désignait la progression ondoyante d'un poulpe sous l'abri d'une anfractuosité. Ils nagèrent ainsi longtemps, côte à côte, presque bord à bord comme des navires en régates, dans un défi d'hommes silencieux et hostiles, le singe les observant depuis la plage, un bois mort à la main.

— Alors, Morane ? interrogea Exelmans en s'ébrouant. Comprenez-vous maintenant ?

— Que vous cherchez à m'épater ? Parfaitement.

— Je voulais que vous voyiez tout ça, ne me demandez pas pourquoi. Je ne suis même pas sûr que vous le méritiez.

Il soufflait comme un phoque, le poil tire-bouchonné sur la poitrine, s'étrillant le dos de sa chemise.

— Nous venions ici autrefois avec le petit Ric, en été. Juste nous deux. Nous allions jusqu'à cet îlot, là-bas, pour plonger dans les rochers... Vous avez des enfants, Morane ?

— Pas sur moi, non.

— Une expérience étrange, vous savez : on fait cette petite chose rose et délicate, et voilà qu'on se retrouve le lendemain avec une grande perche tout en genoux et pomme d'Adam qui nage à peu près aussi élégamment qu'un tourteau qu'on ébouillante...

Il rit doucement, jambes écartées devant la baie, le masque en équilibre sur le crâne, le visage froissé par l'empreinte circulaire du caoutchouc.

— À lui seul, Ric était la démonstration vivante de nos origines arboricoles. Saviez-vous que nous avons quatre-vingt-dix-neuf pour cent de matériel génétique commun avec les chimpanzés ?

— J'aurais dit plus, à voir mon dentiste.

— Ainsi le petit Ric attend un bébé à son tour... Un petit Richard III. Je suppose que cela devrait me réjouir.

— Certaines femmes ont la mauvaise habitude de faire des filles, vous savez.

Exelmans se baissa pour saisir un galet, le laissant miroiter dans sa paume, petit bloc lisse et poli de souvenirs. Le bain l'avait curieusement apaisé. Il songeait à voix haute, sans plus d'attention pour Morane que s'il eût été quelque bloc de rocher à demi englouti. Le profil vide de Platon, sa sollicitude muette à l'égard de son maître devaient souvent avoir cette fonction.

— Hélène, mon épouse : elle détestait le soleil. Une allergie aux ultraviolets. Le moindre carré de peau qu'elle exposait se couvrait immédiatement de rougeurs. Elle avait ce goût pour les maladies mineures, une sorte de violon d'Ingres typiquement féminin, vous voyez, et tout à fait exaspérant. J'avais fini par croire qu'elle dirigeait tout cela contre moi, une manière de me retenir, de se faire plaindre faute d'autre chose... Elle est morte il y a dix ans. Hémorragie cérébrale.

Il lança le galet qui ricocha sur l'eau miroitante avant de sombrer.

— Écoutez, ça, Morane : le crâne d'Hélène se remplissait de sang comme une bouillotte et moi, pendant ce temps, je courais les montagnes en Pataugas à la poursuite d'un putain de singe fantôme.

Il eut une sorte de hoquet. Il se tenait debout face à la mer, nu, mains sur les hanches. Morane se détourna pour s'habiller. Les vêtements lui collaient à la peau, l'engonçant tout à coup comme d'une autre peau trop étroite.

— Rentrons, dit Exelmans en reniflant bruyamment.

De retour sur la terrasse, il dit :

— Il est trop tard, Morane. On ne reprend pas la course après dix ans. La monture est épuisée. À quoi servirait-il de cravacher le cavalier ?

Il dit encore :

— J'ai vécu trop longtemps parmi les singes. Surtout ne me faites pas dire qu'ils sont meilleurs que les hommes ou ce genre de foutaises, hein... Dieu a inventé les bêtes pour donner un visage à nos vices. La nature est sans morale. Les choses sont, un point c'est tout. J'ai consacré ma vie à l'étude des singes, et savez-vous pourquoi ? Parce qu'ils ne demandent rien. Ils prennent ce qu'on leur donne, le reste, ils le volent... Vous avez rencontré le petit Ric, vous comprenez de quoi je parle. Il aurait eu besoin d'un homme pour grandir, d'un père à qui se confronter. Je l'aimais, Morane, sincèrement. Je l'aimais et je l'aime encore. Avez-vous déjà essayé de prendre dans vos bras un gaillard de seize ans dont le menton râpe et bourgeonne ?

Il détacha avec précaution le filtre de sa cigarette avant de l'allumer, préleva sur sa lèvre un brin de tabac.

— Est-ce que vous comprenez maintenant pourquoi j'ai tenu à vous montrer tout ça ? La seule chose que j'aie su garder, Morane... J'ai racheté cette maison voilà neuf ans pour une poignée de figues. J'ai quelques vignes plus haut dont je m'occupe, ce vieux Platon, la tambouille infecte de Maria. Quelle preuve raisonnable pourriez-vous m'apporter pour que j'y renonce, hein ? Ce n'est pas de preuve dont j'ai besoin, Morane, mais de paix. Je sais, vous comprenez, je *sais* aussi sûrement que je vous vois qu'il existe quelque chose dans les montagnes du Caucase, mais aussi en Amérique du Nord, dans les forêts de l'Himalaya et les jungles d'Indonésie. J'en ai établi la carte de répartition, étudié le biotope, rassemblé tant de témoignages directs ou indirects qu'aucune espèce ne peut se vanter à ma connaissance d'un portrait-robot aussi précis. J'ai fait ma part du boulot, Morane, et pour quel résultat ? Notre époque veut du concret, du *live* — c'est bien comme cela qu'on dit dans votre métier, n'est-ce pas ? —, rien de ce que Mehmet ou moi-même ne pourrions apporter.

— À mon tour de vous montrer quelque chose, professeur.

Exelmans n'avait pas touché aux lettres. Peut-être se réservait-il de les lire en l'absence de Morane, comme le message d'adieu d'un vieil ami qu'on répugne à ouvrir devant un étranger.

Il ne pourrait pas ignorer ce que Morane lui fourrait maintenant sous les yeux. À travers le linge, la main était froide, désagréable au toucher ainsi qu'un morceau de viande à demi décongelé.

— Cadeau du docteur Mehmet. Pour saluer votre retour.

Exelmans regarda Morane, le paquet souillé.

— La preuve concrète que vous attendiez, professeur. Il l'a trouvée.

— Nom de Dieu, murmura Exelmans en dépliant le linge. Nom de Dieu.

Les yeux écarquillés, il contemplait la dépouille. Nom de Dieu, répéta-t-il encore. L'incrédulité le paralysait, bouche ouverte, le sourcil droit levé en point d'interrogation. Lentement, il tira de l'enveloppe de cuir qu'il portait autour du cou de fines lunettes à monture métallique, s'en chaussa, plongeant dans les yeux de Morane son regard soudain étréci, presque menaçant.

— À qui avez-vous montré ça, Morane ?

— Personne. Une fille de chez Deyrolle, une de

vos anciennes étudiantes, Lisa, a juste procédé à son examen rapide.

— Lisa ? répéta Exelmans.

— D'après elle, cette main n'appartient à aucun singe connu.

— C'est la même main, murmura Exelmans. La même que celle du monastère de Pangbotchi : l'unique relique de yeti conservée à ce jour. Une main desséchée et momifiée il y a plus de trois cents ans. Peter Byrne, Ogawa et moi sommes les seuls chercheurs à avoir pu l'étudier *in situ.*

Morane hocha la tête.

— J'en ai vu la reproduction dans votre livre.

— Même largeur du carpe, même longueur de pouce... Un individu plus petit sans doute, mais la morphologie est similaire.

Il ôta ses lunettes, se pinça l'arête du nez douloureusement, fermant les yeux comme s'il cherchait à se convaincre qu'il ne rêvait pas.

— Celle-ci n'a pas un an, professeur. Lisa est formelle sur ce point.

Exelmans repoussa sa chaise, fit quelques pas sur la terrasse, secouant les muscles engourdis de ses jambes avant de se planter devant la mer. Il resta ainsi silencieux un long moment, le dos résolument tourné, un petit nerf tressautant au coin de la mâchoire.

— Écoutez, Morane, fit-il enfin, triant ses mots avec soin. Il est trop tard. Trop tard, entendez-vous ? Reprenez tout ça, les lettres, le paquet et rentrez en France. Je suis sûr que vous trouverez l'usage qu'il convient d'en faire. C'est ma caution qu'il vous faut ? Vous l'avez, et ma bénédiction en prime. Vous tenez là un scoop, de quoi vous faire une petite fortune si vous savez négocier vos papiers. C'est bien ce que vous vouliez, n'est-ce pas ? Dites à Mehmet que le vieil Exelmans n'est plus dans la course. Je suis sûr qu'il comprendra. Retournez là-bas avec lui, montez une expédition, vous aurez tous les financements avec ce que vous leur apportez.

— Pas sans vous, professeur.

Exelmans s'inclina en une parodie de salut :

— Très chevaleresque, Morane, mais j'ai rendu mon sabre et mes éperons.

Il écrasa d'une tape un moustique sur son cou tandis que Morane se levait à son tour. Dans les pins obscurcis, le premier grillon se faisait entendre.

— Je comprends votre surprise, professeur. Il est tard, je vous laisse digérer tout ça tranquillement. Revoyons-nous demain, d'accord ? Je suis au Parador, si vous vouliez me joindre.

— Vous ne renoncez jamais, hein, Morane ?

— Votre ami Iskander attend une réponse. Un remerciement pour le cadeau de noces. Vous ne pouvez le décevoir...

Il s'éloignait déjà dans l'ombre quand Exelmans le rappela :

— Juste un mot, Morane. Ces lettres : vous les avez lues ?

Morane eut un petit rire.

— Vous me prenez pour une demoiselle des postes ?

Il contourna l'angle de la maison et disparut dans la nuit.

CHAPITRE 17

Il se tenait immobile, assis au milieu du sentier, juste à la sortie du dernier virage.

Morane jura, freina à mort. La Seat dérapa, frôla le bas-côté, se rétablit in extremis dans un jet de poussière et de pierraille, avant d'achever sa course contre un buisson d'épineux, la tôle raclant de toute sa longueur la roche à nu.

Jambes flageolantes, Morane sortit de la voiture. Le singe n'avait pas bougé. Assis dans une flaque de soleil, tête basse, mains pendantes entre les genoux, il regardait devant lui sans ciller, se balançant lentement d'avant en arrière.

— Platon, espèce d'animal, qu'est-ce que tu fais là ? gronda Morane. J'ai failli t'écraser, merde.

Il s'accroupit devant le chimpanzé, caressant avec une tendresse qui le surprit lui-même le crâne étroit et bossué, aux cheveux aplatis comme ceux d'un vieux crooner.

— Hein, qu'est-ce que tu fais là, animal ?

Platon le regarda, tendant vers lui ses lèvres préhensiles dans une parodie de murmure. Profondément enfoncés dans les orbites, les yeux étaient mornes, la pupille terne, presque invisible.

Morane se redressa, lui tendant la main avec des paroles d'encouragement. Platon parut hésiter, puis, résigné, glissa sa main dans la sienne pour remonter avec lui vers la maison de son étrange démarche déhanchée d'infirme.

Morane aurait dû comprendre à cet instant. La *sombra* vide, les draps tendus sur le fil, le carton de bouteilles devant la porte. Il frappa au carreau sans obtenir de réponse, contourna le bâtiment, traînant toujours le singe derrière lui.

La terrasse était déserte, chaises et fauteuils encastrés les uns dans les autres et repoussés dans un coin. Sur la balustrade, le cendrier en coquillage. Morane marcha sur quelque chose qui couina, se baissa pour le ramasser. C'était le jouet en caoutchouc de Platon. Un horrible Mickey au sourire qui remontait jusqu'aux oreilles.

Le chimpanzé s'en empara, le porta à sa bouche, en explorant délicatement la surface avant de le laisser choir, clignant des yeux vers Morane en une supplication muette.

— Attends, dit Morane, tirant de sa poche un sucre enrobé d'un papier publicitaire. Cette fois, j'ai pensé à toi.

Le singe détourna la tête, se traînant vers l'autre partie de la maison.

— Mon petit déjeuner ne te plaît pas, vieux saligaud ? Un petit déjeuner de quatre étoiles ?

Il se mit en quête de Maria, la trouva derrière la *claustra* de briques qui flanquait la remise.

— *¿ El profesor ? No está aquí.*

— *¿ Dónde estará, Maria ?*

— *No sé, señor. Se fué.*

Se fué, se fué : c'était tout ce qu'elle savait répéter, rabotant le linge avec plus de fureur devant l'insistance de Morane.

— *Por favor, Maria : ¿ a qué hora vuelve el profesor ?*

— *¿ Quién sabe ? Esta mañana, el profesor se fue para Francia. Un correo que ha recibido. No sé cuando volverá.*

— Parti ? répéta Morane. Ce matin ? Avec toutes ses affaires ?

— *Sí, señor.*

Morane se laissa choir sur le banc.

— Le vieux singe, cracha-t-il. Le vieux singe.

Platon s'était couché dans la poussière de la *claustra,* ululant doucement entre ses doigts écartés.

DEUXIÈME PARTIE

EXELMANS

CHAPITRE 18

Journal d'Andréï Tchinenoff, membre de la Société de géographie près l'Académie des sciences d'U.R.S.S.

20 novembre 1937

La journée d'hier marquera sans doute une étape décisive pour l'histoire de notre Commission.

Pour la première fois, l'occasion était donnée aux membres les plus éminents de notre petit groupe d'exposer l'état de nos travaux devant le Praesidium de l'Académie. Séance solennelle, que chacun d'entre nous appelait de ses vœux, mais dont les conséquences ne manqueront pas de peser sur l'avenir de nos recherches et celui de la Commission.

Nous étions tous là : P. P. Démentiev, notre président, le docteur Olga Boukharine, Yvan Kolomietz, l'explorateur I. Kouliab, le zoologiste Dimitri

Astaïev de l'Académie de Mongolie, pour ne citer que les membres les plus actifs, ont pris chacun la parole à leur tour. C'est dire l'appréhension qui fut la mienne quand le moment vint de prendre la parole devant le Praesidium : la qualité des orateurs, l'importance du moment rendaient bien modeste la nature de mon intervention, et cependant je puis dire sans fausse humilité qu'elle fut reçue avec le plus grand intérêt.

P. P. Démentiev, dont l'énergie inlassable n'est plus à vanter, commença par un rapide historique du problème de l'Homme sauvage. Puis ce fut au tour du docteur Astaïev d'exposer l'état de ses propres recherches. Il commença par une synthèse succincte des centaines de témoignages recueillis par la Commission, s'attachant à démontrer leur cohérence *malgré* — et c'est là le point essentiel — la diversité de leurs origines et l'impossibilité matérielle de communication entre des témoins répartis sur des territoires aussi vastes et aussi inaccessibles.

Gul-i-aban chez les Kirghiz, *Méchae-adame* en Azerbaïdjan, *Tskhiss katsi* en Géorgie, *Agatch-kichi* en Karatchaï, *Almasty* en Kabardino-Balkarie : autant d'appellations désignant une créature dont la caractéristique essentielle, insista-t-il, semble bien l'*unité,* et dont les principaux traits morphologiques nous sont aujourd'hui connus de la manière la plus précise. À travers la somme des témoignages, le portrait ne varie guère : la stature de l'être décrit avoisine celle d'un homme de haute taille, aux épaules anormalement développées, aux bras tombant jusqu'aux genoux. La toison qui couvre le corps est courte, distincte de la chevelure, et varie du brun rougeâtre au gris sombre. La face écrasée est glabre, surmontée d'un bourrelet orbital sous lequel les yeux légèrement bridés luisent d'un étrange éclat de braise. Les rencontres, essentiellement nocturnes, font toutes état d'une puissante odeur de charogne, d'un nez étroit et aplati, de dents fortes et régulières. Le visage est plat, plus que chez l'homme, sans rien en tout cas de l'avancée en museau propre au singe ou à l'ours.

Le docteur Olga Boukharine est revenue à son tour sur cette unité pour en retracer la permanence à travers les âges. La réputation de ses travaux sur les mythes archaïques de notre civilisation en fait une alliée de choix pour notre Commission, et son exposé, en tout point remarquable, a paru balayer les quelques réticences soulevées par la fougue parfois excessive de l'orateur précédent.

De la Bible à l'épopée de Gilgamesh, en passant par les récits chinois ou indiens, les grands textes fondateurs de notre Histoire abondent en représentations d'un être velu et sauvage dont l'origine semble se perdre dans la nuit des temps. Il en va de même des bas-reliefs, peintures médiévales et autres figures énigmatiques dont elle a dressé le savant inventaire.

Au risque de la déformer, voici sa thèse : loin d'être de pures créations mythologiques, *domovoï, sylves, deva, faunes* et autres génies des bois seraient bien au contraire la trace préservée dans l'humus folklorique d'êtres sauvages dont la présence a accompagné les premiers progrès de notre civilisation.

À l'hypothèse classique selon laquelle les témoignages contemporains ayant trait à l'homme sauvage ne seraient que l'expression d'un ancien fonds légendaire, elle oppose l'idée forte selon laquelle mythes et folklores *seraient eux-mêmes le réceptacle d'un substrat historique,* trop longtemps négligé et sur lequel il nous appartient aujourd'hui de faire toute la lumière.

La part la plus difficile revenait à notre ami Yvan Kolomietz.

Après une courte pause, durant laquelle les couloirs résonnèrent de conciliabules et d'apartés, la tension me parut à son comble dans l'auditoire lorsqu'il prit la parole. Les membres du Praesidium, vieillards vénérables pour la plupart, oscillaient entre la somnolence et l'agitation la plus extrême. La longueur excessive de la séance, la densité des communications, la neige qui tombait au-dehors, baignant l'amphithéâtre d'une lueur ouatée, donnaient un relief saisissant à ce qui se préparait.

La voix posée, parlant sans notes, notre ami débuta par quelques considérations générales. Si, comme l'avaient montré les communications de nos éminents collègues, l'existence de l'Homme sauvage ne devait plus faire de doute aujourd'hui, la question essentielle de sa *nature* restait à trancher.

La Commission elle-même, avoua-t-il, se partageait en deux courants, preuve de l'indépendance d'esprit qui avait jusqu'alors présidé à ses travaux. Le clan Kouliab-Astaïev — auquel l'attachaient des liens d'amitié et d'estime, précisa-t-il avec un fin sourire — représentait l'axe majoritaire et défendait l'opinion selon laquelle l'Homme sauvage ne serait autre qu'un grand singe, relique du *gigantopithèque,* un anthropoïde bipède du pléistocène dont l'espèce aurait survécu jusqu'à nous.

— La découverte d'une telle espèce, convint-il, constituerait une avancée de première importance, mais dont le retentissement resterait à vrai dire limité au domaine étroit de la zoologie.

La thèse qu'il souhaitait soumettre humblement à l'appréciation du Praesidium est tout autre.

Quelque révolutionnaire qu'elle puisse paraître, elle s'appuie sur les travaux les plus récents de la paléontologie moderne et mérite, comme telle, qu'on s'y attarde un instant.

L'étude comparative de ce qu'il appelle le « portrait-robot » de l'Homme sauvage et des fossiles moustériens le conduit à formuler une hypothèse plus hardie que celle de ses éminents confrères.

L'Homme sauvage dont s'occupe la Commission, loin d'être un primate, est pour lui sans conteste le survivant de l'*Homo sapiens neandertalensis.*

On imagine aisément le tumulte qui s'ensuivit. Quand la tempête s'apaisa quelque peu, Kolomietz poursuivit sa démonstration. Il évoqua la troublante coïncidence entre l'aire d'occupation de l'Homme sauvage et le berceau de peuplement de Neandertal, releva les ressemblances morphologiques qu'il avait pu établir entre les deux espèces et les traits non simiesques qui, selon lui, ressortent des descriptions exposées par ses prédécesseurs.

L'ensemble de son exposé serait trop long à résumer, mais même pour nous qui en connaissions déjà la teneur, il fit l'effet d'une bombe.

— Voilà pourquoi, conclut-il avec ce calme dont il semblait ne jamais se départir, les travaux de cette Commission doivent-ils recevoir l'aval unanime et enthousiaste du Praesidium. De leur achèvement dépend la solution d'une des énigmes les plus importantes de l'histoire humaine dans son entier : celle de la survivance d'une branche de notre espèce que nous avions crue éteinte il y a 35 000 ans.

Stupeur, perplexité, chahut : c'est dans cette ambiance survoltée que je fus invité à mon tour à prendre la parole.

De tous les participants, et ce malgré ma jeunesse, j'étais le seul à avoir vu vivant l'un des spécimens dont nous débattions avec tant de fièvre. La sagesse de P. P. Démentiev, son habitude des arcanes de l'Académie, lui avaient judicieusement fait garder mon témoignage pour la fin. Je crois qu'il atteignit son but : les hommes, même savants et chenus, sont des enfants avides d'histoires. L'hostilité suscitée par les allégations de Kolomietz fit place bientôt à un silence peuplé de bouches rondes et d'yeux écarquillés.

Je rappelai d'abord les conditions de l'expédition militaire à laquelle j'avais participé, puis narrai brièvement les différentes péripéties qui l'avaient agitée.

Quand j'en vins au récit proprement dit de ma rencontre avec l'*Agatch-kichi,* l'amphithéâtre se mit à bourdonner à nouveau. En qualité de géographe, de benjamin de cette noble assemblée, je n'étais pas de taille à soutenir la controverse. J'en finis donc au plus vite, puis, tirant de mon cartable les carnets de Nichine, j'en fis circuler les croquis les plus suggestifs.

Il y en avait trois. Tandis qu'ils circulaient de main en main, je songeais avec émotion à son auteur : sans l'accident tragique qui lui coûta la vie sur les pentes de l'Elbrouz, c'eût été le jour de gloire de cet artiste sensible et doux. Sa mort tragique, à dix-neuf ans, a privé notre pays d'un peintre prometteur, égaré par les contraintes militaires dans l'aride exercice de la cartographie. Quelque grimace du destin avait voulu qu'il fût mon compagnon le jour de ma rencontre avec la créature des montagnes : séparés par la brume, nous nous étions rejoints plus tard et, de peur de l'effrayer, j'avais tu cette rencontre.

Quelle ne fut ma surprise en découvrant, de retour à Moscou, le contenu de ces carnets ! Lui aussi, au cours de ses errances solitaires, *avait vu* l'étrange créature, préférant taire une découverte qui l'effrayait autant que moi et dont nous eussions pu nous ouvrir l'un à l'autre...

Le premier croquis est une esquisse au fusain d'un groupe juché sur un rocher. On devine deux individus adultes, un plus jeune, quelques sapins à l'arrière-plan. Quoique silhouetté à grands traits, c'est le dessin le plus net.

À quelle distance Nichine se trouvait-il ? Impossible de le dire avec certitude. Les deux autres esquisses semblent quelque tentative inachevée pour préciser de mémoire, sans doute dans la solitude de la tente, ce qu'il n'a vu que de loin et trop fugacement.

Les lignes de force sont là, fiévreusement brossées : jambes courtes, torse puissant, crâne aplati. L'ensemble évoque ces armatures en fil de fer que les marchands habillent de chiffons et d'étoffes : non un croquis scientifique mais l'effort pour expulser un rêve, une figure de cauchemar peu à peu estompée par le temps faute d'avoir été fixée.

Quelle valeur auront-ils aux yeux du Praesidium ? Seul l'avenir nous le dira. La nuit était tombée quand le doyen a clos la séance. Rien n'a percé encore des délibérations menées à huis clos, et nous sommes rentrés chacun de notre côté, un peu trop vite, à la manière de conspirateurs se dispersant dans la neige de crainte d'être pris.

Verdict demain.

CHAPITRE 19

— Richard, dit Mehmet. Mon ami.

Exelmans s'immobilisa, pivotant sur lui-même sous le poids de ses bagages à main, promenant sur la foule agglutinée un regard sonné de boxeur. Il semblait trop grand, extrêmement perdu, surnageant de la tête et des épaules au milieu du flot de passagers qui se ruaient vers la sortie. Des familles se congratulaient, des couples s'embrassaient bruyamment, disputant leurs valises à des porteurs en bleus crasseux et sandales. Des hommes d'affaires à attaché-case se frayaient un chemin avec une hâte irritée, des chauffeurs de grands hôtels exhibaient au-dessus des têtes des pancartes écorchant des *Mr Clarkke* et des *M. Duran*.

Exelmans souriait avec hébétude, clignant des yeux sur toute cette agitation comme s'il se trouvait subitement plongé, après une longue apnée, dans un monde à échelle réduite, embarrassé de son grand corps, de ses bagages trop volumineux. Puis son regard de myope parut pêcher quelque chose dans la foule tandis qu'un air de ravissement incrédule se peignait sur son visage.

— Iskander, vieux frère...

Les deux hommes tombèrent dans les bras l'un de l'autre. « Mon ami », répétait le petit docteur dressé sur la pointe des pieds, mon ami. C'était une accolade un peu ridicule, Sancho Pança et Don Quichotte s'assenant de grandes claques sur l'épaule, les yeux rougis par l'émotion. Exelmans écartait de lui son ami pour mieux le considérer, l'étouffait contre sa poitrine d'ours, le repoussait encore, secouant Mehmet dans l'excès de son effusion. Iskander, vieux frère, si j'avais pensé, après tout ce temps...

— La voiture est par là, dit enfin Mehmet. Viens.

Exelmans se laissait entraîner par la manche, guider à travers la cohue de l'aéroport avec l'abandon un peu niais des hommes trop grands, le passeport à la main, l'imperméable roulé sur l'épaule. Comme ils passaient la porte coulissante, la chaleur d'Istanbul lui sauta au visage, lourde, poivrée d'odeurs, et la clameur de milliers d'étourneaux qui montait dans le ciel rose du soir, presque étourdissante.

Tandis que Mehmet bataillait au milieu des chauffeurs pour reconnaître son taxi, il restait planté là, humant à pleins poumons l'air de la nuit, jambes écartées, un sourire extatique flottant sur les lèvres. Des silhouettes se décollaient de l'ombre, fourrant sous son nez cartes postales et dépliants. Hôtel climatisé, Mister, cabaret, danse du ventre, shopping ? Tu peux payer en dollars, Mister, *no problem.* Il les repoussait sans les voir, avec une mollesse bonasse de touriste égaré, une cible facile marmonnant quelques mots de turc incompréhensibles. C'est à peine s'il sentit qu'on le propulsait à l'arrière d'une voiture, son crâne heurta le plafond bas de la Mercedes, puis quelqu'un claqua la portière, emprisonnant la sangle de sa gabardine : l'instant d'après, ils roulaient, fenêtres ouvertes, dans le flot ininterrompu qui remontait au pas vers la ville.

Ils se regardaient, riant comme deux enfants qui viennent de faire un bon coup et n'osent encore y croire, tapotant mutuellement leurs genoux, épaule contre épaule sur la banquette défoncée. Ils roulèrent ainsi un long moment, dans un silence entrecoupé de fous rires auxquels le chauffeur se joignait par instants, comme s'il s'amusait du délabrement de sa propre voiture, des embouteillages ou de l'état de la chaussée.

C'était une antique Mercedes, de ces vieux modèles qu'on ne voit qu'en Orient. Des médailles cliquetaient sous le rétroviseur, la tôle du plancher formait par endroits une dentelle de rouille sur laquelle étaient jetés de minces tapis de sol qui ressemblaient à des tapis de prière. Sur la plage arrière était vissé un présentoir à Kleenex en métal doré, ouvragé et luisant comme un moucharabieh, mais vide depuis longtemps.

— Où allons-nous, Iskander, vieux brigand... ? Je te préviens, j'ai bu trop de champagne dans l'avion.

— Très cher, approuva Mehmet. Trop cher pour un Turc, mais pas pour toi, Richard, un homme célèbre. Quand j'ai reçu ton télégramme, j'ai pensé : est-ce que mon ami Richard trouvera encore la petite chambre assez bien pour lui ?

— Je ne me suis jamais senti si jeune, Iskander. Me retrouver là après tout ce temps... Y avait-il tant de voitures autrefois ?

— Je regardais ces gens qui descendaient de l'avion et je me disais : lequel est mon ami Richard ? Saurai-je seulement le reconnaître ? J'avais vu des photos de toi dans les journaux, bien sûr, mais je tremblais comme un enfant en pensant que tu pourrais ne pas venir.

— Vois-tu comment sont les choses, Iskander ? Hier encore, j'étais mort, fini, terré dans mon trou... Et maintenant, nous sommes là tous les deux et sais-tu ce que nous allons faire ? Fumer le calumet comme avant et chanter des chants sioux.

— Voilà ce que nous allons faire, oui.

— Est-ce que tu ne comprends pas ? Le vieux Richard est là, Iskander, de retour sur le sentier de la guerre !

La Mercedes les déposa devant une minuscule

villa de bois donnant sur le Bosphore. Une maison de poupée, décorée de lampes et de bibelots fragiles, une maison de femme, pensa Exelmans, soudain cérémonieux et emprunté, murmurant presque et fléchissant les épaules comme s'il n'avait pu loger tout entière sa grande carcasse entre les frêles cloisons tapissées de rayures jaunes.

— Sofia, murmura-t-il. C'est si bon de vous revoir.

Il porta vers ses lèvres une main si légère qu'on eût dit qu'il soufflait sur une plume délicate, tavelée de roux comme celle d'une perdrix, et qu'il n'osait plus longtemps garder entre ses doigts de peur de la froisser.

— Richard. Soyez le bienvenu.

Elle avait toujours ce long cou gracile, le même petit visage mobile et anguleux juché trop haut. Autrefois, elle avait été belle, une beauté ronde et dense, aux cuisses fortes, à la poitrine haute et drue. Ce n'était plus qu'une grosse femme au corps mou et sans forme, une silhouette de chiffon à tête de porcelaine où continuaient de vivre de magnifiques yeux sombres, à la pupille frangée de noir comme l'aile d'un papillon. Une petite flamme luttant contre la mort, songea Exelmans, subitement dégrisé. Sommes-nous donc si vieux ?

— J'ai envie de vous embrasser, Sofia. Est-ce que vous me permettez ?

Il ferma les yeux, les rouvrit, gardant sur les

lèvres le souvenir de quelque chose d'infiniment doux, un velours passé, un pétale, toussota bruyamment pour cacher son trouble tandis qu'elle faisait entendre son petit rire de gorge.

— Eh bien, répéta-t-il, eh bien.

Il plongeait dans son sac, en tirait des cadeaux entre lesquels il se trompait, riant de sa déconfiture, jambes écartées, les mains trop haut sur les hanches, disant : « Vraiment, c'est si peu de chose, une bricole achetée à la va-vite. J'aurais voulu faire mieux, mais tout a été si rapide, n'est-ce pas ? »

— Vous devez être si fatigué, Richard. Iskander va vous montrer votre chambre, puis nous dînerons après.

Ils dînèrent trop vite, presque en cachette, dans la courette bordée de murs clos. La brise qui venait du Bosphore agitait au-dessus de leurs têtes les feuilles d'un poivrier, modelant la flamme des bougies, faisant passer sur leurs visages l'ombre changeante d'autres visages. Ils parlèrent un peu du passé, puis ils se turent, fumant en silence, et lorsqu'ils eurent fini leur cigarette, la table était desservie, Mme Mehmet était montée sans bruit se coucher, les laissant entre hommes dans le petit jardin de plantes grasses, de minuscules tasses à café posées entre eux comme des pièces de ma-jong.

— Comment l'as-tu trouvée, Richard ?

— Pardon ?

— Sofia. J'ai failli la perdre cet automne. Son

diabète. Ils lui ont coupé une jambe, Richard. Elle commence juste à s'habituer à la rotule artificielle.

Il parlait à voix basse, surveillant la lumière à travers le volet ajouré de la fenêtre au-dessus d'eux.

— Sofia ? répéta Exelmans. Mon Dieu. Pourquoi ne m'as-tu rien dit ?

— Elle se faisait une telle fête de te voir, Richard. Elle ne veut même pas que je l'aide à se coucher. Elle ne veut pas que je la voie comme ça.

— Je suis désolé, dit Exelmans. Mon pauvre ami. Et moi qui débarque avec ma valise de pétards et de confettis...

Au premier, la lumière s'éteignit.

— Je n'aurais pas dû venir, Iskander. Plus maintenant.

— Ta venue lui fait tellement de bien. C'est une femme digne, Richard. Elle a préparé elle-même l'ancienne chambre de Leïla pour te recevoir. Pour que tout soit à nouveau comme avant.

— Je suis un vieil animal, pardonne-moi. J'ai vécu trop longtemps dans mon trou, et maintenant, c'est toi qui me consoles... J'aimerais avoir ta force.

Mehmet secoua la tête :

— C'est elle, dit-il. Ils lui ont coupé la jambe au-dessus du genou, l'ont jetée dans une poubelle en plastique avant de la brûler, Richard... La jambe de Sofia.

Il tournait convulsivement son café, fixant un point de la toile cirée, ses gros yeux luisant dans l'obscurité.

— C'est elle qui est forte, continua-t-il. La nuit, quelquefois, elle se réveille en criant à cause des crampes. Sa jambe n'existe plus, et elle se réveille la nuit avec des crampes au bout des orteils comme si elle l'avait encore... Que deviendrai-je sans elle, Richard ? Toutes ces années, c'est elle qui m'a porté, soutenu. J'ai beau essayer de me préparer...

— Je comprends. Moi aussi, je me réveille la nuit. Hélène est morte depuis dix ans et j'ai l'impression de la sentir encore contre moi.

— Les médecins disent : le membre fantôme. Cela peut durer des années.

— Et Leïla, comment va-t-elle ?

— Tu la verras demain, dit Mehmet en s'animant. Elle n'a pas pu venir ce soir à cause de son travail au ministère, mais elle viendra pour déjeuner. Tu as reçu le faire-part pour la petite ?

— Je vais être grand-père, moi aussi, Iskander. Le petit Ric attend un enfant pour l'été.

— Je lui ai dit : il est si occupé, il n'a pas eu le temps avec ses responsabilités au Muséum. Richard est un homme important aujourd'hui, il ne peut pas répondre à toutes les lettres qu'il reçoit. Est-ce qu'on fait répondre par sa secrétaire à un faire-part de naissance ?

— Je suis là maintenant, Iskander. J'ai un cadeau pour la petite.

— C'est ce que je lui ai dit. Mon ami Richard ne nous oubliera pas.

CHAPITRE 20

La chambre de Leïla avait gardé ses meubles de jeune fille. Des coussins roses, de minuscules cadres en coquillages, une peluche orange de fête foraine.

Exelmans se déshabilla rapidement, presque trop vite. Dans la salle de bains, des flacons vides d'échantillons de parfumeur, une pince à cheveux en plastique accrochée au miroir sur lequel il se penchait : les yeux striés de sang, les joues déjà terreuses au pourtour de la barbe, des cernes descendant en stries concentriques jusqu'au renflement des pommettes, grises de poils elles aussi. Le visage d'un vieil homme fatigué qui se pinçait le nez pour déboucher ses tympans martyrisés par l'avion.

Il se plia dans le lit de rotin, cherchant une place pour ses genoux. L'oreiller était mou, parfumé, les draps trop étroits. Sur la table de chevet, une lampe à abat-jour rose projetait au plafond des étoiles stylisées. Tout contre son oreille, un gros réveil battait bruyamment avec un bruit de jouet bien remonté. À l'intérieur, un personnage articulé hochait la tête : *tic-tac, tic-tac,* avec un enthousiasme exaspérant. Pourquoi avait-il bu ce café ? Voilà plus de vingt ans qu'il s'en passait le soir. Son corps était épuisé, son cerveau en ébullition.

Il chercha à se rappeler ce dimanche sur la plage d'Izmir. Quand était-ce déjà ? Sofia était enceinte, il s'en souvenait maintenant, comme de l'ample robe de coton sous laquelle elle cachait son ventre distendu, et du petit chapeau de paille à ruban qui la protégeait des taches de soleil... Après, Hélène les avait rejoints et ils étaient allés manger des coquillages et boire du *raki* quelque part, dans un petit troquet à fleur d'eau, un endroit sale et délicieux où l'on voyait passer dans la nuit les lanternes des barques de pêche... Août 1955 ? 1960 ? Ric n'était pas encore né à cette époque. Et Sofia, qui attendait-elle ? Leïla déjà ? L'aîné dont il oubliait toujours le prénom ?

Il s'embrouillait dans ses propres souvenirs, se découvrant incapable de situer aucune date avec précision. La fatigue, le café sans doute. L'avion le sonnait toujours un peu. Il tournait et se retournait dans son lit, cherchant une position, les vertèbres endolories. Que lui restait-il de cette époque, sinon des images vagues et désordonnées, cette impression d'innocence, d'invulnérabilité ? *L'inconséquence de leur jeunesse...* Avait-il seulement perdu l'enthousiasme ? Il l'avait cru, surpris de le retrouver intact, un feu sur lequel il avait suffi de souffler pour qu'il s'embrase à nouveau. C'était juste ce plomb désormais dans les jambes, une lenteur nouvelle, la machine qui rechignait par instants. Cette prostate aussi qui le tracassait au pire moment, le forçait à s'extirper du lit alors qu'il venait à peine de trouver l'angle adéquat pour ses genoux.

Pieds nus, en caleçon, il s'aventura à l'aveuglette dans le couloir. Tout près, quelque part, derrière l'une des portes dont il devinait le chambranle sous la main, Mehmet ronflait bruyamment. Il s'immobilisa un moment dans l'obscurité, cherchant à se repérer. Puis l'image de Sofia endormie l'assaillit, la prothèse sanglée sur la cuisse comme une jarretière obscène, le vide palpitant au bout de la rotule... Il fit machine arrière, se soulageant avec un frisson de honte dans l'évier rose pâle de la salle de bains avant de regagner son lit et le Mickey jovial qui saluait de la tête le vieux gamin incontinent qu'il était devenu.

Il avait connu Mehmet dans les années qui avaient suivi la fin de la guerre. Les deux hommes s'étaient rencontrés dans une petite salle d'haltérophilie du côté de Wagram où Exelmans aimait traîner ses guêtres le vendredi soir. Mehmet, après une courte carrière universitaire et un titre dans son pays, pratiquait là en amateur, se délassant de l'aridité de sa condition d'exilé dans l'atmosphère bruyante et familière de la salle de sport.

C'était un timide garçon à cou de taureau, aux mains courtes et puissantes, toujours tiré à quatre épingles malgré la maigre bourse d'études qui lui était allouée. Il se destinait à la paléontologie, suivait les cours du professeur Bruneau à la faculté des sciences, louait une chambre sans eau dans un immeuble du boulevard Saint-Germain, s'étourdissait de travail avec une âpreté de fourmi. Plus âgé de deux ans, Exelmans préparait sa spécialité avec une paresse feinte, courant les femmes la nuit, dormant le jour et triomphant brillamment de la médiocrité de ses maîtres. La parenté de leurs disciplines, un même goût viril de la solitude avaient rapproché les deux hommes. La dernière année, ils partagèrent un appartement sordide rue de Varennes, passèrent l'été à sillonner en randonneurs les sites magdaléniens du Périgord, se nourrissant de prunes et de vin frais, partageant même un temps l'exiguïté de leur tente à deux places avec un couple d'Anglaises qui aimaient se baigner nues dans l'eau glacée de la Dordogne.

Les plus belles années, songea douloureusement Exelmans. Mehmet rentré chez lui, leurs carrières respectives s'étaient croisées de loin en loin. Mehmet écrivait de longues lettres emphatiques et fraternelles auxquelles il répondait par devoir, une fidélité à leur jeunesse plus qu'à cette amitié dont le temps déjà dissipait la mémoire. Avait-il jamais été fidèle à autre chose qu'à ses chers primates ?

Ils se revirent lors d'un congrès à Istanbul. Mehmet s'était marié, menait une existence humble et parcimonieuse de jeune père de famille. Ses travaux sur Neandertal commençaient à lui conférer quelque réputation dans les milieux scientifiques. Des deux pourtant, malgré la parenté de leur trajectoire, c'était Exelmans la vedette, le premier de la classe. À la manière des vieux couples, ils se nourrissaient mutuellement de cette admiration, trouvant leur équilibre dans un culte à sens unique, comme si Exelmans avait consenti à une amitié qui élevait son vieux compagnon, faisait sa fierté et sa consolation, justifiant par son rayonnement les sacrifices et les ingratitudes de sa propre vie de chercheur.

Exelmans le découvrait soudain, dans la lucidité de l'insomnie : durant toutes ces années, l'estime qu'il portait à Mehmet s'était toujours trouvée teintée d'une commisération légèrement agacée. Irritante, par exemple, l'intrusion dans leur correspondance professionnelle de photos de poupons gras et de faire-part de mauvais goût... Irritante, la réussite de son mariage avec Sofia, cette paternité béate qu'il exhibait avec une prodigalité tout orientale... Et voilà qu'aujourd'hui il enviait ce bonheur, recroquevillé dans le lit à fleurs de Leïla. L'ivresse des retrouvailles, subrepticement, avait fait place à autre chose dans le petit jardin odorant de la villa : une insidieuse mélancolie, l'appréhension, soudain, de tout ce que le temps avait emporté avec lui sans qu'il s'en aperçût, comme s'ils se retrouvaient non pour recommencer mais pour mieux mesurer ce qu'ils avaient perdu.

Peut-être avait-il peur. Seulement peur. Tout était la faute de ce Morane. Maudit journaliste.

Qu'avait-il espéré en venant troubler sa retraite ? Exelmans aurait dû le jeter à la porte tout de suite, ne pas le laisser jouer ses cartes, ce sourire de bluffeur sur les lèvres. Un moment, la situation l'avait amusé — flatté aussi s'il voulait être tout à fait honnête : un petit duel distrayant et inattendu, l'occasion inespérée, au bout de tant d'années, de se refuser une dernière fois.

Il s'était laissé piéger par excès d'assurance. Après, il était trop tard. Morane était parti, abandonnant sur la table son dernier coup avec l'assurance d'un joueur d'échecs. Le Graal, professeur, voilà ce que je vous apporte.

Mais non, Exelmans se trompait : il ne pouvait s'en prendre qu'à lui-même. Morane n'était que le messager, l'intermédiaire entre Exelmans et cette part de son passé à laquelle il s'était efforcé de renoncer avec trop d'acharnement.

Il avait suivi des yeux les phares de la Seat dévalant la colline, attendant qu'elle eût disparu dans la nuit pour décacheter la grosse enveloppe de papier kraft. Il avait d'abord parcouru les lettres une à une, debout sur la terrasse, comme s'il avait voulu en authentifier l'écriture, puis il avait appelé Maria, s'était fait apporter une lampe avant de les relire plus lentement, Platon juché à ses côtés sur l'accoudoir du fauteuil.

Il y en avait sept. Sept lettres et un petit cahier jauni à couverture tachée d'humidité.

La première lettre datait d'une dizaine de mois et annonçait la naissance de Zora. Ma huitième petite-fille, Richard, quatre kilos trois cents et des petits doigts de pieds roses comme des coquillages. Sofia est un peu fatiguée en ce moment, mais cette naissance la rend si heureuse, Richard.

Les autres lettres se suivaient sur quelques semaines. Elles avaient été postées durant l'hiver. Monsieur le professeur Exelmans, du Muséum, aux soins aimables des Éditions Debrooker. Prière de faire suivre. Personnel.

Toutes, inlassablement, reprenaient la même antienne. Un appel au secours, avait dit le journaliste, et cette fois il n'était pas loin d'avoir raison. Commencée dans l'exaltation, la correspondance de Mehmet prenait un tour de plus en plus pathétique à mesure que les réponses tardaient à venir, se faisant chaque fois plus pressante, plus embrouillée aussi, comme si la réalité s'en éloignait peu à peu davantage.

Cher Richard, disait la dernière. *Je ne te reproche rien surtout, je te supplie de le croire. Je devine les obligations écrasantes d'un homme dans ta position, et le peu de temps qu'elles te laissent à consacrer à un vieil ami. As-tu reçu mes lettres précédentes ? J'ai cru bon de te les adresser chez ton éditeur, plutôt qu'au Muséum où ton secrétariat sans doute fait bonne garde, de crainte qu'elles ne tombent entre de mauvaises mains.*

Je connais les lenteurs de la poste entre nos deux pays, Richard. Peut-être m'as-tu déjà répondu. Mais j'ai peur. Ce silence ne te ressemble pas. Es-tu malade ? J'ai pensé me rendre à Paris, mais la santé de Sofia me l'interdit pour l'instant, et je dois me résoudre à confier par écrit ce que j'aurais voulu te dire de vive voix.

Nous avons gagné, Richard, je puis l'affirmer aujourd'hui sans mauvais orgueil. Me comprendras-tu ? La prudence m'oblige à d'évidentes précautions (nous avons trop connu tous deux la vilenie de certains procédés), mais je sais que tu m'entendras. Ce en quoi nous avons cru, pour lequel nous nous sommes vaillamment battus durant toutes ces années, j'en détiens aujourd'hui la preuve irréfutable. De quoi faire éclater au grand jour une vérité si longtemps combattue que, pardonne-moi de cet aveu, j'avais fini par désespérer moi-même qu'elle soit jamais reconnue.

Cette preuve, je la détiens aujourd'hui. De quoi anéantir le scepticisme qui a depuis toujours accueilli nos travaux et qui nous aurait tant coûté si nous avions eu des motifs moins nobles que le triomphe de la vérité.

Mais je possède bien mieux encore, Richard. Ce que j'ai à t'offrir (mais puis-je t'offrir ce qui, plus qu'à quiconque, te revient de droit ?), nous n'aurions pu l'imaginer dans nos rêves les plus fous : l'occasion unique de confronter nos théories à la réalité.

Oui, tu m'entends bien, Richard, si extravagante que puisse te paraître une telle affirmation. Comment l'exprimer sans répéter mes lettres précédentes ? Ce que je t'offre est plus que la côte d'Adam : c'est Adam vivant, *Richard ! Bien plus que sa relique, l'occasion d'observer* in situ *l'homme d'avant les hommes !*

Le poids de ce cadeau m'écrase, Richard. Je suis un homme usé, aux portes de la retraite, seul dans mon petit département, sans moyens et sans forces. Chaque jour, j'attends au courrier une lettre de France qui me dise ce que je dois faire. Toi seul peux me donner la force de repartir, ou celle de renoncer. Je sais que tu n'abandonnerais pas si près du but sans quelque grave circonstance extérieure — de celles peut-être qui t'empêchent de m'écrire aujourd'hui. Je ne puis me résoudre à penser que tu as oublié ton vieil ami. Un mot de ta secrétaire suffirait à me rassurer.

Naturellement, je n'ai rien dit à Sofia. Elle s'inquiète si facilement ces derniers temps.

Exelmans avait replié lentement la lettre, l'avait rangée avec les autres dans l'enveloppe de papier marron avant de prendre conscience du vrombissement des moustiques autour de lui.

Un papillon tintait contre le globe de la lampe, on entendait, venant de l'intérieur de la maison, la télévision de Maria. La nuit était claire, veloutée au-dessus de la mer qui bruissait en contrebas. À cet instant, sa décision était prise.

Il s'était extrait pesamment du fauteuil, le dos endolori par l'armature de rotin, les genoux craquant sous le poids de sa carcasse ankylosée. Platon lui avait emboîté le pas, une main glissée dans la poche de son maître, tirant de l'autre le morceau de couverture qui lui servait de litière.

Maria s'était endormie, un châle étendu sur les jambes. Le déclic du téléviseur qui s'éteignait l'éveilla.

— Tu peux monter, Maria, fit Exelmans à mi-voix. Je n'aurai plus besoin de toi ce soir.

— Votre dîner, professeur. Voulez-vous que je le fasse réchauffer ?

— Merci, Maria. Je n'ai pas faim. Tu peux laisser ouvert, je fermerai en me couchant, ajouta-t-il, arrangeant les plis du châle sur les épaules de la vieille femme avec une sollicitude inhabituelle.

— Tout va bien, professeur ?

— Ne t'inquiète pas, Maria. Bonne nuit.

Demeuré seul, il alluma la lampe de son bureau, orientant l'abat-jour vers le petit paquet souillé. Il chaussa ses lunettes, tira du premier tiroir une trousse de dissection en cuir, la grosse loupe lumineuse qui lui servait à faire ses mots croisés, son calepin de travail, en fit sauter l'élastique et l'ouvrit devant lui.

Ses gestes étaient sûrs, précis. Des gestes répétés tant de fois en cours d'anatomie, dans la lumière d'aquarium du laboratoire, qu'ils formaient une sorte de routine instinctive, une mémoire tactile à travers laquelle affluaient en rangs désordonnés des souvenirs qu'il avait crus disparus, une forme d'allégresse aussi qu'il n'avait plus éprouvée depuis longtemps.

Il avançait méthodiquement, notant chaque mesure sur son calepin : dimension des doigts, angle de l'os métacarpien, longueur du pouce, degré d'opposabilité aux autres doigts. La loupe vissée sur l'œil, il passa ensuite à l'étude détaillée de l'épiderme, pratiquant de minuscules incisions au scalpel, prélevant des fragments de peau qu'il déposait sur des lamelles transparentes, ponctuant de petits bruits de gorge les progrès de son travail. La résistance des tissus prouvait le caractère récent de la conservation. Quel en était le procédé ? Il lui aurait fallu, pour le déterminer, les moyens sophistiqués du Muséum. La peau avait pris l'apparence du cuir bouilli, lisse et douce comme un gant de boxeur. Les poils étaient épais, laineux et drus comme ceux d'un chameau, recouvrant également tout le dos de la main jusqu'au pourtour des ongles. Des ongles durs, jaunis à la manière des ongles de gros fumeurs, nota-t-il, à l'extrémité fendillée et coupante.

Quand il en eut terminé, la nuit ternissait déjà à la fenêtre. Il repoussa sa chaise, massant avec une grimace douloureuse ses paupières congestionnées par la veille. Platon dormait, entortillé dans sa couverture effrangée, le sexe en érection et gémissant dans son sommeil. « Pauvre vieux garçon, murmura Exelmans en lui tapotant le flanc. Pas grand-chose à te mettre sous la dent par ici, hein... » À la cuisine, il se fit du café, emportant sa tasse sous la véranda pour regarder le soleil se lever. Il se sentait étrangement détendu, en proie à cette lucidité particulière que donnent une nuit sans dormir et un estomac vide. Il alluma une cigarette, s'assit sur la balustrade. Sa jambe gauche tremblait légèrement, genou à demi fléchi, et il dut s'adosser à la pierre de l'arche. Il avait un peu froid, voilà tout, malgré le café brûlant. Un tremblement nerveux qu'il n'avait plus ressenti depuis ces années de jeunesse, celui de l'athlète ramassé dans les starting-blocks et dont le mollet saute sans finir.

Autrefois, il aurait pris cela pour de la peur. Ce n'était que l'euphorie du jour naissant, la sensation à nulle autre pareille de retrouver le monde des vivants. Il finit son café, consulta l'horaire des vols pour Paris. 4 h 30. Le premier avion pour Paris décollait de Valence à 6 h. Il avait juste le temps.

Quand Maria descendit, une demi-heure plus tard, elle le trouva dans l'entrée, les joues rasées de frais, l'œil bleu et pétillant.

Un reste de mousse s'accrochait encore au lobe de son oreille et son gros portefeuille faisait bâiller la poche de poitrine de son costume de coton crème. Elle vit les bagages entassés devant la porte, son sourire gêné de gamin pris en faute.

Elle avait toujours su qu'il partirait. La solitude ne valait rien à un homme dans la force de l'âge. Elle savait si peu de chose de lui, un veuf, un professeur aux habitudes rassises et taciturnes dont elle avait tenu le ménage. Il était arrivé avec un singe, une bête sale et sournoise comme elle n'en avait vu alors qu'à la télévision. Plusieurs fois, elle avait été à deux doigts de rendre son tablier, et puis elle s'était attachée à son tour, si étrange que cela puisse paraître, à la façon dont l'on s'attache à un chien ou à une bête de compagnie. Elle était restée, marmonnant contre les dégâts qu'il faisait, le nourrissant en cachette de fruits et de sucreries quand son maître l'avait puni. Un singe n'était pas une compagnie pour un homme encore vert. Mais aurait-elle accepté qu'une autre femme prît possession de la villa *El Galion* ?

Elle ne s'était pas imaginé que cela se passerait ainsi, voilà tout. Il y avait eu ce visiteur avant-hier, un homme qu'elle n'aimait pas, dont elle s'était méfiée au premier regard. Il était revenu une deuxième fois, et les éclats de voix sur la terrasse ne présageaient rien de bon.

Elle connaissait son professeur. Il n'était plus le même depuis la visite de cet homme. Debout dans l'entrée, il se dandinait sur ses jambes, souriant d'un air penaud et tournant entre les doigts une grosse enveloppe marron comme pour se justifier.

— Je pars, Maria.

— Vous auriez pu me dire, pour votre costume. Je l'aurais repassé hier soir, fit-elle sur un ton de reproche.

— C'est si soudain, Maria. Un ami qui a besoin de moi... Je ne serai pas absent longtemps. Je t'écrirai.

— Un vrai chiffon, dit-elle en secouant la tête. Qu'est-ce qu'ils vont penser de vous, à Paris ?

Il la prenait dans ses bras, se penchait sur son front dans un subit élan de tendresse, serrant contre lui le petit corps noueux et réticent.

— Je t'écrirai, répéta-t-il avant de gagner la porte. Prends bien soin de Platon, n'est-ce pas ? Ce n'est plus un jeune homme.

Il ouvrit la bouche pour dire quelque chose, la referma et sortit dans la lumière naissante du matin.

CHAPITRE 21

Il pleuvait sur Naltchik. Une pluie grasse et fine, tiède comme une haleine, qui balayait les pistes, empêchant de rien voir. Le Tupolev d'Aéroflot avait deux heures de retard et la nuit tombait sur la capitale de la petite république de Kabardino-Balkarie. Ils durent attendre une heure encore la délivrance de leurs bagages, debout devant un tapis roulant exténué qui vomissait d'informes cartons détrempés, des valises béantes d'où s'échappait du linge. Un employé leur fit remplir d'interminables formulaires avant de disparaître avec leurs passeports dans le bureau vitré de la police de l'air.

Des paysans chargés de paniers patientaient en silence sur des chaises de plastique orange. Exelmans et Mehmet s'assirent à leur tour. Tout était étrange, d'une laideur exotique et presque charmante. Par instants, un soldat en armes faisait son apparition, un tout jeune homme aux oreilles décollées, aux pommettes saillantes et boutonneuses sous une casquette qui semblait empruntée. Les fers de ses semelles résonnaient sur le linoléum comme s'il n'avait pas cru tout à fait au personnage qu'il jouait.

À la buvette, un serveur posa devant Exelmans un café tiède et trop long. Mehmet prit un verre d'eau, avala deux pilules qu'Exelmans feignit de ne pas voir. Il était pâle, le teint plombé autour des yeux. Un gros homme sujet au mal de l'air que le dépaysement touchait au foie, et qui s'inquiétait de ses bagages comme d'une famille dispersée.

Mehmet et Sofia s'étaient quittés à la manière de jeunes mariés, à peine séparés et déjà impatients de se revoir. Il avait fallu aussi embrasser Leïla (l'odeur de patchouli de ses cheveux), la petite Zora, le farouche Akim qui tournait autour d'eux, bras écartés, en imitant le rugissement d'un réacteur, Mehli, l'aîné, le neveu Mustapha... Mehmet distribuait claques et bénédictions avec la prodigalité d'un patriarche en route vers la Terre sainte, l'œil déjà illuminé, posant avec un brin de crânerie pour une ultime photo, sous le seuil fleuri de volubilis, au milieu de sa tribu.

Sans bien savoir comment, Exelmans s'était retrouvé lui aussi à grimacer dans le soleil, exhibant le bébé Zora à la façon d'un objet encombrant dont il eût ignoré la destination...

Il n'avait échappé au faste oriental des adieux qu'en se jetant tête baissée dans le taxi qui les attendait, et la dernière chose qu'il aperçut comme la voiture s'éloignait était la main que Sofia agitait vers eux — une main décharnée sur laquelle les bagues flottaient désormais comme sur une patte d'oiseau.

L'affection était une glu dont Mehmet se défaisait avec une lenteur de mouche, songea-t-il. Mais lui, que laissait-il derrière lui ? Un singe domestique, une vieille gouvernante, le souvenir d'une femme qu'il n'avait su se résoudre à aimer... Un fils devenu adulte, de l'âge de ce journaliste — Morane ? — qu'il n'était même pas sûr de reconnaître s'il le croisait aujourd'hui dans la rue...

Les mères chimpanzés, il en avait fait l'expérience autrefois dans le laboratoire de Vincennes, savent reconnaître parmi une douzaine de cris enregistrés ceux de leurs rejetons. La nuit, quelquefois, sur les pentes du Kilimatan, il s'éveillait en sursaut, le cœur battant à tout rompre, guettant dans la rumeur assourdissante de la jungle un cri qui ressemblait à un sanglot humain. Puis la clameur s'apaisait, reprenait sa rumination nocturne. Il sortait de la tente, rallumait les braises du feu, fumant des cigarettes jusqu'à ce que revienne la paix dans sa poitrine malmenée.

Il avait toujours voyagé seul, n'accordant à personne le privilège de partager ses territoires de chasse. Mais cette fois, c'était le dernier voyage : une dette qu'il payait. Il prendrait le vieux docteur en charge, le porterait sur ses épaules s'il le fallait, se dit-il tandis qu'ils reprenaient leur place dans les fauteuils de plastique.

L'attente ici, après le long transit à Moscou-Sheremetyevo, était déjà l'aventure. Il faisait nuit, ils étaient au cœur du Caucase, dans la capitale d'une petite république indépendante de 760 000 habitants, les seuls Occidentaux parmi une foule de paysans et d'ouvriers armés de balluchons et de cages à poules. Deux frères d'armes à la veille de leur dernière campagne et qui clignaient des yeux dans la lumière blafarde.

— Tu es sûr qu'elle viendra ? fit Exelmans.

— Je lui ai écrit. Elle sera là.

L'employé de la police de l'air avait repris sa place au guichet. Quand vint leur tour, il les dévisagea longuement puis, saisi d'une soudaine inspiration, se mit à tamponner rageusement leurs visas comme s'il exterminait quelque insecte nuisible qui s'y serait caché. Ces formalités accomplies, il soupira, posa les passeports sur le guichet tout en marmonnant quelque chose qu'ils prirent pour un laissez-passer.

Ils s'inclinèrent, reprirent leurs papiers, s'éloignaient enfin quand il les rappela.

— Pardon ? fit Exelmans en levant un sourcil interloqué.

L'homme montra une affichette en russe, scandant la même phrase inintelligible.

— *Pojàlusta* ? répéta Exelmans.

Une main fraîche et mouillée se posa sur son bras :

— Passez, professeur. Il demande la taxe d'aéroport. Je m'occupe de ça, d'accord ? fit une voix essoufflée. Plus de problème maintenant.

Ils prirent ce qui semblait un tronçon de périphérique, longèrent d'interminables entrepôts, un vaste terrain vague détrempé où manœuvraient à la lueur des phares des camions fantomatiques. Puis ce fut une banlieue bordée d'usines, les torchères d'une raffinerie qui crachaient dans la nuit des panaches de fumée jaune.

À un moment, il leur sembla qu'ils s'éloignaient de la ville. Derrière les vitres de la Lada, il n'y eut plus que l'immensité béante de la nuit, un vide obscur et inquiétant. Puis des façades apparurent, un cycliste pédalant sous la pluie, une grande artère venteuse que découpait par bandes l'éclairage de pâles lampadaires suspendus au-dessus de la chaussée comme des chapeaux de fer-blanc.

— Je suis si désolée. Cette stupide voiture... Très chère pour nous, mais la mécanique, n'est-ce pas... Dès qu'il pleut, la bobine se détrempe, impossible de démarrer.

Elle conduisait à tombeau ouvert pourtant, au mépris des pavés luisants, lâchant le volant pour chercher dans la boîte à gants un chiffon avec lequel elle chassait la buée qui couvrait l'intérieur du pare-brise.

— C'est sans importance, vraiment, répéta Exelmans.

— J'aurais voulu être là, pour les formalités. Avec le conflit en Tchétchénie, ils ont renforcé les contrôles de police dans les aéroports et aux frontières. Ici, les gens ne se sentent pas très concernés. La région est plutôt sûre, en fait. Vous verrez, là où nous allons, on ne penserait jamais que la guerre fait rage de l'autre côté.

— Laissez, je peux faire ça, dit Exelmans tandis qu'ils évitaient de justesse une voiture en stationnement.

La conduite de Natalia, pour l'heure, semblait un risque plus redoutable qu'un conflit d'indépendance. Et il épongeait la buée avec frénésie comme si sa vie avait pu en dépendre.

— C'est l'aération, expliqua-t-elle. Normalement, elle fonctionne, mais aujourd'hui, je ne sais pas, tout semble aller de travers.

Elle habitait un ensemble d'immeubles des années 40, à la périphérie du quartier industriel. Des barres de béton brut et gris, disposées sur la tranche dans l'ordre rigoureux d'un jeu de dominos, et que coupaient à angles droits de larges avenues pauvrement éclairées.

Elle les fit monter par la cage d'escalier, six étages sans lumière où les pas résonnaient, s'excusant qu'il n'y eût pas d'ascenseur. L'appartement était petit, une seule chambre, une étroite cuisine prolongeant le séjour tapissé d'un mince papier à motifs orange. Ils restaient debout, encombrés de leurs sacs, intimidés et n'osant poser nulle part les yeux de peur de surprendre quelque détail intime.

— Voilà, dit la jeune femme. Ce n'est pas grand mais c'est à moi. Je ferai un coin douche plus tard, dans la cuisine. Pour le moment, il faut se laver au petit évier, mais bah ! est-ce que cela compte ? Maintenant, je prépare à dîner, d'accord ?

Elle était grande, un mètre soixante-dix peut-être, portait un jean et une chemise à carreaux aux manches roulées au-dessus du coude. Elle avait enfilé en entrant des ballerines de tissu qui lui donnaient une allure de danseuse. Ses cheveux longs et lisses, ramenés en queue de cheval, brillaient comme de la soie sous l'ampoule nue de la cuisine tandis qu'elle s'affairait, les pommettes avivées par le feu du fourneau. La table avait été dressée avant leur arrivée sur la toile cirée du salon, et de minuscules bougies flottaient dans des coupelles de verre colorées, luttant de leur lueur ambrée contre l'humidité du dehors.

Plus tard, elle dit :

— J'ai cherché du vin de France. Je n'y connais rien, j'espère que celui-ci vous plaira.

— Tout est parfait, Natalia, délicieux vraiment. Où avez-vous si bien appris le français ?

— Oh, je fais encore beaucoup de fautes. J'ai étudié à Moscou, il y a longtemps, mais j'ai si peu l'occasion de pratiquer ici.

— Natalia Zviaguinstievna est linguiste, expliqua Mehmet. Elle écrit aussi le turc magnifiquement.

— J'ai travaillé un peu sur les dialectes anatoliens. Des recherches que je fais pour le Centre d'étude sur les minorités culturelles. Mais depuis cinq ans, je m'occupe surtout des langues caucasiennes : ingouche, abkhaze, kabardien, circassien... C'est une telle mosaïque de peuples, savez-vous. Très compliquée à comprendre pour un Européen, je crois. Je suis née à Moscou, mais ma mère était karatchaï.

Elle sourit, comme pour s'excuser du ton un peu magistral de ces précisions. Sa manière appliquée de choisir les mots, d'en soupeser mentalement le contenu évoquait une main triant des pierres précieuses avant de les exposer à la lumière. Peut-être était-ce son accent qui donnait l'impression d'en voir les facettes par transparence, ou les petites bougies qui palpitaient sur la table.

— Il y a longtemps que vous vivez ici, Natalia ?

— Cinq ans. À Moscou, j'avais un grand appartement, plus grand que celui-là, une voiture qui marchait... Mais Moscou n'est pas Paris, n'est-ce pas ? Ici, je suis libre : je vais dans la montagne avec mon magnétophone, je rencontre des gens dans les villages. J'enregistre des kilomètres de bandes que je décrypterai un jour. Je ne suis pas une femme des villes, je crois. Voulez-vous vous asseoir sur le canapé pendant que je débarrasse ?

Ils insistèrent pour l'aider, se bousculant dans la cuisine minuscule où Exelmans avait enfilé un tablier à fleurs, maniant la vaisselle avec des précautions de dînette. Mehmet essuyait, elle rangeait à mesure. Ils étaient deux parents en visite perturbant avec une bonne volonté touchante ses habitudes de femme seule. Leur agitation ne servait qu'à souligner le manque d'espace et de confort, mais elle s'en souciait peu, comme si la pauvreté de son intérieur avait été quelque dignité conquise, chaque objet, même le plus fruste, un luxe qu'elle aurait choisi.

La pluie tombait en rafales sur les vitres. Un enfant pleurait dans un appartement voisin, quelqu'un, au-dessus d'eux, faisait marcher trop fort un poste de télévision. Après l'interminable voyage, la neutralité des aéroports, ils étaient enfin en Russie. Et cependant, il fallait un curieux effort pour parvenir à s'en convaincre. Il semblait à Exelmans qu'il avait toujours connu l'appartement de Natalia, les coussins de soie décorant les accoudoirs, la table de formica, l'abat-jour de fil en forme de cloche qui striait le plafond d'une toile d'araignée... Dans quelle vie antérieure ? Chaque fois, au cours de ses voyages, il avait retrouvé cet étrange sentiment de *revenir* que donne la première nuit dans un lieu étranger. Il le savait, le soir pluvieux de Naltchik n'appartenait pas à son propre passé, mais à quelque mémoire plus profonde, un mystérieux sentiment d'espèce réveillé par la fatigue et le dépaysement. Il y a si peu de lieux dans le monde, si peu de visages ou de voix, pensa-t-il.

Assis dans le minuscule salon de Natalia, il cherchait à se rappeler les termes exacts des lettres de Mehmet, comme s'ils avaient contenu une vérité capable de remettre de l'ordre dans ses impressions. *Ma correspondante,* se récita-t-il, *une jeune femme en tout point digne de confiance, je te supplie de le croire... Elle a trouvé la clef, Richard. C'est à toi seul qu'elle veut la remettre. À toi seul...* Et peut-être avait-il répondu alors, parmi d'autres motifs, à quelque tardive coquetterie d'homme à femmes, une promesse implicite de conquête dont les précautions de Mehmet s'étaient fait involontairement l'écho, et qui le faisait rougir comme un gamin tandis que Natalia Zviaguinstievna posait sur lui ses yeux gris. Mon Dieu, elle avait l'âge d'être sa fille.

— Peut-être pourriez-vous expliquer à mon ami Richard, maintenant, dit Mehmet avec douceur. Si vous le voulez bien. Il a étudié la main, vous savez.

— Oh, très succinctement, mais assez pour être formel. Où avez-vous découvert cette merveille, Natalia ? Depuis la main de Pangbotchi, je n'ai rien vu de pareil. Il faudrait une analyse plus poussée, mais son état de conservation est remarquable. Pas plus d'un an, à mon avis, même si nous divergeons un peu sur ce point, le docteur et moi-même.

— Voyez : nous nous querellons déjà comme autrefois, dit Mehmet avec un petit rire.

— Puis-je vous demander quelque chose ? intervint Exelmans. Depuis le début, une question me tarabuste : pourquoi nous, Natalia ? Votre pays a des années-lumière d'avance dans ce domaine. Pour ne citer que Kolomietz et quelques autres, vous n'aviez que l'embarras du choix.

Elle eut l'air surpris, légèrement peiné aussi :

— Vous n'avez pas pris connaissance du Journal ? Celui que j'ai adressé au docteur ?

— Si, naturellement.

— Alors, vous savez pourquoi, dit Natalia avec conviction. Je vous connais, professeur. J'étais une petite fille, quatre ou cinq ans peut-être, lorsque vous êtes venu à Moscou. Vous ne vous en souvenez pas, c'est bien naturel : vous étiez très occupé avec tous ces journalistes, vos conférences... Moi-même, j'étais si petite. Est-ce que l'on se souvient de quelque chose à cinq ans ? Et pourtant, quand je vous ai vu à l'aéroport, c'est étrange, j'ai su aussitôt que c'était vous. Il m'a semblé que je revoyais toute cette foule, et moi si petite au milieu, un peu perdue, et un grand monsieur qui se penchait vers moi d'une hauteur qui m'a paru inimaginable.

— À Moscou, en 63 ?

Natalia hocha la tête avec un petit rire.

— Nous avons un géant dans nos contes pour enfants. Un personnage très inquiétant aux cheveux en broussaille qui mange les petits enfants. C'est l'impression que vous m'avez faite.

Exelmans rit à son tour, un peu troublé, palpant à travers sa poche son étui à cigares.

— Vous voyez, rien n'a changé malgré le nouveau régime. Nous autres Russes sommes toujours aussi... comment dites-vous... *nostalgiques,* c'est ça ? Vous pouvez fumer si vous voulez, ajouta-t-elle en tendant à Exelmans un cendrier caché tout au fond du buffet.

— Vraiment, cela ne vous dérange pas ?

Elle haussa les épaules :

— Je ne crois pas intéressant d'avoir une opinion sur le tabac.

Les deux hommes s'absorbèrent avec soulagement dans leur fumée respective, jambes croisées l'un vers l'autre.

— Ashktar est à quelques jours d'ici, au sud-est, par la vallée de la Cerek. Il n'y a pas beaucoup de kilomètres de route, je le crains. Après, il faudra prendre la piste et puis marcher. Les gens qui vivent là sont des montagnards, vous savez, des paysans très pauvres qui vivent d'un peu d'élevage et de culture... Des Kabardines, musulmans pour la plupart, et des Balkares aussi. Ils vivent très isolés, surtout l'hiver. Mais vous verrez, ils sont souvent très accueillants.

Elle avait déplié une carte sur la table, circonscrivant de l'ongle une zone étroite. Exelmans opina gravement. Sans ses lunettes, il ne voyait rien. Un ensemble de lignes confuses qui pouvaient être des montagnes, parcourues de filets bleus.

— C'est ici, approximativement. Le village est trop petit pour figurer sur la carte. J'ai parcouru cette région en tous sens depuis que je suis à Naltchik. Je recueille la tradition orale. Au début, les gens étaient méfiants, les anciens surtout. Mais je parle leur langue, c'est plus facile. Ils me connaissent maintenant.

Elle avait dit cela avec une fierté ingénue qui toucha Exelmans. Autrefois, lui aussi parlait ainsi de ses singes et des tribus de Bornéo, une sorte de défi puéril dans la voix : un domaine d'enfant, l'ancienne cabane sous les sureaux où l'on conduit avec cérémonie celui qui en a paru digne. Les hommes agissaient-ils jamais autrement ? Dans le mouvement de menton de Natalia, c'était cela qu'il reconnaissait : cette part d'enchantement à l'origine de tout désir de connaissance. Mais lui : depuis combien de temps avait-il déserté les rêves de son enfance ? Était-il à nouveau prêt ? La grâce l'habitait-elle encore ?

— Je m'y suis rendue cet automne, reprit Natalia. Il y avait vacances à l'université. J'ai visité les fermes, sur la rive ouest de la vallée. Je dormais là-bas avec eux, ou dans les abris de berger.

C'est ainsi qu'elle avait entendu parler pour la première fois de l'*almasty*. Par un vieillard décharné, un ancien pâtre qui mâchait en parlant les rares dents qui lui restaient. Naturellement, elle connaissait l'*almasty,* avait déjà recueilli sur son compte nombre de légendes et de récits anciens : c'était la première fois cependant qu'un témoin direct évoquait devant elle sa présence dans cette région de Balkarie.

— Dans le Caucase, les vieux sont vraiment très vieux, précisa-t-elle. On dit quelquefois : les plus vieux du monde, et beaucoup de chercheurs ici essaient de comprendre, mais on ne sait pas, naturellement. Peut-être l'*airan* ? C'est un lait de chèvre caillé qu'ils boivent : il faut beaucoup de résistance pour y survivre, vous verrez. Mais la poésie dit aussi : celui qui est plus près des cieux a moins de chemin à faire.

L'homme dont elle parlait avait cent huit ans au dire de sa famille. Il avait vu l'*almasty* quand il était enfant, montrait un point de la montagne de son index courbé en bec de rapace. Le gros magnétophone à bandes qui tournait devant lui le fascinait. Par instants, il le touchait du bout de sa canne, plissant ses yeux voilés par la cataracte, sur le visage cet étrange sourire de crâne des vieillards édentés.

Là-bas, derrière la forêt, était intervenu le fils en

s'animant à son tour. Lui aussi avait vu. Il rentrait des pâturages d'été : ils étaient trois, deux femelles et un petit, couchés dans une melonnière. Le chien avait aboyé et ils étaient partis.

Quand était-ce ? avait interrogé Natalia. Quelques saisons plus tôt, deux ou trois peut-être, le fils ne se souvenait pas précisément — à cet instant, le défilement de la bande s'était interrompu avec un claquement sec. Mais il connaissait un village à quelques jours de marche où ils avaient une main, avait continué le fils, montrant la sienne au-dessus de la bougie : une main d'*almasty*. Une relique sacrée. Il pouvait l'accompagner si elle le souhaitait, parler pour elle au chef du village.

— Je vous l'ai dit, ajouta-t-elle, ils me connaissent. Ils ont confiance en moi.

— Splendide, murmura Exelmans, répandant sans vergogne autour de lui une pluie de cendres. Soyez bénie, Natalia.

Il contemplait la jeune femme, sa svelte silhouette sous la chemise d'homme trop grande, sa façon de hocher la tête quand elle butait sur un mot difficile, imaginant la fillette de cinq ans perdue dans le hall glacial du palais des Congrès de Moscou, une écharpe rouge autour du cou, les joues humides et fiévreuses. Avait-elle déjà ce regard intense, cette application ?

— Mais je vous fatigue, peut-être. J'ai écrit tout cela déjà au docteur.

Mehmet s'était enfoncé dans la torpeur. Mains croisées sur la poitrine, menton affaissé, on eût dit un gros chat. Il secoua la tête sans ouvrir les yeux, plissant la bouche en une moue de contentement :

— Je vous en prie... Le *détail,* mademoiselle, voilà ce qui est beau.

C'est ainsi qu'elle avait gagné Ashktar. Le chef du village était un homme entre deux âges, un paysan instruit qui possédait une radio et savait lire et compter. Compter, surtout, à en juger par les âpres tractations qu'il avait fallu mener, et pour une fois, elle s'était sentie heureuse de ne pas être seule. Non qu'elle eût peur : elle était une femme, simplement, un handicap certain dans des négociations de cet ordre. Elle avait laissé son guide mener les choses à sa façon, lui glissant sous la table la poignée de roubles nécessaires à la conclusion du marché. Le chef avait empoché sa dîme sans un mot, avec cet air de vexation des musulmans dont on croit arracher l'âme en leur réglant ce qu'ils demandent.

À ce point du récit, Mehmet avait ouvert furtivement les yeux, les refermant aussitôt pour reprendre sa somnolence gloutonne.

Dès qu'elle avait vu la main, Natalia avait su qu'il s'agissait de quelque chose d'important. Dans le coffret où le chef la conservait, se souvenait-elle, la main ressemblait à une grosse araignée, sombre et velue, doigts écartés comme des pattes. C'est à peine si elle avait pu la contempler un instant, entre curiosité et dégoût, avant que son hôte ne la renferme dans ses linges.

Elle avait vu beaucoup de dépouilles d'animaux au cours de ses tournées, de bêtes écorchées qu'on préparait sur les tables des fermes — rien encore pourtant d'aussi macabre que cette relique humaine, reposant sur un lit de chiffon dans la vieille boîte de cartouches.

Almasty, répétait le chef. *Elle avait vu maintenant la main sacrée, elle devait partir.* De qui la tenait-il ? avait-elle interrogé. En existait-il d'autres ? À toutes ses questions, il opposait la même obstination madrée, louchant sur le magnétophone qu'elle portait en bandoulière dans son étui de toile. Voulait-il de l'argent, d'autres roubles ? Il y avait des gens à Naltchik, des savants qui écrivaient des livres, dit-elle en montrant la poignée d'ouvrages cornés qui décoraient la salle : des gens prêts à payer très cher pour étudier cette main. Le chef secouait la tête. Il avait bien assez de livres. Les gens dont elle parlait étaient-ils de vrais savants s'ils n'avaient jamais vu une main d'*almasty* ?

Son guide alors avait pris la parole :

Le chef du village dit : c'est une main sacrée. La tradition dit aussi : on ne vend pas une chose sacrée... Si vous laissez votre radio à bandes, c'est différent. Il vous laissera peut-être l'emporter. Vous pouvez donner des roubles aussi pour la famille.

C'était un vieux magnétophone russe à deux

pistes, l'équivalent de deux mois de son salaire à l'université, mais c'était surtout la perte des enregistrements qu'elle regrettait. Elle avait la main, serrée dans sa besace, une centaine de roubles de moins, avait perdu son instrument de travail — et maintenant ?

Ce n'est que plus tard, rentrée à Naltchik, qu'elle avait pensé au professeur.

Lui seul saurait ce qu'il convenait de faire. Son nom était revenu brusquement des profondeurs de son enfance, à la façon d'un bois d'épave rejeté par la mer. Un nom que l'on citait chez elle avec révérence depuis cette conférence de 63, un professeur de Paris, un nom de maréchal d'Empire, un personnage de conte dans ses livres d'enfant.

Mais tout cela remontait à si longtemps. Son père était mort, ses derniers amis aussi, elle avait quitté Moscou : le professeur Exelmans était-il seulement toujours vivant ?

— C'est là que j'interviens, Richard, ronronna Mehmet avec gourmandise. Nos articles communs, tu te souviens ? Natalia Zviaguinstievna est une jeune personne très réfléchie, très organisée. Elle a mené ses recherches à la bibliothèque de l'université, trouvé ces vieux articles, nos deux noms... Nous sommes des scientifiques, Richard, pas des soldats. Fini le temps du Würm. Depuis quelques années, les échanges se sont multipliés entre nos laboratoires et ceux de nos voisins du Caucase. Le reste a été facile. Elle a écrit, docteur Mehmet, université d'Istanbul, et voilà...

Natalia s'était tournée vers Exelmans. Ses yeux gris étaient plus pâles, comme exténués par le long récit qu'elle venait de faire. Elle le fixait intensément, tendue vers lui dans quelque demande muette. Le regard de certaines bêtes, derrière la grille des zoos, a parfois cette profondeur qui force à détourner les yeux.

— Je ne sais pas quoi dire, Natalia. Je me sens tellement passé de mode, vous savez, tellement loin de mes bases.

— C'est toi qu'elle a choisi, Richard.

Il se sentait épuisé tout à coup, incapable de trouver les mots qu'elle attendait. Le géant de Moscou n'existait plus. Il était mort avec Hélène dix ans plus tôt — s'il avait jamais existé ailleurs que dans l'imagination d'une petite fille trop romanesque. Il n'y avait plus à sa place qu'un vieil homme aux paupières brûlantes, aux muscles ankylosés par les mauvais fauteuils d'Aéroflot. Comment lui faire comprendre qu'elle arrivait trop tard ?

— Si vous permettez, Natalia Zviaguinstievna, toussota Mehmet en se levant. La journée a été longue. Peut-être serait-il temps que vous nous conduisiez à notre hôtel ?

Elle eut une petite moue de protestation. Son appartement n'était-il pas assez confortable ?

— Vous dormez ici. J'ai préparé la chambre et le

petit canapé se transforme. J'espère qu'il ne sera pas trop dur.

— Mais vous ?

— Soyez sans crainte, je dors chez une amie. Ce sera, comment dites-vous... plus convenable.

Déjà elle se levait, rapportait une pile de draps, des serviettes de toilette.

— Il fait nuit noire, s'inquiéta Mehmet. Vous n'allez pas...

Elle éclata de rire :

— Mais je *vis* ici, docteur. Naltchik est très sûre, vous savez, et mon amie habite si près. Pourquoi aurais-je peur ?

Pourquoi, en effet ? Ils se laissaient faire, bras ballants, la regardant couvrir de taies les petits coussins de soie dans le bruit de la pluie au-dehors, enfiler son ciré à larges manches avec des gestes précis d'oiseau.

Penchés à la fenêtre, ils regardèrent s'éloigner la petite capuche luisante et, quand elle se retourna, agitant vers eux la main avant de se glisser dans la Lada, la longue tresse de ses cheveux brilla un instant à la lumière du plafonnier, les plongeant tout à coup dans une étrange solitude.

Elle fit le tour du pâté de maisons. Puis, quand elle fut certaine de se trouver hors de vue, elle rangea la Lada entre deux blocs d'immeubles, verrouilla les portes, tira sur elle la couverture jetée sur la banquette arrière.

Elle essaya sans succès quelques stations de radio sur le vieux poste tchèque, mais la pluie tambourinait sur le toit avec trop de violence. Il lui sembla qu'elle avait oublié de dire quelque chose d'important, et cette pensée l'empêcha de s'endormir. Peut-être était-elle simplement trop excitée pour trouver le sommeil.

Elle ralluma le plafonnier, vérifia l'état de ses lèvres dans le petit miroir du rétroviseur. Elle songeait à ce drôle de docteur dans ses pantalons de velours, à ce professeur à grande bouche, aux jambes interminables, aux lattes épuisées de son canapé d'occasion. Dormaient-ils tous les deux ? Elle sourit dans le noir, revoyant leurs mines défaites comme ils roulaient depuis l'aéroport, l'air emprunté avec lequel ils avaient pris possession de son petit appartement.

Elle n'avait jamais pensé qu'un jour elle devrait protéger le géant de son livre de contes, songea-t-elle. Elle l'avait senti immédiatement : quelque chose de bon en lui demandait protection. Contre quoi, elle l'ignorait, mais elle était là maintenant. Qu'importe si elle ne dormait pas cette nuit : la petite fille du palais des Congrès allait vers lui, trottinant à travers la foule sur ses bottines poudrées de neige.

CHAPITRE 22

Ils quittèrent Naltchik par la route de Beslan.

Le ciel était gris, la lumière pauvre et humide. Malgré la douceur printanière de l'air, une torpeur hivernale planait sur la petite république caucasienne. Même l'animation de la capitale semblait factice : celle d'un peuple prisonnier derrière la barrière trop proche des montagnes, et qui tourne en rond, mimant les gestes de la vie.

Était-ce seulement le dépaysement ? La mauvaise nuit sur le canapé de Natalia ? Il semblait à Exelmans qu'il ne faisait que poursuivre l'un des innombrables rêves de départ qui avaient agité son sommeil. Passé la sinistre banlieue de la capitale, le silence était retombé dans la Lada. Une pellicule de buée troublait les vitres, donnant aux paysages désolés qu'ils traversaient l'allure d'un décor de film en noir et blanc des années 60.

À l'horizon, la chaîne du Grand Caucase restait prise dans un manteau de nuages bas. Une barrière de 1 300 kilomètres de long, aux sommets culminant à plus de 5 000 mètres, unissant d'ouest en est la mer Noire à la Caspienne. Une muraille abrupte, faillée de vallées étroites, de plaines et de fractures, couverte de forêts denses et de steppes désertiques, de glaciers et de champs de neiges éternelles. Ashktar était là-bas, songea-t-il, quelque part dans cette brume minérale, minuscule village perdu dans une immensité sans échelle pour l'homme. Et il se taisait, intimidé soudain par la présence de la montagne, le visage nu et étrangement vulnérable, comme s'il s'était démasqué devant l'évidence de ce qu'il restait à accomplir.

Les jours qui avaient précédé, les années peut-être, n'avaient été qu'un long préliminaire. Il se trouvait au pied du mur maintenant, et chaque kilomètre, curieusement, semblait reculer un peu plus l'instant décisif, la montagne toute proche paraissant s'éloigner à mesure qu'ils avançaient, se replier dans le lointain comme pour se refuser encore.

À Urvan, ils obliquèrent vers le sud. La route longeait la rive du Cerek, dont on devinait par instants le lit jaune et boueux à travers les taillis. Des lignes à haute tension parcouraient la vallée, dressant leurs tours menaçantes au-dessus des champs. Puis les terres cultivées laissèrent place à une pelade de chaumes jaunis et de gravières, une pluie fine se mit à tomber.

À travers le va-et-vient grinçant des essuie-glaces,

le ciel avait pris une teinte lie-de-vin. Les camions qui remontaient vers le nord avaient leurs phares de croisement allumés, des cabines décorées de guirlandes lumineuses et de minuscules images saintes telles des baraques de fête foraine.

À Kaschautau, ils s'arrêtèrent sur un marché pour acheter des fruits et de la bière et délasser leurs jambes endolories. Plus tard, ils s'arrêtèrent encore : la montagne approchait, ils firent le plein d'essence dans une petite station-service du bord de route. Des poules en liberté caquetaient sur le terre-plein, au milieu de carcasses de voitures à demi désossées : on aurait dit quelque ferme à l'abandon, n'eût été deux antiques pompes à bras qui flanquaient l'avant du bâtiment, protégées de la pluie par un auvent rouillé.

— Vous êtes sûre que vous ne voulez pas que je conduise ?

Elle rit.

— Auriez-vous peur, professeur ?

— Je craignais seulement que vous ne soyez fatiguée.

Elle se tourna vers lui, fronçant les sourcils avec une sévérité feinte. Rien ne semblait pouvoir altérer sa bonne humeur. Soudain, il lui fut reconnaissant de sa jeunesse, de la fraîcheur de son enthousiasme.

— Pourquoi avez-vous coupé votre barbe ? Je vous aimais mieux avec, vous savez. Vous paraissez — comment dire... plus autoritaire.

Il s'observa dans le petit miroir du pare-soleil, tirant la peau de ses joues.

— Vous trouvez ?

— Cela ne fait rien. Je vous aime bien comme ça aussi.

— Parlez-moi plutôt de vous.

— Oh, ce que je suis a si peu d'importance. J'ai été mariée autrefois, à Moscou, mais nous sommes séparés maintenant. Je gagne ma vie à l'Université, je sors le samedi avec quelques amis et je n'ai pas la télévision. Voilà. Est-ce si intéressant ?

— Je songeais à la petite fille du palais des Congrès avec ses yeux brillants. Qu'est-elle devenue ?

Elle rit pour cacher sa gêne.

— Qui sait ? Ma mère était une vraie Karatchaï. Elle me chantait des comptines de son village lorsque j'étais enfant. C'était une femme simple, qui avait fait très peu d'études. Je suppose que c'est d'elle que j'ai hérité le goût des langues... Plus tard, j'ai appris le kabardine par un ami de mon père, un professeur comme vous. Il était très vieux, du moins c'est ce qui me semblait, très savant aussi, avec une longue barbe mal peignée et des poignets de chemise très sales, mais je l'adorais.

— Combien de langues parlez-vous ?

— Oh, je n'ai jamais compté. J'en comprends une douzaine, peut-être plus. Mais ce n'est pas si difficile, vous savez. J'aime apprendre, et lorsqu'on sait le solfège, toutes les musiques se ressemblent un peu.

Progressivement, la vallée s'était étrécie, laissant place à un paysage désolé de montagnes, aux pentes abruptes, sillonnées par des transports de bois charriant d'immenses troncs écorcés qui brillaient dans le pâle soleil.

Les villages qu'ils traversaient à présent rappelaient à Exelmans les petites bourgades alpestres de sa jeunesse : des maisons basses et trapues, surmontées d'un toit de pierres sèches ou de tôle conique au-dessus duquel s'attardait un panache de fumée grise. Dans un petit potager, une caravane délabrée, une gazinière à l'abandon semblaient les vestiges oubliés d'une civilisation ancienne.

À mesure que la nature se faisait plus sauvage, quelque chose se détendait en lui. Était-ce l'influence de Natalia ? Il se sentait plus léger, presque euphorique, dans la course à nouveau. L'air apportait par la vitre entrouverte le vrombissement d'une scierie, une odeur de résine et de bois brûlé. Dans la cour des fermes, des enfants aux visages graves les regardaient passer. Il avait connu cette paix quelquefois, dans certains villages du Tibet où il faisait halte pour la nuit : des dindons caquetaient dans les arbres fruitiers, il s'enfonçait par des ruelles jonchées d'ordures vers quelque part primitive de lui-même, une solitude essentielle, se défaisant lentement de la défroque civilisée comme un nageur entrant dans l'eau.

Sur la banquette arrière, Mehmet somnolait. Il avait ôté ses souliers, défait la ceinture de son pantalon, ce qui irrita Exelmans, il ne sut pourquoi. Le ronronnement de la Lada faisait comme une vitre entre eux, et ils se surprenaient à chuchoter, baissant instinctivement la voix.

— Je suis si ignorante, à vrai dire. Votre ami le docteur, lui, est savant. J'ai lu ses articles à la bibliothèque de l'Université... J'aurais aimé connaître la préhistoire, faire des fouilles comme lui.

Elle fixait la chaussée avec attention, offrant à Exelmans l'ovale pur de son profil. Ses cheveux tirés en arrière dégageaient son front, soulignant ses pommettes hautes de Circassienne. Elle avait un très joli nez, remarqua-t-il, fin et droit, dont les ailes palpitaient lorsqu'elle parlait. Il avait toujours été sensible à ce signe d'intelligence chez une femme.

— Vous savez, murmura-t-elle, quelquefois il me semble que rien de tout cela n'est réel. Cette expédition, votre présence ici, celle du docteur... Croyez-vous vraiment que nous faisons quelque chose de bien ?

— Que voulez-vous dire ?

— Je ne sais pas. Je me pose la question, voilà tout. Si l'*almasty* existe, s'il n'est pas une légende, pourquoi mon père n'a-t-il jamais rien trouvé ? Pourquoi survivrait-il ici, au vingtième siècle ? Cela paraît si... improbable, une sorte de conte comme j'en écoutais dans mon enfance.

Une soudaine obscurité était tombée des montagnes. Ils avaient quitté la route principale, s'enfonçant le long d'une piste à demi carrossée dans l'ombre des conifères qui frangeaient la gorge. La pluie s'était remise à tomber.

— C'est l'absence d'imagination qui fabrique des légendes, Natalia, notre frilosité intellectuelle, notre incurie. Pas le contraire.

— Pourquoi en connaît-on si peu de traces, alors ?

— Regardez autour de vous : comment explorer méthodiquement un territoire aussi vaste ? Une mission y passerait un siècle qu'elle n'y suffirait pas. Si l'espèce a survécu ici, c'est qu'elle y a trouvé un abri sûr contre la poussée de notre civilisation. Nous avons affaire à une poignée de survivants, Natalia, à un anachronisme biologique. Mais pour combien de temps encore ? Faudra-t-il que le dernier se soit éteint pour que la science accepte enfin de s'en préoccuper ?

— Il y a eu des expéditions, pourtant.

Il eut un petit rire sarcastique :

— Au Tibet, en 1960, nous étions plus de six cents à ratisser les montagnes. Le cirque Barnum-Hillary tout entier, avec jongleurs et acrobates, dressant son chapiteau sur les neiges éternelles ! Et pour quel résultat ? Un scalp, un faux grossier en poil de serow pieusement tiré d'une lamaserie afin de démontrer une fois pour toutes aux yeux du monde qu'il n'y avait *rien* à trouver... Un joli tour de passe-passe intellectuel et commercial qui nous a fait perdre trente ans.

Le soir était tombé. La Lada peinait de plus en plus maintenant sur la tourbe du chemin. Par instants, des branches basses fouettaient le toit avec un bruit de grêle. Il leur semblait qu'ils s'enfonçaient peu à peu dans une nuit humide et végétale où plus rien de vivant n'existait, hormis le soupir mécanique des essuie-glaces qui battaient devant eux avec une obstination d'insecte.

— Il y allait de notre honneur, Richard, fit la voix de Mehmet depuis l'arrière de la voiture. Tu devais être là.

— Le docteur a raison, professeur. Vous n'avez rien à vous reprocher.

— Croyez-vous ? (Il décroisa avec irritation ses genoux martyrisés par l'angle de la boîte à gants.) Nous avons nous-mêmes ouvert la porte à la légende, Natalia. C'est elle qui a tout empoisonné. Nous sommes tombés tête baissée dans le piège que nous tendait la nature. Il y avait l'Himalaya, ces traces de pas dans la neige immaculée... La création agitait sous notre nez un admirable épouvantail, et nous avons marché comme un seul homme.

— C'est fini maintenant, dit Mehmet. Le roi Richard a repris son cheval de bataille.

Exelmans haussa les épaules :

— Nous avons perdu tellement de temps, Iskander. Et sais-tu pourquoi ? Parce que nous avions les imbéciles de notre côté. Les charlatans. Les montreurs de rêve. Nous connaissions nos ennemis, nous savions les combattre... Mais nos amis ?

— Pardon de vous interrompre, murmura Natalia, mais je crois que quelque chose ne va pas.

Comme pour accompagner ses paroles, la piste s'éteignit devant eux. Puis ce fut au tour des voyants lumineux, sur le tableau de bord, de chuter brusquement. Elle essaya l'ampoule du plafonnier : une lueur bleuâtre baigna un instant l'habitacle avant de s'éteindre tout à fait.

— La batterie. Elle est en train de lâcher.

Une nouvelle trombe de pluie secoua la voiture. Déjà on ne voyait plus la piste.

— Ma chérie, un effort, supplia Natalia, un dernier petit effort.

Quelque chose s'effondra sous les roues. Elle poussa un cri, donna un coup de volant. Une fraction de seconde, il n'y eut plus que le vide devant eux, un abîme où les phares parurent s'engloutir. Au fond de la gorge, les eaux gonflées du Cerek Hulamskilj brillaient d'une étrange clarté laiteuse, presque phosphorescente.

Puis la voiture se redressa, retrouvant à tâtons la terre meuble du sentier où elle s'immobilisa, moteur calé.

Dans le silence qui suivit, la pluie parut redoubler de violence.

— Je suis désolée, dit Natalia, soudain au bord des larmes. Je crois que j'ai failli nous tuer.

Un souffle de soulagement se fit entendre sur le siège à côté d'elle. Quelque chose effleura son genou : la main d'Exelmans. Les muscles du cou lui faisaient mal comme si elle sortait d'une épreuve de tir à la corde.

— Je suis désolée, répéta-t-elle.

La voix d'Exelmans, sa main étaient douces et apaisantes. Elle aurait pu pleurer de honte.

— Tout va bien maintenant, mon petit, entendit-elle. Nous l'avons échappé belle, mais tout va bien. Vous êtes épuisée. Reprenez vos esprits et essayez de remettre en route, d'accord ?

Elle secoua la tête docilement. Mehmet, derrière elle, se redressait à son tour. L'éclat d'une lampe torche jaillit, repoussant la nuit à l'extérieur. Le moteur hoqueta, refusant de partir.

— Ça ne fait rien. Essayez encore, doucement, sans la noyer.

Elle eut beau tourner la clef de contact, rien ne se produisit. La batterie avait définitivement rendu l'âme.

— C'est la bobine, expliqua-t-elle. Chaque fois qu'il pleut, elle...

— Nous ne serions pas allés bien loin, de toute

façon. Ne vous inquiétez pas. Avez-vous une idée de l'endroit où nous sommes ?

— Quelques kilomètres du refuge, je pense. Peut-être plus. Je ne sais pas.

Exelmans entrouvrit légèrement sa vitre, cherchant à se repérer. La brusque réflexion de sa lampe le fit sursauter. La voiture s'était arrêtée à quelques centimètres d'une paroi rocheuse, et leur ombre projetée sur la pierre bondit vers eux, difforme et menaçante, les enveloppant comme une main.

— Impossible de sortir de ce côté. La porte est coincée. Je pars en éclaireur. Vous restez avec le docteur jusqu'à ce que je revienne.

La pluie tambourinait sur le toit, le forçant presque à crier. C'était le ton autoritaire, il le réalisa, qu'il employait autrefois à l'égard des porteurs pour choisir les haltes ou désigner l'endroit où dresser le campement.

Il suivrait la piste sur quelques kilomètres, expliqua-t-il plus doucement en se penchant vers elle. Il trouverait de l'aide, un logement dans une ferme. Au pire, ils en seraient quittes pour dormir dans la voiture, voilà tout.

Elle secoua la tête :

— Nous ne pouvons pas faire ça, professeur, dit-elle d'une voix désespérée.

— Mais pourquoi diable...

— Votre assistant, professeur : il sera fou d'inquiétude.

— Mehmet, fou d'inquiétude ? Au nom du ciel, Natalia, de quoi parlez-vous ?

— Non, pas le docteur : votre assistant ! Celui qui m'a appelée de votre part. Je lui ai dit que nous serions à Bezengi ce soir. Il devait réserver des places pour nous au refuge et nous y attendre. Je croyais que...

Soudain une série de coups ébranlèrent la vitre à quelques centimètres de son visage.

Au même instant, une lumière violente inondait l'habitacle. On aurait dit que la nuit tout entière s'éclairait sous le feu d'une puissante lampe à arc, les tenant prisonniers dans son faisceau comme des animaux hypnotisés.

Puis la poignée de porte tourna toute seule.

La pluie se rua par l'embrasure tandis qu'un visage encapuchonné de plastique se penchait à l'intérieur, clignant des yeux dans l'éclat de la torche.

— Besoin d'aide, professeur ? fit une voix moqueuse.

C'était Morane.

CHAPITRE 23

Journal d'Andréï Tchinenoff, membre de la Société de géographie près l'Académie des sciences d'U.R.S.S.

Janvier 1938

Nouvelle humiliation : après la défection d'Astaïev, notre Commission, déjà reléguée dans un obscur sous-sol de l'Académie, se trouve contrainte de déménager. La raison avancée reste la même — restrictions budgétaires, etc. —, mais nous faisons de plus en plus figure d'hérétiques au sein de cette institution. Privés de subsides, d'appui, nous ne sommes plus qu'une commission fantôme, sans statut ni existence légale.

Nos réunions ont lieu désormais dans mon appartement ou dans celui d'Olga Boukharine, glacial et minuscule. Mais l'énergie infatigable de notre hôtesse compense ces rigueurs et réchauffe la tristesse de nos âmes. À soixante ans, sa carrière est faite, sa réputation inattaquable. Mais moi ? Je ne puis imputer qu'à la malignité des autorités l'échec de ma candidature au poste qu'occupait autrefois mon maître Eterstein. Mes titres m'y donnaient droit.

Verserais-je à mon tour dans la paranoïa qui agite trop souvent notre petit groupe, et qui nous a coûté le soutien d'Astaïev ? Les pressions qui nous entourent feraient plier de plus robustes que moi. Inlassablement, nous continuons de collecter récits et témoignages, d'en transmettre la synthèse abondante à notre tutelle. Les documents disparaissent sans être lus, détruits peut-être. L'isolement dans lequel nous nous trouvons laisse place à d'interminables supputations. La réunion d'hier en a été entièrement occupée. J'en suis sorti malade, agité du sentiment incontrôlable de piétiner devant un mur d'archives, si haut qu'il manque de s'écrouler à tout instant pour m'engloutir.

Le petit cadeau d'Olga pour mon anniversaire m'a fait bien plaisir.

Octobre

Espoir. On parle de l'élection de Démentiev au Praesidium. Il serait notre Cheval de Troie. Mais j'ai trop appris la désillusion pour oser me réjouir encore.

1er novembre

C'est fait. D'une seule voix, au terme d'une campagne qui n'a manqué ni de coups bas ni de trahisons de dernier instant, mais l'essentiel est là. Avec Démentiev, notre Commission aura enfin auprès du Praesidium le soutien qui lui manque depuis la catastrophique séance de l'an dernier. Nous comptons nos blessures comme une armée au soir d'une coûteuse victoire, avec la joie ivre des survivants.

Nous sablions le champagne quand l'épouse de Kolomietz nous a rejoints, très pâle et porteuse d'une triste nouvelle : Olga Boukharine s'est éteinte dans l'après-midi à l'hôpital où j'allais quotidiennement la voir depuis le début de l'automne.

Euphorie et tristesse. Je ne puis m'empêcher de penser que les combats des derniers mois ont usé précocement ses forces. Kolomietz a eu des mots très beaux, puis nous avons levé silencieusement nos coupes pour saluer sa mémoire.

CHAPITRE 24

Il plut une partie de la matinée. Quand ils se mirent en route, une lumière poudreuse illuminait le sous-bois, jouant entre les fûts des hêtres en longues colonnes transparentes. Ils marchaient en file indienne, silencieusement, de l'allure recueillie d'une procession de pèlerins perdus au beau milieu d'une immense forêt de bâtons d'encens, dans l'odeur de pain brûlé et de mousse qui montait de la terre.

Puis, sans transition, ce fut la vallée, un soleil dru et jaune, l'immensité du ciel où campaient dans un ciel limpide de rares nuages plats, effilés par le vent comme des os de seiche. Ils longèrent la ligne de crête, soulevant à chaque pas une nuée de minuscules papillons blancs, puis ce fut un couple de cailles qui s'éleva d'un buisson dans un froissement d'oiseaux mécaniques. Depuis le col, la vallée d'Ashktar formait une faille roux et vert, sertie entre les pans de la montagne en deux plateaux symétriques. Au fond, le serpent argenté de la rivière, quelques villages éparpillés comme une poignée de pierres sur le versant septentrional, encore noyé d'ombre par la cime du Karakaja.

— Ashktar, dit Natalia, montrant quelque chose à l'extrême pointe de la vallée. Nous en avons encore pour deux bonnes journées de marche, peut-être plus.

Ils firent une première halte pour reprendre des forces, cherchant l'ombre des adossements rocheux, le cœur battant plus que de raison. L'altimètre, sur le cadran de montre d'Exelmans, indiquait bravement les trois mille. Ils avaient franchi en quelques heures un dénivelé d'au moins 1 500 mètres et une grosse veine battait sur la tempe congestionnée de Morane tandis qu'il cherchait à reprendre son souffle, assis dans la luzerne, regardant d'un œil vide la cigarette qui fumait témérairement entre ses doigts.

— De l'eau, Morane ? suggéra Exelmans, tendant sa gourde avec une satisfaction un peu puérile.

— Ça va.

— Comme vous voudrez. À votre place, fit-il en désignant le briquet dont il roulait nerveusement la mollette, j'éviterais ça. Gardez vos poumons pour la suite.

— Foutez-moi la paix, d'accord.

Exelmans haussa les épaules.

— Je connais la montagne, c'est tout.

Une mince vapeur montait des vêtements de pluie étalés dans l'herbe, l'air avait dans la gorge la pureté d'un verre d'eau. Il faillit ajouter quelque chose, se ravisa et rejoignit les autres.

— Fatigués ?

Mehmet eut un pâle sourire.

— La machine est usée mais elle tient le coup. Tu devrais être plus indulgent avec ce garçon.

— Je vous trouve une mine superbe, docteur, dit Natalia.

Ses cheveux dénoués lui tombaient jusqu'aux reins, et de petites mèches voletaient autour de son visage. Elle était assise en tailleur, le dos droit, les paupières demi-closes, chassant une mouche qui vrombissait autour de ses longs cils. L'effort avait plaqué sur ses pommettes de petites taches roses, lui donnant l'air étonnamment juvénile et fraîche.

— J'aime le soleil, murmura-t-elle. Quand j'étais enfant, nous allions pique-niquer près d'un lac, dans le Haut-Karatchaï, avec une petite valise d'osier pleine d'assiettes et de vaisselle... J'adorais le bruit qu'elle faisait, l'odeur de fleurs et d'herbe écrasées sous la nappe. Mes parents me faisaient un lit sous un arbre avec une vieille couverture et je m'endormais en les écoutant parler... C'était une telle volupté !

— Avez-vous des enfants, Natalia ? interrogea Mehmet. Je suis très indiscret, pardonnez-moi, mais une jeune femme comme vous devrait avoir des enfants.

— J'ai trente-cinq ans, ce n'est plus si jeune. Et puis il faudrait être mariée et je ne le suis plus. Enfin, plus tout à fait.

Mehmet secoua la tête avec reproche.

— Les enfants consolent de vieillir. Vous pouvez en croire un vieil homme, Natalia Zviaguinstievna : la beauté est un bien trop précieux pour la laisser sans fruits.

Ils coupèrent à travers champs, foulant jusqu'aux cuisses des bouquets de gentianes et de renoncules, retrouvèrent plus loin l'étroit chemin muletier qui serpentait sur les crêtes. Puis le sentier plongea, délaissant la limite des forêts pour dégringoler à travers les pâturages. Des troupeaux de chèvres et de moutons s'étageaient sur les pentes, si loin qu'on eût dit l'ombre des nuages qui glissait lentement sur le vert intense des prés. Le soleil tournait à l'horizon, baignant de bleu les champs de neige sur la chaîne crénelée qui bornait la vallée.

L'après-midi déclinait quand ils atteignirent le premier village. Les prémices d'un orage s'amoncelaient au-dessus des montagnes, allongeant l'ombre des chaumes. Ils avaient marché plus de sept heures. Près d'une mare nauséabonde, un âne auréolé de mouches broutait de rares pousses au milieu d'un champ d'immondices. Dans les vergers qui bordaient le chemin, les arbres rabougris s'ornaient de bidons jaunes, suspendus aux branches à la manière d'étranges calebasses. Les choux avaient monté dans les potagers, agaçant les narines d'un relent fade de pourriture.

Des chiens s'étaient jetés vers eux, bientôt suivis d'une nuée d'enfants surgis d'on ne sait où, le visage noir de crasse, les habits déchirés. Tandis que Natalia s'enquérait du chef du village, des femmes à leur tour sortirent des maisons. Bientôt, ils furent cernés d'une foule curieuse et jacassante qui les observait en riant.

Zdrävstvuyte, zdrävstvuyte, répétait Exelmans en soulevant son minuscule chapeau : *Kak vas zovüt ?* Son russe appliqué soulevait de grands éclats de rire auxquels il finit par se joindre à son tour, riant de bon cœur de la curiosité qu'il suscitait, hilare et ruisselant malgré la fatigue qui plombait ses jambes. Les enfants se disputaient sa main, les femmes l'imitaient en gloussant, cachant leurs yeux et montrant de petits bouts de langue rose à travers les chicots noircis de leurs dents. Quand Natalia revint, ce fut tout le village qui suivit les voyageurs jusqu'à leurs quartiers, se disputant l'honneur de les guider, se bousculant sur le pas de la porte dans une joyeuse cacophonie d'aboiements et de bébés en pleurs.

— Joli numéro, professeur, applaudit Morane. Je ne vous connaissais pas ce talent d'amuseur.

— C'est ce qui nous sépare, Morane : l'intérêt pour les autres.

— Je suppose que vous avez eu le temps de roder ça avec vos singes. Très réussi en tout cas. Félicitations.

Natalia avait trouvé des chambres dans la masure d'un cantonnier. Un dortoir à quatre lits au sol en terre battue, aux murs vaguement chaulés, qui sentait l'urine et la vessie de porc. Les matelas grouillaient d'insectes, la maison n'avait pas l'eau courante.

Ils dînèrent d'une bouillie d'orge et de ragoût, trop épuisés pour parler. Leurs hôtes, un couple entre deux âges, les servirent à table avant de se replier dans un coin de la pièce d'où ils les observaient en chuchotant. À la fin du repas, ils repoussèrent leurs assiettes, étalant la carte sur la table pour étudier l'itinéraire du lendemain, les yeux lourds et papillonnants.

Puis Natalia monta son sac de couchage sur la mezzanine à claire-voie. Ils avaient encore une longue route demain et ils se retirèrent à leur tour pour la nuit.

Allongés dans le noir, ils ne pouvaient dormir. La pluie ruisselait sur la tôle du toit. L'étroite fenêtre, grossièrement masquée d'une planche, donnait sur la fosse d'aisances et, malgré la fumée de leurs cigarettes, l'air empuanti prenait à la gorge.

— Je suppose que vous êtes satisfait, Morane.

Vous voilà promu aide de camp. C'est ce que vous vouliez, n'est-ce pas ?

La cigarette de Morane rougeoya dans l'obscurité.

— Épargnez-moi vos sarcasmes, professeur. Cette guerre de position devient ridicule.

— Vous avez raison, fit Exelmans en se retournant sur sa couche. J'aurais dû vous casser la gueule plus tôt.

Sa voix vibrait de colère tandis qu'il revoyait l'apparition de Morane dans la nuit de Bezengi, le petit sourire avec lequel il avait offert son aide — un sourire de défi, presque de triomphe.

Exelmans avait jailli de la voiture, à deux doigts d'écraser ce sourire ruisselant, de bousiller cette denture trop blanche dans la lumière de la lampe. Un instant, ils s'étaient dressés face à face sous la pluie, poings serrés, se défiant du regard. L'ironique satisfaction dans l'œil de Morane décuplait sa rage.

Quelque chose l'avait retenu à la dernière seconde : la présence de Natalia, peut-être, la conscience du ridicule qu'ils offraient sur ce chemin détrempé que la pluie battait en rafales. Il s'était détourné, avait empoigné son sac avant de s'éloigner à grandes enjambées rageuses. « Richard ! criait Mehmet. Richard ! C'est notre ami français ! »

Puis il y avait eu cette scène grotesque, les deux

hommes s'empoignant sur le balcon du refuge, ce goût de sang dans la bouche tandis qu'il écrasait son poing sur quelque chose de dur, le raclement de leurs chaussures griffant le bois détrempé, le bruit d'un crâne heurtant le balcon...

Ils s'étaient séparés sans un mot et, durant quelques instants, il n'y avait plus eu que leurs halètements dans l'ombre du balcon tandis qu'ils cherchaient à reprendre leur souffle, prenant soudain conscience du silence prodigieux qui régnait sur le refuge. Ils avaient gagné leur chambre piteusement, s'éclairant mutuellement dans le noir, la mâchoire douloureuse, rendus étrangement complices par l'absurdité de ce qu'ils venaient de commettre à l'insu des dormeurs.

— Vous n'avez rien à faire ici, Morane. Cette expédition n'est pas la vôtre. C'est une mission privée.

Morane eut un petit ricanement :

— Vous êtes dans votre jardin, c'est ça ? Le mâle dominant veillant sur son territoire de chasse.

— Vous ne vous êtes pas très bien comporté à l'égard de Natalia Zviaguinstievna, jeune homme, reconnaissez-le, dit Mehmet.

— Parlons de correction. Votre manière de vous défiler n'était pas non plus un modèle d'élégance, professeur.

— Pour quelle bon Dieu de raison aurais-je dû vous faire part de mes intentions ? Vous aviez accompli votre part du marché, Morane, je vous ai même offert de vous dédommager.

— Monnaie de singe. Ce que je vous ai apporté vaut bien plus que cela.

Le rougeoiement de sa cigarette brilla dans l'ombre.

— Qu'est-ce que vous croyez ? Je suis reporter, pas moraliste : j'ai lu les lettres du docteur. Le reste était facile : il n'y a pas trente-six Natalia Zviaguinstievna à l'université de Naltchik. J'avais un visa, quelques jours d'avance, assez d'informations sur vous pour faire un assistant crédible.

— C'est une expédition scientifique, Morane. Nous n'avons que faire d'un type comme vous.

Morane s'était levé, contemplant la pluie qui tombait à travers les planches disjointes.

— Vous avez besoin de moi, professeur. Besoin de quelqu'un qui puisse témoigner, rapporter des preuves tangibles. Est-ce avec le Kodak jetable du docteur que vous comptez convaincre l'opinion ?

— Je me fiche de l'opinion comme de ma première chemise, jeune homme.

— Richard, M. Morane essaie de dire quelque chose d'important, je crois.

Mehmet avait risqué cette remarque d'une voix douce, presque humble, comme s'il refusait encore de croire à la duplicité de celui qu'il avait choisi. Sa grosse tête dépassait de la couverture, luisant dans la clarté humide de la lune comme celle d'une tortue.

Exelmans l'ignora :

— J'imagine que cela doit être difficile à concevoir pour vous, mais je suis zoologiste. Seule la vérité m'importe, que l'opinion y croie ou non. Ne comptez pas sur moi pour pisser dans le sens du vent.

— Je vous en prie, professeur : épargnez-moi le couplet sur la noble solitude du chercheur. Vous savez à quoi vous me faites penser ? À un gamin qui a trouvé un jouet sous un arbre et qui refuse que quelqu'un d'autre y touche.

— Vos appréciations me laissent froid.

— Quand donc sortirez-vous de votre tour d'ivoire ? Quelque part, dans cette vallée ou ailleurs, il existe une espèce encore préhistorique d'hommes sauvages, et vous voudriez garder ça pour vous ?

— Nous ne *savons* pas ce qu'ils sont, corrigea Exelmans. Il s'agit d'une conjecture raisonnable tout au plus.

— Que l'orgueil vous étouffe... Richard Exelmans, le dernier croisé ! Gardez ça pour les populations éblouies devant lesquelles vous avez dansé la gigue tout à l'heure. Vous prétendez agir au nom de la morale, d'une conception antédiluvienne de la science ? Pour l'amour des gens, hein ? À mon tour de vous poser une question : comment appelleriezvous un type qui découvre une nouvelle étoile et se hâte de jeter son mouchoir dessus ?

— Vous délirez.

Morane s'était rassis sur son lit. C'est à peine si l'on devinait sa silhouette ramassée dans l'angle de la chambre. La flamme de son briquet déchira brusquement l'obscurité, puis tout redevint noir.

— Voilà ce qui nous sépare vraiment, professeur : vous prenez la vérité pour une formule savante réservée à quelques beaux esprits. Moi, je crois qu'elle est l'affaire de tous.

— Je l'imagine sans peine. À l'heure qu'il est, la moindre feuille de chou de la planète doit avoir une option exclusive sur votre reportage.

— Navré de vous décevoir. J'attendrai d'avoir tué l'ours avant d'en négocier la peau.

— *Tuer* est bien le mot. Que croyez-vous qu'il se passera quand toutes vos télévisions auront appris l'existence de l'homme sauvage ? Quand vos amis débarqueront dans ces montagnes dans une noria d'hélicoptères, bardés d'antennes paraboliques et de micros directionnels ? Voilà précisément ce que je cherche à éviter, Morane. Le reste est sans importance.

— La survivance d'une branche parente de notre espèce concerne l'humanité tout entière, pas une poignée d'érudits. Les gens ont le droit de savoir.

— Parlez-moi de chiffre d'affaires, pas de droit. Pas vous.

— M. Morane touche un point délicat, Richard, dit Mehmet.

Exelmans le foudroya du regard.

— Écoutez, Morane : jusqu'à preuve du contraire, je reste le chef de cette expédition. Faites les photos que vous voudrez, je ne puis vous en empêcher. Mais à l'avenir, épargnez-moi votre ton sentencieux, voulez-vous ? Je ne me sens pas de force à supporter longtemps vos petits sermons de maître d'école.

Il se retourna sur sa couchette, faisant craquer dangereusement le châlit.

— Maintenant, fermez-la et tâchons de dormir. Nous avons une longue route demain.

Ce qui était, il s'en aperçut, une manière de capitulation.

Natalia était déjà sortie lorsqu'ils se levèrent. Elle revint bientôt, accompagnée d'un homme aux petits yeux porcins, les joues envahies d'une barbe de deux jours, qui portait en bandoulière un sac en peau de chèvre.

— Voici Youssev. C'est l'homme dont je vous ai parlé. Il habite une ferme, plus haut dans la montagne. Il nous servira de guide jusqu'à Ashktar.

Ils firent provision de petites poires coniques, de pain, de pommes gâtées, veillant à ne pas trop s'alourdir sans froisser pour autant la générosité des villageois. Des chiens et quelques enfants les escortèrent jusqu'à la limite des pâturages communaux, puis ce fut à nouveau le silence recueilli de la marche, l'air sifflant aux oreilles, la stridulation des oiseaux parmi les chaumes.

Ils suivirent un moment le lit caillouteux de la rivière, puis remontèrent le long d'une moraine grisâtre, semée de bruyère rase et de blocs rocheux qu'on eût dit tombés du ciel, rosâtres et tavelés de roux comme des œufs d'autruche.

L'expédition, au deuxième jour, avait pris son rythme de croisière. Oubliée l'euphorie de pique-nique champêtre de la veille : les muscles se faisaient sentir, les pieds étaient douloureux à l'endroit où le cuir pliait. Sous l'impulsion de Youssev, la colonne s'étirait à présent sous le ciel éblouissant, longeant par l'est les pentes bleutées du Karakaja pour s'enfoncer vers les confins de la vallée. Ils parlaient peu, économisant leur salive et leurs gestes, concentrés vers leur destination, les épaules sciées par le poids des sacs.

Natalia avait tenu à porter sa charge, avançant vaillamment sous le soleil de plomb qui mouillait son corsage. Cette fille est coulée dans l'acier, songea Exelmans en se portant à sa hauteur. De petits cheveux échappés de son chignon luisaient sur sa nuque, les sangles du havresac faisaient saillir sa poitrine, ferme et haute sous la chemise. Cybèle, une divinité des blés dont le soleil ciselait le visage mûr et grave. Où puisait-elle encore l'énergie de lui sourire en attrapant la main qu'il tendait pour la hisser sur l'escarpement ?

Il lui montra deux grands oiseaux de proie tournant dans les courants — des aigles, jugea-t-il —, et la pression de son épaule contre sa propre poitrine le bouleversa sans qu'il sût pourquoi. Elle était la jeunesse, quelque chose d'intact et de pur dont le rayonnement touchait au tréfonds de lui-même, dissipant les ombres contre lesquelles il luttait. Hélène, autrefois, avait eu cette grâce.

Un instant il revit sa silhouette assise au col du Galibier, la grosse Panhard crème dont le moteur éteint cliquetait. Elle portait des fuseaux, un chemisier sans manches et, dans le geste par lequel elle ôtait son foulard, la masse de ses cheveux avait roulé sur son épaule, se déployant au vent à la manière d'un éventail de laque.

La dernière fois qu'il l'avait vu, le visage d'Hélène apprêté par le service des pompes funèbres avait la texture pâle de la cire, ses narines creusées formant comme deux ouïes sous les joues d'un poisson mort.

— C'est beau, n'est-ce pas ? Comprenez-vous maintenant pourquoi j'aime ce pays ?

— Laissez-moi prendre ce sac. Il vous alourdit inutilement.

— M. Morane serait vexé : il s'est offert à le

prendre tout à l'heure. Je suis une femme des montagnes, vous savez, une Karatchaï : elles portent sur des kilomètres des fagots de bois qui écraseraient un âne.

— Ah, Morane, marmonna-t-il en jetant un regard lugubre vers la silhouette qui progressait à côté de Mehmet. Une Karatchaï, hein ? répéta-t-il sans joie.

Et le charme rompu, il reprenait sa route, le crâne bouillant sous le chapeau de toile aux bords ondulés qui mouillait ses lunettes.

CHAPITRE 25

Cette nuit-là, Exelmans rêva du Livre.

Il s'éveilla en nage, cherchant à lire l'heure sur le cadran lumineux de sa montre. Des poules caquetaient derrière la cloison, un chien hurla quelque part. Trois heures du matin. La nuit était encore noire. Il se rallongea à tâtons, les yeux grands ouverts, suivant la progression d'un minuscule reflet de lune sur le plafond.

Il avait huit ans quand il avait reçu le Livre. C'était le jour de son anniversaire, et toute l'excitation s'était d'abord concentrée sur la boussole de cuivre dont le poids au creux de sa paume le grandissait inexplicablement. Il avait si longtemps rêvé à cette boussole, à l'odeur de métal tiède qu'elle prenait dans la main, au couvercle à ressort qui s'ouvrait brusquement, faisant jaillir la double flèche qui tremblait sur son axe, oscillant sans finir sur l'étalonnage compliqué du cadran.

Maintenant, elle pesait dans sa poche comme un

caillou mort dont il fallait acheter la possession. Il était passé sous l'œil redouté de son père, courbant le dos, éprouvant avec une violence glacée combien les remerciements qu'on attendait de lui ressemblaient à un acte d'allégeance forcée, une contrition pour quelque faute dont la nature lui resterait à jamais inconnue.

C'était le tribut de chaque anniversaire, la répétition d'une cérémonie où ses parents expiaient le tardif sursaut charnel qui l'avait fait naître. Le Livre n'avait été qu'un accident, le premier signe d'une déroute dans l'habituel lot d'ouvrages pieux et d'images de communion dont on le couvrait.

Aujourd'hui encore, il ignorait d'où il provenait : un étranger, quelqu'un qui ne ressemblait à aucune des grand-tantes auxquelles il avait prêté sa joue réticente, semblait l'avoir déposé là, parmi la maigre moisson de cadeaux d'anniversaire, avant de repartir sans se faire reconnaître.

Les vocations étaient-elles jamais autre chose, se dit-il tandis que le reflet de lune poursuivait sa course sur le plafond craquelé — un présent des fées, le cadeau du hasard ? Il s'était enfui à l'instant du dessert, abandonnant sur l'assiette une tranche grignotée du rituel gâteau d'anniversaire, la boussole ballottant contre la cuisse et serrant dans les bras le trésor qu'une impulsion farouche lui enjoignait de garder pour lui seul, comme si le charme avait pu s'en évaporer au contact des siens.

Là, dans le petit bosquet de sureaux qui fermait le jardin, parmi les chenilles vertes et les toiles d'araignée, la boussole ouverte sur le lit de feuilles mortes, rien ne pouvait l'atteindre. La certitude de n'être pas aimé s'évanouissait dans l'odeur de terre meuble, se dissipait sous le mikado de lumière perçant la voûte de tiges entrecroisées au-dessus de sa tête.

C'était un album en couleurs, aux planches séparées par des feuilles bruissantes de papier cristal. Un demi-siècle plus tard, il pouvait encore s'en réciter le titre — *Merveilles de la nature, par Jean Hocquard, imprimeur-libraire à Tours* —, si souvent répété qu'il en avait fini par prendre la consonance dénuée de sens des formules magiques.

Oiseaux, insectes, mammifères s'y trouvaient sertis en un vitrail de petites vignettes colorées, alignés sur la page en ordre de parade, disposés parfois dans d'étranges arbres stylisés à la façon de friandises de Noël. On y trouvait des monstres insoupçonnés, d'étranges poissons à plumes, des fossiles d'insectes datant du pliocène, des mollusques semblables à de grandes fleurs translucides... Entre les pages centrales, sur un volet dépliable, était figurée la longue marche vers l'Homme : on y voyait un minuscule pliopithèque aux mains de musaraigne se lever par étapes, grandir, s'affiner, devenir cet homme nu et robuste qui semblait marcher au pas.

Cette planche-là surtout le fascinait. On eût dit

les images successives d'un sprint olympique sur les premières photographies stroboscopiques, l'humanité défilant en vitesse accélérée derrière le mâle noueux qui emmenait la course d'un pas de brute têtue et athlétique.

L'album avait rejoint *Les trois mousquetaires* dans le vieux coffret à cigares de son père, avec la boussole et le cadavre de hérisson soustrait un jour à la canne paternelle, sur l'allée du jardin, et qui grouillait déjà de vermine et d'asticots. Les premiers livres de son enfance, les seuls dont il se souvînt, bientôt mangés de moisissure et dont l'odeur sucrée lui reviendrait bien des années plus tard, une odeur de grenouille épinglée sur la table de dissection comme une trousse ouverte.

Son père était médecin. Spécialiste du cerveau, austère et réputé, il recevait ses clients dans un cabinet aux portes étouffées de rideaux en velours, communiait chaque matin à Saint-Paul-du-Roule, le crâne vissé dans un col de celluloïd, les reins sanglés dans l'armature compliquée d'un corset de métal qui le mettait au martyre. Même absent, son autorité pesait sur la famille comme une maladie gardée secrète.

Par bonheur, il y avait, l'été, la maison familiale d'Hossegor, le jardin sablonneux descendant vers la mer, les journées de solitude à traquer les cigales sur le tronc poisseux des pins, les tourterelles abattues à la fronde. Dès l'aube, l'adolescent s'échappait de la maison endormie, ne rentrait qu'à la nuit tombée, les mains souillées d'un massacre d'insectes, jambes déchirées, dans la poche un mulot fracassé entre deux pierres.

Il avait toujours été cet enfant sauvage et colérique, une force de la nature qui jouait à écraser dans la paume comme une écale de noix le thorax encore chaud d'une mésange prise au collet.

S'il y songeait, étendu dans la nuit bruissante du Caucase, ce n'était pas le cœur en lui qui l'avait porté vers la zoologie, mais cette sauvagerie héritée de l'enfance, une complicité avec le monde des bêtes dans ce qu'il contient de violent et d'instinctif — une rébellion définitive contre l'étroite religiosité de ses parents où l'homme figurait à l'image de Dieu, pauvre créature de frustration et de remords agitée de soubresauts comme les cadavres sous les électrochocs dans le service de son père...

Devenu jeune homme, il avait fait la guerre à seize ans, tué quelques hommes sans plus d'émotion. Pourquoi en aurait-il ressenti ? C'était l'homme nu de la frise de l'évolution qu'il supprimait : un gaillard rustique, aux genoux cagneux, la jambe levée dans sa marche martiale vers le vide ouvert par le bout de la page. Ce que l'humain avait de pire : le conquérant sûr de lui-même, de sa supériorité comme de celle de sa race.

Les primates qu'il étudiait n'étaient pas la promesse de cet homme-là, ni cette sinistre parodie à laquelle d'éminents chercheurs, dans les laboratoires américains, s'évertuaient d'inculquer le langage des sourds-muets. Un jour, se rappelait-il, il avait rossé sans raison le visiteur d'un zoo que faisaient rire aux larmes les *you-you* d'une femelle gibbon allaitant son petit...

Il eut un petit rire dans l'ombre. En eût-il fait autant pour l'un de ses semblables ? La réponse était oui, indubitablement oui... Sa vie durant, il avait combattu avec la même vigueur l'anthropomorphisme de sa profession et la stupidité benoîte de ceux qui choisissaient la nature contre l'homme. N'en déplaise à Morane, l'amour des gens chez lui n'était pas feint. Il avait aimé profondément les peuples dont il avait partagé l'existence lors de ses pérégrinations, s'était enrichi en retour des marques d'attachement qu'il en avait reçues. Le lien d'affection fraternelle qui le liait à ses primates n'avait pas d'autre origine : c'était celui qui unit deux espèces vouées à la souffrance et à la mort, et qui s'observent avec compassion depuis des rives opposées sans parvenir à se rejoindre.

Toutes ces années, il avait trouvé auprès de Socrate, puis de Platon, des compagnons dignes et tristes. À quarante ans, Platon avait des attitudes de vieux sage, une distinction qu'eussent enviée les imbéciles qui se pressaient au zoo s'ils avaient eu seulement conscience d'eux-mêmes... Souvent, regardant vivre ses chimpanzés, il songeait à ces génies des contes allemands, petits gnomes contrefaits jetant sur le monde le regard d'anciens princes prisonniers d'une forme imparfaite. C'était cela qu'il aimait en eux, qu'il avait traqué inlassablement dans les jungles d'Indonésie et les laboratoires du Muséum : le fugace éclair d'une intelligence égarée dans la nuit de l'évolution.

Ils se tenaient à la frontière, papillonnant des yeux devant la lumière crue du monde humain, prêts à détaler au moindre mouvement pour rejoindre leurs forêts profondes. Exelmans s'y était enfoncé à leur suite et, chaque fois, passé une prudente période d'observation réciproque, il lui avait semblé qu'ils l'attendaient, guettant son pas, s'arrêtant quand il tardait, le conduisant vers quelque lieu qu'il n'avait jamais atteint mais où gisait le secret douloureux de la séparation.

Il en revenait plus apaisé, plein d'une indulgence nouvelle à l'égard de ses semblables, réconcilié avec lui-même, comme autrefois de la cabane sous les sureaux.

Morane avait-il raison ? Était-ce l'orgueil en lui qui conduisait la dernière quête ? Quelque obscur désir de revanche sur ces années de sarcasme et d'incrédulité ?

Il se retourna sur son lit de fortune. La présence des corps allongés à ses côtés, invisibles, rendait son insomnie presque palpable, comme s'ils flottaient dans des régions où il ne pouvait les rejoindre. Quelle était cette paix qui lui manquait ? Il y avait bien longtemps qu'il n'avait connu la paix, longtemps qu'il ne l'avait éprouvée autrement que sous la forme de sensations fugaces et volatiles : dans la solitude de son petit village espagnol, dans ces montagnes aussi, en de brèves occasions... Mais c'était le rythme de la marche, un équilibre soudain entre le souffle et la répétition des pas, la beauté foudroyante d'un paysage, la griserie tiède des chaumes. Quelque paix mécanique et illusoire que le moindre souffle d'air, l'ombre d'un petit nuage naviguant sur les prés balayaient sans espoir de retour.

Il s'était lancé tête baissée dans cette expédition à la façon d'un naufragé s'agrippant à une bouée providentielle. Dans cette vallée reculée du monde, l'immensité du Caucase semblait soudain un océan au milieu duquel il luttait avec la frénésie brouillonne du survivant.

Quelque part, à une journée de marche, se trouvait la clef de l'énigme qui l'occupait depuis l'enfance : l'énigme du partage des espèces, d'un être encore pétri de la glaise des premiers âges, à mi-chemin de l'homme et de la bête, cet Adam primitif en qui pouvaient se lire encore les plans du Créateur. Et cependant, à mesure qu'ils approchaient d'Ashktar, il lui semblait que c'était vers la clef de sa propre vie qu'il allait, s'enfonçant dans la nuit pluvieuse à la poursuite du fantôme de son enfance, remontant dans le temps vers la petite cabane sous les sureaux où gisait le secret de ces années perdues.

CHAPITRE 26

Aslam Tadlikh était un petit homme aux dents gâtées, vêtu d'un gilet de laine et d'un court bonnet à côtes, qui roulait entre ses doigts les grains d'un chapelet en argent noirci. Il avait le nez étrangement busqué, de petits yeux mobiles et trop rapprochés qui allaient de l'un à l'autre, à l'affût derrière la fumée jaune de la pipe, évaluant ses visiteurs à la façon d'une marchandise dont il ne se décidait pas à estimer encore le prix.

— Ce sont les savants dont je vous ai parlé, dit Natalia en kabardine. Ils sont venus de très loin pour vous rencontrer.

Ils burent du *kéfir* dans de petits verres troubles et dépareillés. Le tonnerre grondait dans les montagnes, l'habituel orage du soir, et une lumière d'un blanc intense filtrait par l'interstice des volets, illuminant de minuscules particules de poussière qui montaient du tapis où ils étaient assis.

La pièce était grande, obscure, encombrée d'ustensiles de cuisine et de meubles en bois sombre. Massés sur le banc de l'entrée, une flopée de gamins de tous âges, crâne rasé, regardaient à l'intérieur en se poussant du coude.

— Mes enfants, dit Aslam avec un sourire rusé, comme s'il dévoilait quelque richesse inattendue à ses visiteurs.

Puis, se tournant vers Youssev, il aboya quelques phrases péremptoires avant de se concentrer sur le fourneau de sa pipe.

Youssev se pencha vers Natalia :

— Il dit : vos amis ne sont pas de Naltchik.

— Ce sont des savants étrangers, dit Natalia en s'adressant directement au chef. Des gens très célèbres dans leur pays.

Exelmans toussota, étirant sa jambe endolorie. Les petits verres tanguèrent dangereusement sur la table, emplissant l'air d'un parfum de lait caillé.

— Que se passe-t-il ?

— Je ne sais pas. Nous sommes peut-être trop nombreux. Il ne veut pas parler devant des étrangers.

— Demandez-lui où il a trouvé la main, insista-t-il. Dites-lui que nous avons marché trois jours pour le rencontrer.

La poussière collée à son visage lui faisait un masque de sueur, l'arête de son nez flamboyait, brûlée par le soleil de l'après-midi. Il avait la bouche sèche, et l'acidité du *kéfir* n'avait fait qu'augmenter sa soif, lui donnant l'impression de sucer un bout de fromage de chèvre plâtreux et trop fort.

Ashktar était une petite bourgade juchée dans un méandre de la rivière — la dernière avant la montagne, avait expliqué Natalia. La terre ici semblait plus pauvre que dans le reste de la vallée : quelques champs de pierraille envahis par les chèvres, des vergers demi-sauvages de mirabelliers et de poiriers au tronc torse où des femmes en fichu travaillaient, à genoux sur de grandes bâches de toile rapiécées. Sa situation sur l'unique voie de communication lui donnait cependant un semblant d'importance, comme en témoignait la mosquée aux murs grêlés qui dressait son minaret au-dessus des toits.

La maison du chef était la dernière du village. La plus cossue aussi, avec ses murs en bardeaux, les ferrures rouillées qui décoraient la façade. Dans la cour, un générateur ronronnait, alimentant le gros poste grillagé dont la veilleuse luisait dans la pénombre de la pièce comme une icône sainte.

Aslam Tadlikh était un notable, l'unique détenteur d'une radio à des kilomètres à la ronde — quelles stations pouvait-il bien capter au fond de cette vallée encaissée ? s'interrogea Exelmans —, le seul aussi à jouir d'un groupe électrogène. Des papiers officiels, une poignée de livres sous le portrait du président enturbanné de la petite république donnaient un tour absurdement solennel à l'entretien, comme s'ils avaient tenté de soudoyer un édile pour obtenir quelque passe-droit administratif.

Natalia traduisit la question. Leur hôte évitait soigneusement de la regarder, et Exelmans songea à ce qu'elle avait dit, le premier soir, à propos des femmes et des usages musulmans. Une nouvelle fois, ce fut Youssev qui servit d'intermédiaire :

— Le maire demande si l'homme aux longues jambes et aux cheveux blancs est votre mari. Il demande aussi qui sont les autres hommes.

Natalia réprima un geste d'agacement.

— Dites au maire que je n'ai pas de mari. Qu'il veuille bien se contenter de répondre à la question.

Aslam écouta avec attention puis, sans un mot, se leva et quitta la pièce. Les trois hommes se regardèrent. Que signifiait cette nouvelle simagrée ? Natalia haussa les épaules en signe d'incompréhension.

Quelque chose allait mal depuis le début. Ils touchaient au but, après trois journées de marche épuisantes, et cependant rien ne se passait comme ils l'avaient prévu. L'excitation de l'arrivée se transformait en une irritante sensation de frustration, comme s'ils se mouvaient soudain dans un espace sans consistance, où tous leurs gestes se fussent trouvés ralentis, englués peu à peu dans l'épais rideau de fumée que leur hôte élevait devant leur curiosité.

Une scène de théâtre, songea Morane, voilà à

quoi il assistait. L'une de ces scènes surréalistes auxquelles Jacqueline l'avait traîné quelquefois, dans une petite salle miteuse du Marais — une interminable version du *Roi Lear* en croate ou en bantoustan, par exemple... Les acteurs jouaient quelque chose, leur voix en suggérait une autre, la traduction une troisième.

Le chef était revenu. Il posa sur la table un objet volumineux, une poignée de billets froissés. Se penchant vers Youssev, il marmonna quelques mots, écoutant d'un air satisfait la traduction qu'il en donnait en tirant sur sa pipe.

— Le maire dit : le marché ne tient plus. Il vous prie de reprendre la radio à bandes, l'argent pour sa famille, et de lui rendre la main.

— Mais pour quelle raison ?

— Il dit : la radio à bandes ne marche pas.

Aslam enfonça une touche du magnétophone. Celle-ci claqua à vide et un petit sourire de reproche se peignit sur ses lèvres minces.

— La batterie, dit Morane. Cet imbécile a vidé les piles.

Exelmans secoua la tête.

— Non, il y a autre chose. Le magnétophone n'est qu'un prétexte.

— Je connais ce genre d'hommes, Richard, dit Mehmet. Il a changé d'avis et ne veut pas perdre la face.

Youssev les regardait tour à tour, ne sachant ce

qu'il devait traduire de ce conciliabule. Derrière sa pipe, Aslam avait le masque grave de la dignité offensée.

— Bon Dieu, Natalia, grommela Morane entre ses dents. Nous n'allons pas y passer toute la nuit : graissez-lui la patte et finissons-en.

— Ne vous mêlez pas de ça, avertit Exelmans. Elle et moi sommes seuls habilités à mener les négociations.

— Négociations ? Le type est plus rusé qu'un singe. Je crois avoir une idée assez précise de l'endroit où il veut que nous nous carrions ce foutu appareil.

— Vous parlez du maire d'un village, fit Natalia avec fièvre, pas d'un sauvage, monsieur Morane. Inutile d'être grossier. Il a dû se passer quelque chose pour qu'il revienne sur sa parole.

— Le maire dit qu'il regrette, reprit Youssev. Il dit que vous lui rendiez la main sacrée et qu'il sera honoré de mettre à votre disposition un logement pour la nuit.

— Nous n'avons *pas* la main, Youssev !

— Une minute, dit Exelmans.

Maîtrisant son agacement, il tira ses lunettes de l'étui suspendu à sa poitrine, les chaussa, mouilla son pouce et son index, puis entreprit avec lenteur de compter la liasse de billets qu'il avait sortie de sa vareuse.

L'opération prit un certain temps, comme s'il

avait voulu donner à chacun de ses gestes la dignité d'un rituel. Leur hôte ne le quittait pas des yeux, la pipe en suspens, un imperceptible battement de cils trahissant qu'il comptait lui aussi.

— C'est ça, montrez-lui tout le magot, professeur, dit Morane. Il saura pour combien il vous égorge.

— Natalia, mon petit, veuillez traduire pour ce gentleman, dit Exelmans en alignant les billets sur la table. Dites-lui que la main a été remise aux autorités de la capitale qui décideront ce qu'il convient d'en faire... Dites-lui que nous le remercions de son hospitalité, que nous regrettons pour le magnétophone et que, s'il veut bien accepter ce modeste dédommagement, nous serons enchantés de gagner l'hébergement qu'il nous propose.

— Merde, Exelmans, vous n'allez pas capituler comme ça ! Laissez-moi montrer à cet animal de quoi il retourne, et je vous jure...

— Suffit, Morane. Un peu de dignité, que diable. Offrons un front uni, même dans la retraite.

Le chef écouta Natalia avec attention. Un instant, il parut peser quelque obscur équilibre de raisons, puis il s'inclina, se leva pour signifier la fin de l'entretien, délaissant ostensiblement les billets disposés devant lui comme s'ils avaient été matière impure.

Il aboya quelques ordres, provoquant la dispersion des enfants tapis derrière l'entrée tandis que ses visiteurs se levaient à son tour. Un adolescent entra, tête baissée, une lanterne à la main.

— Le maire vous remercie, traduisit Youssev. Grâce à votre générosité, son fils aîné pourra poursuivre ses études. Il vous conduira à votre logement.

Aslam les accompagna jusqu'à la porte. Ils sortirent un à un dans la nuit, s'inclinant devant le maître de maison sous la pluie fine qui tombait. Il y eut un bref échange de salamalecs, puis la porte se referma.

— Content de vous, professeur ? grogna Morane.

Exelmans haussa les épaules.

— Décidément, vous ne comprenez rien à rien.

Puis, sans daigner s'expliquer davantage, il s'enfonça dans la nuit sur les pas de leur guide.

CHAPITRE 27

— Allez-vous m'expliquer, Natalia ?

Elle mit son doigt sur sa bouche, saisissant le poignet de Morane. À la lisière des fourrés, il y eut un fracas de branches. Ils s'immobilisèrent, l'œil aux aguets, le cœur tressautant dans la poitrine. Puis les feuillages s'écartèrent, livrant passage à un couple de cervidés qui traversa le sentier à petits pas précautionneux.

La femelle avait la croupe pommelée, une robe frémissante et moirée dans la lumière bleue qui tombait des arbres. Un instant, ils se tinrent en arrêt, humant la brise, les oreilles vibrant à la manière de feuilles délicates. Puis le mâle détala au galop, secouant la guirlande de mousse qui pendait à ses bois, et ils disparurent en quelques bonds anarchiques dans la profondeur des taillis.

— Fausse alerte. Des daims.

Ils jetèrent leur sac à terre, s'accordant une pause pour reprendre leur souffle. Les fougères étaient hautes, épaisses, dressant leurs frondes à hauteur d'épaule, ralentissant la marche et griffant les visages. Morane épongea la sueur de son front.

— On croirait marcher dans une serre, dit-il, tendant sa gourde à Natalia. Vous devriez boire un peu, vous savez.

— Merci, je n'ai pas soif.

— Si vous m'expliquiez... Nous crapahutons depuis ce matin sans échanger un mot.

— Je ne vois pas ce que j'aurais à vous dire.

— D'accord. Je vous présente mes plus humbles excuses. J'ai abusé de votre confiance.

Elle le regardait sans répondre, essuyant son cou de son foulard, de petites mèches collées en points d'interrogation sur son front bombé. Dans la lumière, ses yeux gris étaient pâles comme de l'eau.

— Vous vous êtes servi de moi, corrigea-t-elle enfin. Vous mentez très bien, monsieur Morane : j'ai vraiment cru que vous étiez son assistant.

— Vous auriez fait la même chose à ma place. Comprenez-moi : il fallait que je sois là.

— Contre l'avis du professeur ? Non. Jamais je n'aurais fait une chose pareille, monsieur Morane.

— Quelqu'un doit témoigner, Natalia ! Le professeur est trop fier pour l'admettre, mais vous êtes une fille sensée. Est-ce que nous ne pouvons pas essayer de faire la paix ?

Elle haussa les épaules, se concentrant sur le brin d'herbe qu'elle mâchonnait.

— Le professeur dirige cette expédition. Mes sentiments personnels sont sans importance.

Ses cils perlés de sueur luisaient dans le soleil. Elle détourna les yeux, se désintéressant de lui pour resserrer les sangles de son sac.

— Comme vous voudrez, soupira-t-il. C'est sans importance, de toute façon. Nous voilà revenus à notre point de départ. Votre maire nous a bien roulés dans la farine. Sans lui, nous pouvons fouiller chaque taillis de cette montagne jusqu'à la fin des temps.

Il regrettait sa démarche tout à coup, cette manière humiliante de quémander comme un petit garçon. Depuis le départ d'Ashktar, à l'aube, il n'avait pas échangé plus de quelques mots avec Natalia. Youssev et Mehmet, pour quelque inexplicable raison, étaient restés seuls au village, Exelmans caracolait en éclaireur. Depuis leur dernier affrontement, il semblait avoir pris le parti de tolérer Morane. Sa magnanimité n'allait pas cependant jusqu'à l'informer de ses décisions. Qu'il aille au diable, après tout, songea Morane avec irritation. Il n'avait besoin de personne. Il finirait l'aventure comme il l'avait commencée. Seul.

— En route, dit-il. Le professeur doit nous attendre.

Il lui prit la main, surpris de la trouver si ferme tandis qu'elle sautait sur ses pieds avec agilité, équilibrant le poids du sac sur son dos avant de s'éloigner au milieu des fougères.

Elle protégerait le professeur jusqu'à son dernier souffle, se dit-il avec amertume, étonné de la souffrance que cette idée éveillait. Le vieux lion avait touché au fond de ses yeux d'eau quelque racine sensible, une fibre inconnue. Sur quoi reposait leur alliance ? Il n'aurait su le dire — seulement qu'il n'y avait pas de place pour lui dans le regard de la jeune femme. Ces deux-là semblaient s'être rencontrés dans quelque existence antérieure, à des années-lumière d'ici, et cette certitude, curieusement, participait du charme qui émanait de sa personne, comme un équilibre secret.

Exelmans avait cette autorité mystérieuse des suzerains. Peut-être Morane était-il seulement jaloux de ce pouvoir. L'agacement qu'il ressentait avait jusqu'alors épargné Natalia et, malgré l'échec de sa tentative, l'épargnait encore... Était-il à son tour en passe de succomber à la séduction du vieux lion ? La fierté de la jeune Caucasienne, son air d'intègre adoration continuaient de le poursuivre.

Il haussa les épaules, raclant la boue de ses semelles avant de se résoudre à lui emboîter le pas.

Depuis les transhumances d'hiver, la nature avait repris ses droits sur la forêt, réduisant la trace à un mince couloir envahi d'un entrelacs serré de jeunes pousses.

Ils marchèrent une heure encore, s'enfonçant

plus profondément dans la forêt. La voûte de sapins et de chênes était si épaisse par endroits qu'une obscurité presque totale tombait sur le sous-bois, trouée de rares percées où toute chose semblait se dissoudre, comme irradiée d'une lumière incandescente.

Ils passèrent à gué un ruisseau encombré de mousse, puis la pente se fit abrupte. Presque un mur. Ils remontaient sur l'autre versant. Des ronces se mêlaient aux fougères, enserrant la cheville d'un lacet coupant. Il fallait arracher chaque pas à un mélange de glaise grasse et de compost, écarter les branches basses qui se détendaient en sifflant, fouettant les épaules d'une pluie de feuilles détrempées.

Enfin, harassés, ils quittèrent le couvert des arbres.

Un plateau d'altitude s'étendait devant eux, une steppe rase couleur de bruyère, encombrée de blocs rocheux qu'une herse géante semblait avoir fraîchement retournés.

Le soleil était haut, le ciel limpide, l'air glacé pourtant après la protection du sous-bois. Une harde de bouquetins, nez au vent, caracolait à la limite des glaciers. Exelmans les suivit à la jumelle jusqu'à ce qu'ils ne soient plus qu'un point minuscule parmi les éboulis.

Ils reprirent leur marche, coupant droit par le milieu du plateau. À chaque pas, un pullulement de criquets jaillissait des herbes, leur donnant l'impression de fouler un tapis vivant d'insectes. Puis ce fut une longue bande de terre mauve et rocailleuse, parsemée de crottes sèches que le vent faisait rouler comme de la cendre. Des troupeaux avaient séjourné là il y a peu, chèvres ou moutons, et des touffes de poils s'accrochaient encore aux buissons de badiane, flottant au vent comme de frêles rubans de prière tibétains.

Le gîte indiqué par Youssev ne tenait plus debout que par miracle. L'hiver était passé par là, disjoignant les planches, effritant le colmatage de mousse et de pierres sèches. Les blocs qui retenaient le toit témoignaient d'une tentative de restauration récente. Quelque berger avait dû y trouver abri à la saison des transhumances, abandonnant derrière lui, pour preuve de son passage, les restes d'un foyer noirci et d'un lit d'herbes moisies, à demi dispersées par le vent.

C'est là qu'ils attendraient les autres, décréta Exelmans. Inutile de chercher un autre endroit pour la nuit : celui-là serait parfait, ajouta-t-il, consultant sa montre comme s'il vérifiait le minutage d'un plan bien rodé. Faisant glisser les bretelles de son sac, il le jeta au fond de la cabane, aida Natalia à se défaire du sien puis, repliant ses longues jambes, se laissa choir sur le sol avec un soupir de volupté.

Ils déjeunèrent frugalement, de quelques biscuits

et d'un morceau de viande séchée. L'air ronflait à travers les planches. À un moment, Exelmans toucha le genou de Morane, lui enjoignant le silence d'un index impérieux. Natalia s'était assoupie, calée entre leurs épaules, le duvet ramené jusqu'au menton.

Mesurant ses mouvements, il tira de sa poche son étui à cigares, le tendit à Morane par-dessus la jeune femme.

— Un brave petit soldat, murmura-t-il.

Il se servit à son tour, fit rouler le cylindre odorant sous son nez avec un plaisir gourmand, puis, après en avoir humecté la pointe, en téta les premières bouffées, tirant une flamme gigantesque de son briquet tout en surveillant Morane du coin de l'œil.

Ce dernier l'imita, et durant quelques instants il n'y eut plus dans la cabane que la fumée de leur tabac chahutée par le vent.

Exelmans signait un pacte. Le cigare, cette confidence inattendue : ils célébraient quelque chose. Le miracle peut-être de cette jeune femme étendue entre eux, de ce sommeil sur lequel ils veillaient à la façon d'une chose rare, d'un trésor infiniment précieux dont ils eussent été les seuls à connaître le prix.

C'était le calumet de la paix qu'Exelmans venait de lui tendre, songea-t-il brusquement.

Le premier, le professeur rompit le silence.

— Une fille bien, Morane. La plus vaillante d'entre nous.

Morane hocha la tête. Ils n'avaient pas besoin de parler. Ils se comprenaient à demi-mot.

— Il faudra... Je ne me le pardonnerais pas s'il lui arrivait quelque chose.

— Soyez sans crainte.

— Je vous raconterai une histoire, un jour. Un conte russe, avec un géant et une toute petite fille.

— Je vous demande pardon ?

— C'est sans importance.

— J'ai vu le petit Ric, professeur, dit Morane après un silence.

— Je sais. Vous me l'avez dit.

— Non : je l'ai vu après l'Espagne, avant de venir ici. Rachel a eu une petite fille. Un beau bébé de quatre kilos quatre cents.

— Une petite fille ?

— Elle va bien. La maman aussi.

Exelmans chassa sa fumée de la main. Un nerf battait au coin de sa lèvre inférieure. Il pinça sa bouche entre ses doigts, comme s'il avait voulu l'effacer.

— J'ai pensé que vous aimeriez savoir, dit Morane.

La tête de Natalia glissa de son épaule. Sans même ouvrir les yeux, elle se pelotonna sur le sol, cherchant une position. Délicatement, il remonta le duvet sur ses épaules, glissa un pull sous sa joue. Le charme était rompu.

— Je sors un moment, dit Exelmans en dépliant ses jambes ankylosées. Occupez-vous d'elle.

Le soleil lui fit cligner les yeux. Il jeta son cigare, remonta le col de sa vareuse, balayant l'étendue du plateau à la jumelle. Sur les hauteurs, le glacier miroitait. Il s'éloigna de la cabane, marchant à grands pas, l'œil rivé au sol et marmonnant quelque chose.

De petits tumulus de terre meuble, disposés de loin en loin, marquaient l'entrée des trous à marmottes. Un lièvre détala devant lui, puis ce fut un couple de faisans qui s'envola d'un buisson de genévriers, filant à ras des herbes à petits coups d'ailes rapides. Par instants, il s'arrêtait, s'accroupissant pour examiner quelque chose, secouant la tête avant de repartir dans une autre direction.

Pourquoi Morane avait-il évoqué le petit Ric ? Depuis qu'ils étaient partis, il s'était efforcé à l'oubli. Seul comptait ce qu'il venait chercher ici. Toute autre pensée était dangereuse. Hélène, le petit Ric, cette femme, Rachel, qu'il ne connaissait pas : toute une part de son passé se trouvait embusquée là, dans un coin de sa mémoire. Maintenant, il y avait aussi une petite fille, un bébé rond et joufflu qui portait son nom. Il avait rompu les amarres depuis longtemps, renoncé à son ancienne vie. Il était trop tard pour regarder en arrière et se laisser charmer par le chant des sirènes. Plus tard, peut-être, quand il reviendrait. Mais serait-il capable d'affronter le visage d'Hélène dans les yeux de son fils ?

C'est alors qu'il trouva la piste. Deux empreintes parallèles laissées dans la boue des dernières pluies et que le vent avait séchées. Celle de gauche était la plus nette. On distinguait l'évasement du pouce, la plante large légèrement infléchie en dedans, le talon presque invisible.

Brossant les brindilles qui jonchaient le sol, il mesura la distance entre les deux empreintes, poussa un gloussement. Individu adulte, un mètre quatre-vingt-dix pour le moins à en juger par la taille de l'enjambée. Poids probable : près de cent kilos. Un mâle, estima-t-il, frissonnant comme un chien de chasse. Toujours à quatre pattes, il chercha une autre empreinte, mais la piste se perdait sur un mélange de mousse et de pierraille. Il jura, poursuivit un moment dans la direction qu'indiquaient les pas, prenant garde de ne rien effacer. La trace était maintenant à peine lisible : une légère dépression ici, là les alvéoles superficielles imprimées par des orteils dans la terre trop dure.

Sans s'en apercevoir, il avait fait une large boucle sur le plateau, perdant de vue la cabane de berger pour s'aventurer à travers une moraine pelée, couverte de mousses noires et d'ajoncs.

L'odeur d'abord l'alerta. Une puanteur fétide, presque intolérable. Aucune charogne, au stade le plus avancé de décomposition, ne dégage pareille pestilence. La nature alentour en semblait imprégnée. Il sortit son mouchoir, le plaquant sur son nez avant de chercher parmi les pierres.

Il crut d'abord à un étrange bouquet, d'un bleu métallique et profond qui brillait au soleil. Puis le bouquet explosa, un vrombissement furieux emplit l'air tandis qu'un nuage de grosses mouches, dérangées dans leur festin, se dispersait comme une décharge de chevrotine.

Les déjections n'avaient pas plus de quelques jours. Deux étrons d'un volume impressionnant, épais et ronds comme des bûchettes. Même un mammifère de grosse taille, ours ou cheval, n'aurait pu produire des excréments de cette taille. Arrachant une branche morte, il en tâta la consistance : la matière était ferme, encore solide, et s'effritait difficilement.

Accroupi au-dessus de la puanteur, mouchoir sur le nez, il fouillait de la pointe d'un bâton, disputant son butin aux mouches. Débris végétaux, nota-t-il, racines et feuilles. Paquets de poils, restes d'insectes mêlés aux ossements de minuscules rongeurs et de grenouilles. Petites baies noires à demi digérées. Tout concordait avec les comptes rendus coprologiques en provenance de la région.

Se redressant, il fouilla les environs à la jumelle

sans trop y croire. Les *almastys* peuvent parcourir chaque jour des dizaines de kilomètres en quête de nourriture. Et cependant, ils étaient là, il le sentait, peut-être derrière ce rocher, dans ce ravin envahi de ronces, derrière la crête où le vent agitait des touffes d'asphodèles... Un mâle était passé par là une poignée d'heures auparavant.

Tirant son vieil Ekta de la poche de sa vareuse, il prit plusieurs gros plans des fèces. La lumière déclinait, à peine suffisante, mais il n'en avait cure. Il reviendrait. Il coinça son mouchoir sous une pierre pour repérer l'endroit puis, toute fatigue disparue, revint au pas de course vers l'abri de berger.

CHAPITRE 28

— Content de te revoir, Richard. J'ai cru que nous n'arriverions jamais avant la nuit. Sans Youssev, nous nous serions perdus cent fois.

Le jour était tombé subitement, basculant d'un seul coup derrière les montagnes. Le feu qui montait du foyer illuminait les visages tirés, les yeux rougis par la fumée. Assis en cercle dans l'étroite hutte de planches, ils chuchotaient, dressant l'oreille par instants. Mais c'était le feu qui soupirait, le hennissement des chevaux dehors, une paire de juments cagneuses à la robe terne et poissée d'écume achetée par Youssev à Ashktar durant leurs tractations.

— Nous avions raison, Richard. Notre ami Aslam ne voulait rien dire devant des impurs. Après le passage de Natalia, il a reçu la visite du mollah. L'*almasty* est sacré dans ces régions. Les gens lui prêtent des vertus magiques. On dit que l'âme des morts se réincarne à travers lui.

— Si vous vouliez bien m'expliquer ce charabia.

— Superstitions, Morane. Le chamanisme reste très puissant dans ces contrées, malgré l'islam. Les deux religions cohabitent étroitement, pour ne pas dire qu'elles se confondent. L'*almasty* fait figure de *chaîtane,* de démon si vous voulez. Au Pamir, les chamans fabriquent même un médicament magique à partir de graisse d'homme sauvage.

— Aussitôt après votre départ, Youssev et moi sommes retournés chez le maire, dit Mehmet. Entre musulmans, nous pouvions nous entendre. Les tractations n'ont pas été faciles, mais de fil en aiguille, j'ai fini par comprendre de quoi il retournait... Il représente l'autorité civile, Richard, mais le mollah a tout pouvoir. Le maire a commis un sacrilège en vendant la relique à des étrangers. Le talisman appartient au village : il n'avait pas le droit de le vendre.

— D'où vient la main, Iskander ? Avez-vous pu apprendre quelque chose à ce sujet ?

Il n'avait pas parlé de sa découverte encore, la gardant en réserve par quelque accès de superstition. C'était le premier indice direct, la preuve qu'ils brûlaient.

— C'est là le plus étrange de l'histoire, Richard. Il semble que la main provienne d'un *almasty* captif. Des chasseurs auraient capturé l'une de ces créatures, quelque part dans les montagnes.

— Les chasseurs ont apporté la main au maire, dit Youssev en s'asseyant près du feu. Le maire ne veut pas dire de quel village ils viennent. Personne ne doit tuer l'*almasty.*

La voix d'Exelmans vibrait d'excitation.

— Un *almasty* captif ? Mais où ? Dans quel village ?

— Impossible d'en savoir plus, Richard. J'ai peur qu'il ne faille le découvrir par nous-mêmes. J'ai établi une liste sommaire des villages qui commercent avec Ashktar. C'est le dernier marché important de la vallée. L'hypothèse la plus probable est que la main ait suivi la route commerciale traditionnelle.

— Silence, ordonna Morane en bondissant sur ses pieds. Écoutez : quelqu'un marche dehors.

Les chevaux ronflaient bruyamment, tapant du sabot. Les hommes sortirent, promenant le faisceau de la torche sur les buissons alentour. La nuit était sombre, un vent glacé balayait le plateau, hululant entre les roches qui se dressaient dans l'obscurité.

Ils eurent beau scruter la pénombre, le plateau était désert.

— Je crois plus prudent d'organiser un tour de garde, décréta Exelmans en regagnant l'abri. Tout cela ne me dit rien qui vaille. Natalia, vous partagerez la cabane avec le docteur. Vous avez besoin de reprendre des forces.

— Je vous en prie, professeur. Je peux prendre mon tour.

— C'est un ordre. J'ai de bonnes raisons de croire que nous ne sommes pas seuls sur ce plateau.

— Il a raison, opina Morane. Ce vieux renard d'Aslam n'en est pas à une volte-face près : je ne serais pas étonné si nous devions recevoir de la visite.

— Ce n'est pas Aslam qui me préoccupe le plus pour l'instant, Morane, murmura Exelmans.

Comme ils tournaient vers lui un regard interrogateur :

— Demain, dit-il.

On n'en put rien tirer de plus ce soir-là.

Le silence était tombé sur le camp.

Accroupi derrière le couvert d'un rocher, Morane ne dormait pas. Il n'avait pas sommeil. Le froid, la nuit autour de lui, la tension de la veille formaient le plus puissant des excitants. Malgré la couverture jetée sur ses épaules, il tremblait comme une feuille, l'oreille aux aguets, abritant sa cigarette dans sa paume retournée.

Le cri d'un chat-huant le fit sursauter. Il resserra dans sa paume la crosse du fusil de Youssev. Une arme de chasseur, lourde et striée. La chaleur du métal dans sa main avait quelque chose d'animal et de rassurant. Avait-il peur ? La peur était une émotion qu'il n'avait plus connue depuis si longtemps qu'il n'était pas sûr de la reconnaître. Il avait froid seulement, les yeux brûlants à force de scruter les ténèbres. Son corps n'était qu'un étrange paquet de nerfs suspendu à la nuit par ses sens en éveil.

Une branche craqua quelque part. L'instant d'après, Exelmans se coulait silencieusement contre lui.

— Impossible de dormir. Rien à signaler ?

L'épais anorak qu'il portait, col relevé, rendait sa silhouette plus massive. Un bonnet rond de marin enfoncé jusqu'au yeux, il s'accroupit dans l'ombre, frappant l'une contre l'autre ses paumes gantées de cuir.

Morane grogna quelque chose d'indistinct.

— Vous devriez aller vous coucher. Je prends la suite.

Morane ne bougea pas. Dans l'obscurité, leurs épaules se touchaient. Ils restèrent ainsi un moment sans parler. Morane pouvait presque entendre le claquement de ses propres dents.

— Buvez ça, dit Exelmans en fouillant dans la fermeture Éclair de son anorak.

Il en sortit une Thermos de café, la posa sur les genoux de Morane.

— Ça vous réchauffera.

Ses doigts gourds peinaient à dévisser le bouchon. Le café était amer, tout juste tiède. Il secoua le gobelet, le revissa, le rendit sans un mot. La sollicitude d'Exelmans n'avait rien de personnel : une sorte de fraternité d'armes, plutôt, tout à la fois virile et surannée, le chef veillant sur le moral de ses troupes avec une bienveillance toute paternelle... Et cependant, elle l'embarrassait sans qu'il sût bien pourquoi, inaugurant entre eux des relations nouvelles, une forme de complicité à laquelle il n'était pas préparé. Jusqu'alors, ils s'étaient affrontés, en étaient même venus aux mains sur le balcon du refuge. La sollicitude d'Exelmans était plus dangereuse que ses coups de gueule, et Morane, depuis l'épisode du cigare, s'en défiait instinctivement, renforçant ses défenses comme s'il avait senti l'emprise que le vieil homme commençait à prendre sur lui et la facilité avec laquelle, désormais, il pourrait y succomber.

Les nuages obscurcissaient le ciel à nouveau, le vent s'était calmé. On eût dit qu'une couverture épaisse était tombée sur toute chose, étouffant les bruits, recouvrant le visible et l'invisible d'un même manteau d'ombre.

— Je suis inquiet pour Iskander, Morane. Avez-vous vu comme ses mains tremblaient ce soir ?

— Le bonhomme est solide. La journée a été longue, voilà tout.

— Il y a autre chose. Ces pilules qu'il prend...

— Le cœur ?

— Je ne sais pas. Mehmet est un taureau, une force de la nature. C'est bien cela qui me préoccupe : ce genre d'homme tombe d'un seul coup, sans crier gare.

— Pourquoi me dites-vous cela ?

— Je voulais vous avertir, c'est tout.

— N'ayez crainte, je surveillerai le docteur.

Exelmans soupira, cherchant ses mots. Il se tenait légèrement en retrait de Morane, comme si la nuit seule avait autorisé ce genre de confidences.

— J'ai peur que les circonstances ne vous donnent raison au bout du compte, Morane. Cette expédition... Peut-être n'ai-je pas accordé à sa préparation tout le soin nécessaire.

— Nous ne nous en tirons pas si mal pour l'instant.

— Appelez ça comme vous voudrez : excès de précipitation, enthousiasme sénile... Je crains de n'avoir pas mesuré à leur juste mesure les difficultés que nous allions affronter. Mehmet n'est plus de force et cette jeune femme... Je ne me le pardonnerais pas s'il devait lui arriver quelque chose

— Elle est solide. Plus qu'aucun d'entre nous

— Vous croyez ?

— J'en suis sûr.

— Oubliez ce que j'ai pu vous dire, alors. Juste une chose. Prenez-le comme vous voudrez, mais je ne suis pas mécontent de vous savoir avec nous. Un type de votre trempe. Je vous ai peut-être jugé un peu vite.

Sa main pressa le coude de Morane.

— Vous n'entendez rien ?

Un calme insolite régnait. L'oreille tendue, ils se redressèrent.

Le bruit se répéta, d'abord à peine audible, puis plus distinctement : un craquement de branches froissées provenant de la lisière des arbres, suivi d'un piaffement nerveux. Les chevaux tiraient sur leur longe, se bousculant et donnant du sabot.

Quelque chose marchait dans le sous-bois.

— Gardez le fusil, ordonna Exelmans à voix basse. Je prendrai de l'autre côté.

À l'instant de se séparer, il retint Morane :

— Soyez prudent, Philippe.

Déjà, il avait disparu dans l'obscurité, pliant sa haute silhouette avec une agilité surprenante pour un homme de son gabarit.

Morane contourna un bloc rocheux, progressant par bonds silencieux parmi les hautes herbes qui couvraient le plateau.

Il s'arrêta, tendit l'oreille. On entendait maintenant distinctement le bruit d'une présence dans les buissons. Attachés trop court, les chevaux tournaient sur leur aire, entrechoquant leurs sabots, oreilles couchées.

S'adossant à la cabane, Morane jeta un œil à travers les planches. Les braises répandaient une faible lueur sur les deux corps endormis. Tout allait bien de ce côté. Il fit le tour de l'abri par l'arrière, regrettant les lunettes de vision nocturne qu'il n'avait pas emportées.

Vingt mètres à peine le séparaient de la lisière des arbres. La végétation en cet endroit était trop épaisse pour rien voir : un rideau d'ombres mouvantes et impénétrables, derrière lequel quelque chose avançait prudemment, s'arrêtant de longues secondes avant de reprendre sa progression.

Cœur battant, Morane s'était posté à l'angle de la cabane, cherchant à se repérer. Exelmans avait disparu, avalé par la nuit. La pulsation du sang dans ses veines se mêlait aux bruits de la forêt, troublant sa perception des distances. Combien pouvaient-ils être ? Deux au moins, trois peut-être à en juger au rythme des craquements. Des chasseurs sans doute, habitués à se déplacer sans bruit.

Maintenant, Morane distinguait un chuchotement. Quelque chose de rauque et de modulé, comme le sifflement d'une gorge embarrassée.

Chasseur ou gibier, il fallait en avoir le cœur net. Il arma la culasse du fusil, assura la poignée de la torche dans sa paume. La lumière jaillit, aveuglante, son pinceau déchira la nuit tandis qu'il se jetait dans les fourrés.

La première chose qu'il sentit fut la gifle des branches, un fracas de bois mort cédant sous lui. Puis un cri, un hurlement qui lui glaça le sang. Quelque chose heurta violemment son poignet, la torche lui échappa, illuminant l'entrelacs des frondaisons.

Une forme humaine se dressait dans la lumière, presque à le toucher. Une silhouette immense et disproportionnée, aux épaules trop larges, au crâne court et fuyant, qui clignait des yeux dans le faisceau puissant de la lampe, prête à bondir pour s'échapper. Puis ce fut à nouveau ce cri atroce, un hululement de bête traquée auquel répondait, invisible, le bruit d'une fuite effrénée dans les taillis en contrebas.

Au même instant, la torche s'éteignit, il sentit le sol se dérober sous lui, crever comme un plancher pourri. Il agrippa une racine, cherchant en vain à se retenir. La crosse du fusil le frappa à la tempe et il tomba, tête la première, protégeant son visage de son coude replié.

Une chute aveugle, interminable. L'impression de trouer le treillage de verrières successives, un crépitement de verre cassé et d'os à travers lequel il tombait sans fin.

Puis le choc, l'éblouissement de la douleur. Quelque chose de gras et d'humide contre sa joue. L'odeur aussi, insoutenable, tandis que le sang envahissait ses narines. La douleur irradiant du genou comme une lueur blanche et aveuglante. Le goût du sang sur ses lèvres tuméfiées.

— Trop bête, gémit-il. C'est trop bête...

La lumière blanche forçait ses paupières. Ses oreilles bourdonnaient. Il sentit qu'on le touchait, que des mains palpaient ses côtes, le secouaient. Il voulait juste rester immobile, couché dans la boue fraîche, concentré sur cette douleur qui se propageait comme un feu le long de son échine, gagnait la racine de ses cheveux.

— Morane ? Est-ce que ça va ? Merde, répondez-moi, mon vieux !

Il s'évanouit.

CHAPITRE 29

Quelque chose agaçait sa lèvre. Un frôlement imperceptible et insistant, léger comme le papillotement d'un cil.

Enfant, il jouait avec sa mère au baiser d'Esquimaux, frottant le bout de son nez contre le sien. Baiser de papillon : les longs cils de sa mère effleurant ses pommettes.

Il ouvrit les yeux. La grosse mouche s'envola, vert émeraude dans le soleil, revint se poser sur sa joue. Il la chassa en soufflant de côté, surpris d'éprouver à la place de ses lèvres deux bourrelets de cuir gonflés et insensibles.

La lumière du soleil était aveuglante. Il tenta de se redresser, eut un éblouissement et referma les yeux. Son corps pesait des tonnes. Un sac d'os malmenés dont il pouvait sentir chaque articulation, curieusement retenus les uns aux autres par des bouts de fils de fer.

Sa tête aussi était lourde. Tout un côté pesait,

brûlant et insensible tout en même temps comme de s'être couché par inadvertance sur une poêle chaude.

Il y avait cette cuisinière ancienne chez lui, autrefois : un gros meuble de fonte noircie et de porcelaine. On la chargeait au matin et il fallait une petite tringle de métal pour ôter en un cri joyeux la plaque ronde qui couvrait le foyer. Ne jamais poser les doigts sur cette plaque. La peau resterait collée. Brûlure. Accident.

Dans quelle vie était-ce ? Rouvrant les yeux, il laissa ses globes oculaires rouler seuls au plafond. Tout tournait. Ce n'était pas désagréable : il était ivre, voilà, une bonne gueule de bois. Il connaissait déjà cette impression, les boules de billard à la place des yeux, les paupières en plomb, la peau tirant jusqu'à la racine des cheveux. Ne rien tenter de retenir surtout. Le monde reprenait seul son assiette, il n'avait besoin de personne.

Il s'endormit.

Quand il rouvrit les yeux, il faisait plus sombre. Une lumière de fin d'après-midi, songea-t-il. Il distinguait la lézarde courant au plafond, les craquelures de la chaux, les grandes flaques d'humidité. Un rideau à carreaux voletait devant une fenêtre. En tordant le cou, il pouvait apercevoir l'autre côté de la pièce : une chaise, une paillasse semblable à la sienne, un sac appuyé contre le mur. Dehors, une fillette chantonnait.

Une chaussure unique gisait sur le sol de terre battue. Il concentra son attention sur elle, n'osant faire un geste. Puis, lentement, avec des précautions de Sioux, il se redressa sur un coude, attendit que s'apaise le battement du sang sous ses paupières pour risquer le second.

La douleur le transperça comme il tentait d'extraire sa jambe de la couverture. Il grimaça, subitement en sueur. Il la reconnaissait : c'était une vieille douleur, presque une amie. Toutes ces heures d'inconscience, elle l'avait veillé, lui tenant compagnie à la façon de ces figures familières qu'on reconnaît en rêve, surpris seulement de les rencontrer au matin comme si elles n'avaient pas appartenu au monde des vivants.

Sa jambe n'était plus à lui. C'était un bloc dur et compact, une bûche chevillée à sa hanche. Le genou faisait une bosse, solidement maintenu en extension par une épaisseur de bandelettes superposées, raidies de sueur sèche, presque plâtreuses au toucher.

Pliant sa jambe valide, il s'assit au bord du lit. Chaque mouvement lui tirait un gémissement, la tête lui sonnait. Il s'appuya contre le mur, portant tout son poids sur sa jambe droite, et tenta de se mettre debout. Un renvoi de bile lui monta aux narines, manquant le faire vomir. Les plis de son cou sentaient le lait caillé, une odeur forte et aigre de nourrisson qui lui leva le cœur.

Puis, toujours tâtonnant contre le mur, il clopina

sur un pied jusqu'à la chaise, entraînant un pan de la couverture derrière lui. Les élancements se propageaient jusqu'à la poitrine, comprimant ses côtes. Les muscles de son mollet tremblaient et il dut s'appuyer au dossier pour ne pas tomber d'épuisement.

Le trajet jusqu'à la porte lui parut interminable. Il se rattrapa au chambranle, son genou effleura le linteau, lui arrachant un cri.

Sautillant d'appui en appui, il traversa une salle au plafond bas, aux murs graissés de suie et de crasse, poussa à cloche-pied la porte donnant sur la cour. Là, il dut s'adosser à nouveau : un voile passa sur ses yeux en même temps que la fraîcheur de l'air lui sautait au visage. La chansonnette s'arrêta. Quand il rouvrit les yeux, une minuscule fillette échevelée le regardait.

— Salut, articula-t-il en grimaçant un sourire.

L'enfant portait un manteau de laine trop grand qui lui tombait jusqu'aux pieds, une robe de peluche sans forme. Il fallut quelques instants à Morane pour réaliser d'où provenait l'étrange fixité de son regard. La fillette était borgne.

— Salut, répéta-t-il.

Il lui tendit la main. La fillette eut un hoquet puis, tournant les talons, s'enfuit de toute la vitesse de ses petites jambes à travers la cour boueuse.

— Mon Dieu, que faites-vous debout ? Ne bougez pas, surtout !

Assise à l'autre bout de la galerie de bois, lunettes en équilibre sur le nez, Natalia repoussait sa chaise, se précipitait vers lui.

— Si effrayant que ça, hein ? eut-il le temps de ricaner.

Une main se glissa sous son aisselle, les jambes lui manquèrent, et il s'effondra sur la chaise qu'on glissait sous lui.

— Pourquoi vous êtes-vous levé tout seul ? C'est très imprudent. Vous auriez pu...

Il sentait contre sa joue l'odeur de ses cheveux, quelque chose de tiède et de délicatement parfumé qui luttait contre la nausée et l'étourdissement. Lorsqu'elle se pencha sur lui pour l'aider à poser sa jambe, la chaleur de son ventre irradia jusqu'à lui.

— Ça va, dit-il. Je crois que j'ai seulement très faim.

Elle lui servit du thé très sucré. Le contact de la tasse sur ses lèvres le fit sursauter, mais le liquide était chaud, délicieusement, réveillant des portions obscures de lui-même qu'il croyait à jamais mortes.

— Vous êtes sûr que tout ira bien ?

— Je me suis salement arrangé, hein. Depuis combien de temps suis-je ici ?

— Quatre jours.

— Merde, fit-il. Et vous m'avez soigné tout ce temps ?

Elle rit.

— Pas moi. Le professeur. Il vous a veillé comme un enfant. Comment vous sentez-vous ?

— Sale. Où sommes-nous ?

— Vous étiez intransportable. Impossible de rejoindre Ashktar. Nous avons trouvé cette ferme. Elle appartient à une veuve. L'enfant que vous avez vue est sa fille.

C'était un bâtiment bas, au toit écrasé. Une cour boueuse, souillée de paille, desservait un poulailler et un hangar à bois. À gauche, un minuscule potager, à droite quelques chèvres de montagne au poil long et crotté, disséminées dans un petit enclos si incliné qu'elles semblaient chevillées au versant comme des crochets d'escalade.

— Vous nous avez fait une belle peur, monsieur Morane. Le professeur vous a descendu sur son dos depuis le plateau. Vous avez eu beaucoup de fièvre. Est-ce que l'on dit *délirer* ?

Elle cousait quelque chose tout en parlant, une aiguille pincée dans la bouche, le front bombé par la concentration. Les lunettes posées sur son nez donnaient à son profil un air d'intense application, tout à la fois mûr et enfantin.

— Formidable. Est-ce que j'ai donné aussi le numéro de ma carte de crédit ?

— Pardon ?

— Rien. Vous devriez porter plus souvent vos lunettes.

Elle rougit imperceptiblement, fit glisser une

mèche derrière son oreille sans le regarder. La fillette était revenue rôder dans la cour, les observant à bonne distance. Son manteau traînait dans la boue et son œil unique allait de l'un à l'autre avec une avidité d'oiseau.

— Je suis navré, dit-il, grimaçant pour déplacer sa jambe. Exelmans ne doit pas être très fier de son assistant.

— Laissez, je vais vous resservir. Ne buvez pas trop vite, n'est-ce pas. Vous n'avez presque rien pris de solide depuis trois jours... Il faut que je termine ceci et je suis à vous.

— Cette atroce odeur. J'ai l'impression d'avoir embrassé sur la bouche un troupeau de yaks.

Ses lèvres tuméfiées le faisaient souffrir, l'obligeant à articuler parcimonieusement. Elle rit.

— *Airan.* Du lait de chèvre caillé. C'est la boisson nationale ici. Très reconstituant. Le professeur vous a nourri à la cuillère.

— Le lâche.

L'ombre de la montagne gagnait maintenant l'étroite terrasse de planches qui flanquait l'avant de la maison. Elle coupa le fil entre ses dents, ôta ses lunettes :

— Voilà, dit-elle. Ce n'est pas très académique, mais je crois que ça tiendra.

— Mon pantalon, grand Dieu. Pourquoi avez-vous fait ça ?

— Le professeur a pensé qu'il pourrait vous être

utile. Il faut rentrer maintenant. Vous allez attraper froid.

— Pour l'amour du ciel, Natalia. Je suis accablé de honte.

— Appuyez-vous sur moi, dit-elle en l'aidant à se lever.

Il cédait, misérable, la jambe parcourue d'élancements, le souffle court. Elle l'aida à gagner la cuisine, l'assit sur une chaise.

— Laissez-moi faire. Vous avez besoin d'un brin de toilette.

Elle prit une serviette, emplit un broc. L'eau qu'elle passait sur son visage était glacée et le fit sursauter. Quand elle eut terminé, il eut du mal à se reconnaître dans le visage hirsute que réfléchissait le petit miroir. La barbe envahissait ses joues, tout le côté droit de son visage n'était plus qu'une large ecchymose, violette et boursouflée. Tant bien que mal, il enfila une chemise propre, un pull, se laissa retomber sur le dossier de sa chaise, épuisé par l'effort.

— Voilà, dit-elle en le contemplant avec satisfaction. Vous êtes un peu plus présentable maintenant.

Elle ralluma le feu sous le fourneau à bois, s'affaira un moment avant de déposer devant lui une assiette et un morceau de pain.

— Mangez lentement, dit-elle. Vous avez besoin de reprendre des forces.

L'odeur aigre du chou le fit grimacer. Il mâchait

avec difficulté, mais il aurait avalé n'importe quoi pour calmer les protestations de son estomac.

— Heureux de vous voir enfin debout, Morane.

Exelmans avait pris place à l'autre bout de la table. Il regarda sans un mot Morane engloutir son assiette, laper le thé noir et amer qui bouillottait dans le samovar.

— Vous vous êtes bien fichu par terre, Morane, dit-il lorsqu'il eut fini. Spectaculaire, mais rien de grave : luxation du genou, une belle ecchymose faciale et quelques contusions mineures. Évidemment, vous n'êtes pas très regardable, surtout de ce côté-là.

— Ce n'était pas mon meilleur profil. Si vous me disiez ce qui m'est arrivé ?

— Une sorte de ravin. Vous vous y êtes jeté la tête la première. J'ai cru que vous étiez mort. Encore une chance que les ronces aient freiné votre chute.

La tête de Morane était vide. Il fit un effort pour tenter de rassembler ses souvenirs mais tout tournait autour de lui.

— Natalia m'a dit... Pour ce que vous avez fait.

— N'en parlons plus, Morane. Vous auriez fait la même chose. Racontez-moi plutôt ce que vous avez vu.

Morane secoua la tête.

— Je ne me souviens de rien... Juste de ces chasseurs qui...

— De quoi diantre parlez-vous ?

— Les amis d'Aslam. Sur le plateau. Après, c'est le trou noir.

— Ne vous agitez pas, intervint Natalia. Vous n'êtes pas encore très solide.

— Ce n'étaient pas des chasseurs, Morane. Le temps que je contourne le ravin, ils avaient filé comme des lapins. Vous déliriez, vous parliez de leur cri, de quelque chose d'immense qui gueulait comme un goret.

— Vous le fatiguez, professeur.

— Il faisait trop noir. Quand je suis arrivé, ils avaient disparu. Mais il restait l'odeur, Morane, ce parfum de charogne qu'ils laissent derrière eux.

Il avait maigri. Était-ce l'effet du hâle, de ce teint rouge brique qu'avait pris son visage ? Il se pencha vers Morane, ignorant les recommandations de Natalia :

— J'ai trouvé une trace sur le plateau. Des empreintes, un lit d'excréments. Vous les avez vus, Morane, espèce de satané journaliste. Sans votre baroud, nous avions une chance de les observer chez eux, sur leur territoire. Est-ce que vous réalisez ça ?

Un frisson parcourut Morane. Il avait mangé trop vite. Il se sentait épuisé brusquement, le cœur au bord des lèvres.

— Je ne me souviens de rien... Juste ce cri, une

sorte de hululement étranglé à vous donner la chair de poule.

— Oui, un hululement. Je l'ai entendu aussi.

— Et ces yeux qui luisaient comme des braises. De petits yeux rouges et brillants.

— Question de pupilles, Morane : leurs yeux brillent dans le noir comme ceux des chats. Continuez.

Morane passa une main tremblante sur son visage. La migraine revenait, un étau dans son crâne.

— C'est tout. Il faisait noir, j'avais perdu la lampe... Je ne me rappelle plus.

— Un effort, Morane, je vous en prie.

Son esprit même n'était qu'une vaste ecchymose, une matière rougeâtre et ensanglantée.

— Désolé, professeur. J'ai affreusement mal à la tête.

— Les chevaux les ont sentis. Le feu les tenait à distance, mais ils étaient là, dans les fourrés, à nous observer. Deux ou trois *almastys,* Philippe. Est-ce que vous vous rendez compte de l'importance de votre témoignage ?

Morane ferma les yeux. La table s'était mise à tourner. Quelque chose grondait au fond de son estomac. Le chou. Il n'aurait pas dû manger si vite. Il se raccrocha à l'angle de la table mais ses avant-bras étaient mous et sans force.

— Laissez-le, professeur. Est-ce que vous ne voyez pas qu'il...

— Pardon, dit Morane. Je crois que je vais tourner de l'œil.

Quand il reprit conscience, la tête le faisait moins souffrir. Il faisait nuit dans la chambre, à l'exception d'un moignon de bougie posé par terre dont la lueur dansante montait et descendait sans cesse.

Ses lèvres avaient un peu dégonflé. Comme un masque qui se moule progressivement à la taille exacte d'un visage, sa peau ne tirait plus que par endroits, là où la chair restait contusionnée et meurtrie.

— Restez tranquille, Philippe.

— Professeur ?

— Ça va aller maintenant. Vous avez juste eu un petit malaise. Reposez-vous.

Il regarda sa montre. Cinq heures du matin. La chambre était glaciale. Il avait dormi près de dix heures.

— Froid, dit-il, remontant la couverture sur son cou.

— Je vous ai fait une piqûre de morphine.

L'ombre d'Exelmans se déplaça sur le mur. Il portait son anorak comme s'il ne s'était pas couché de la nuit.

— Désolé, professeur, murmura Morane. J'ai bien peur d'avoir tout gâché.

— Pas d'attendrissement, Philippe.

— Je me sens tellement misérable.

— Fermez-la, voulez-vous, et écoutez-moi. Rien n'est perdu, au contraire : nous avons travaillé pendant que vous jouiez la Belle au Bois dormant.

Il vint s'asseoir à côté de Morane, approcha la bougie de la carte qu'il étudiait.

— Rappelez-vous la liste de Mehmet. Nous avons fait le tour des villages et des fermes isolées. Aslam a dû faire passer le mot : les gens ne se sont guère montrés coopératifs, c'est le moins qu'on puisse dire. Je crains que nous ne soyons plus les bienvenus par ici désormais. Il faudra rester sur nos gardes.

Il balaya la vallée du doigt, s'arrêta sur un point minuscule.

— Vous voyez cet endroit ? C'est à deux jours de marche, un petit village de montagne. Nous y partons ce matin si vous vous sentez capable de rester seul. Natalia Zviaguinstievna a recueilli hier le récit d'un bûcheron saisonnier : une étrange histoire de démons velus colportée par des bergers de la région. Il faut en avoir le cœur net.

Morane se redressa sur un coude, réprimant une grimace de douleur.

— Je pars avec vous.

— Pas question, mon vieux. Vous n'êtes pas en état.

— Ça ira, je vous assure. Je n'ai pas fait tout ce chemin pour renoncer maintenant.

— Ne soyez pas stupide, Morane, s'emporta Exelmans. Nous ne pouvons nous permettre de vous traîner derrière nous.

— Avec tout le respect que je vous dois, professeur : vous ne vous débarrasserez pas de moi aussi facilement.

Déjà, il s'extirpait des couvertures, empoignant ses vêtements abandonnés au pied du lit.

Exelmans eut un geste d'exaspération :

— Vous nous ferez chier jusqu'au bout, hein, Morane ?

— Grossièreté inutile, professeur. Je suis plus têtu que vous.

Quand la porte claqua derrière lui, il enfilait son pull.

Il était tout à fait réveillé cette fois.

CHAPITRE 30

Ils partirent à l'aube.

Un fin brouillard perlé couvrait la ferme, une bruine glacée qui descendait par nappes des forêts environnantes. Il faisait juste assez jour pour deviner l'étroit sentier qui sinuait à flanc de versant.

Les chevaux renâclaient, s'aventurant avec prudence sur la pierraille du chemin, la robe parcourue de frissons. C'étaient des bêtes de somme, deux vieilles juments aux flancs creux, à l'échine râpée par les bâts trop lourds et le manque de soins.

Au passage d'un pont, elles refusèrent d'avancer : vingt mètres d'à-pic s'ouvraient en contrebas, le torrent bouillonnait dans la gorge. Youssev dut leur bander les yeux, les tirer l'une après l'autre sur le manteau de planches disjointes.

Le gros des bagages était resté à la ferme. On avait chargé l'essentiel sur la première bête que Youssev menait à la bride. Morane montait la seconde. Malgré l'attelle qui prenait sa jambe, chaque cahot était un martyre.

— Vous êtes sûr que ça va ? dit Mehmet en se portant à sa hauteur.

Le vieux docteur, engoncé dans son épaisse doudoune, soufflait bruyamment, une veine palpitant sur son front chauve, les yeux à fleur de tête à mesure que la pente se faisait plus raide. Il récupérait difficilement désormais. Exelmans avait beau multiplier les haltes, il haletait, les bronches sifflant de manière inquiétante, le visage marbré. Un gros rhume, il avait pris froid, murmura-t-il dans une toux qui le secouait jusqu'aux entrailles. La faute de ce crachin insinuant qui vous gelait les os.

— Y a-t-il quelqu'un qui vous attend, monsieur Morane ? Cette jeune femme, à Paris ?

— Je n'ai pas besoin de baby-sitter, docteur. Gardez vos forces pour marcher.

— Vous êtes un drôle d'homme, monsieur Morane. Un homme sans foi, et pourtant je ne vous crois pas mercenaire. Vous n'êtes pas ici pour l'intérêt, n'est-ce pas ? Mais pour quoi d'autre ?

— Je pourrais vous renvoyer la question.

— Je connais la nature humaine, monsieur Morane. Il y a autre chose en vous que ce cynisme. Quelque chose que vous vous refusez.

— C'est vous qui devriez être sur cette jument, docteur. Vous vous épuisez.

— Un point de côté, cela passera... Il faut aux

hommes des raisons pour avancer, une certitude. Je suis croyant, monsieur Morane. J'aime Richard profondément, mais je crois que la science n'est qu'un chemin. Une manière de s'approcher de Dieu, comme l'amour. Il n'y a pas d'autre voie. Je crois que vous ne savez pas encore quelle est la vôtre.

— Vous êtes resté trop longtemps au milieu de vos crânes, docteur. Essayez plutôt vos prêches sur les gens d'ici. Parlez-leur de vérité et d'amour du prochain. Ils vous riront au nez.

— Ils sont musulmans, monsieur Morane. Comme moi.

— Vous plaquez votre propre bonté sur ceux qui vous entourent. Nous cherchons à sauver notre peau, rien de plus.

— Vous vous trompez. Vous êtes un homme plein d'orgueil, monsieur Morane : vous souffrez et vous tentez de vous protéger. Mais nous ne sommes pas seuls. Il nous appartient de connaître et d'aimer les autres créatures de Dieu. Cette expédition n'a pas d'autre but.

— Bon sang, docteur, ce n'est ni le lieu ni le moment...

— Je vous ai entraîné ici, monsieur Morane. Je voulais que vous en soyez persuadé. Pour la paix de votre âme. Rassurez-vous, je ne vous importunerai plus.

Ils avaient atteint à présent la limite des glaciers. Des plaques de neige éparses bordaient les talus, percées d'une végétation rare et comme brûlée. La bruine troublait l'appréciation des distances. Il semblait qu'ils avançaient dans un paysage lunaire, faillé de larges dépressions chaotiques, un lit d'ardoises coupantes et fragiles comme du verre qui cédait sous les pas, menaçant l'équilibre à chaque instant.

Ils marchèrent ainsi une heure encore. Puis les bouquets de sapins se firent plus denses. Quand ils atteignirent le col, ils firent une nouvelle halte. Le ciel était couvert, couleur anthracite. Le soleil avait disparu depuis longtemps, rendant plus périlleuse la longue descente qui s'amorçait vers le fond de la vallée.

Soudain, comme ils longeaient l'escarpement d'une rivière, Mehmet poussa une sorte de sifflement. Morane le vit battre des bras, tenter de se raccrocher à la roche avant de s'effondrer comme si les jambes lui manquaient.

Exelmans avait bondi.

— La trousse, Natalia, vite !

Mehmet étouffait, le visage déformé par la douleur.

Impuissant, Morane contemplait la scène de sa monture. Tout alla très vite. Il vit Exelmans ouvrir la trousse, en sortir une petite fiole et la glisser entre les lèvres qui bleuissaient. Mehmet eut un hoquet, son corps fut parcouru de tremblements. On aurait dit qu'il luttait contre la paume qui bloquait son menton, les jambes agitées de soubresauts.

Puis son buste arqué se détendit. Il rouvrit les yeux, haletant, ses poumons cherchant l'air tandis qu'un peu de couleur se peignait sur ses joues.

— C'est fini, articula-t-il. C'est passé...

Des larmes avaient jailli de ses paupières. Il gisait sur la pierraille, menton sur la poitrine. Exelmans lui releva la tête, le serrant à l'étouffer.

— Mehmet, vieil animal. Qu'est-ce qui t'a pris ? Tu nous as fait tellement peur.

— Je suis désolé, Richard. J'ai cru que mon cœur allait...

— Plus un mot. Il faut te reposer. Nous allons camper ici.

— J'ai cru... C'est ce rhume... Je respire si mal... La dernière fois...

— Quand, Iskander ? Quand cela t'est-il arrivé ?

— Cet automne... Trois fois rien... Je n'ai pas voulu t'en parler... Je ne voulais pas tout faire échouer par ma faute... Je suis tellement désolé.

— Ça ira, mon vieux. Ne t'inquiète pas. Repose-toi maintenant.

Il tira son ami à couvert d'un adossement rocheux, l'allongeant avec précaution sur la pierre moussue. La falaise formait en cet endroit une sorte de surplomb, une niche naturelle où s'abriter de la pluie qui tombait. Ils dressèrent les tentes tant bien que mal. Puis, tandis que Youssev s'affairait à préparer le feu, ils couchèrent le vieux docteur.

Il se laissait faire docilement, grelottant comme un enfant. Il ne sentit même pas la couverture que Natalia posait sur lui. Elle dut défaire ses doigts pour y glisser le quart de thé brûlant.

— Il faut boire, docteur. Ça vous réchauffera.

Il battit des paupières, téta quelques gorgées, secoué par une nouvelle quinte de toux. Puis sa tête roula sur le côté.

Natalia se tourna vers Exelmans :

— Il faut qu'il voie un médecin.

— Nous ne trouverons rien avant demain. Il faut qu'il tienne le coup jusqu'à Vrojdisn. Laissons-le dormir. Il n'y a rien d'autre à faire pour l'instant.

Ils revinrent vers le feu qui crépitait, la mine grave.

— Conseil de guerre, Morane, fit Exelmans.

La pluie fouettait le surplomb, mêlant son ruissellement au bruit de la rivière. C'était toute la nuit qui semblait matière liquide, une encre tombant du ciel.

— Natalia, mon petit, vous connaissez ces montagnes mieux que moi. La carte, s'il vous plaît. Voici le col, nous devons nous trouver approximativement ici. Combien de jours de marche à votre avis pour regagner Ashktar ?

— Quatre, peut-être plus.

— Et en coupant par la forêt ?

— Forêt pas bon chemin, dit Youssev en crachant dans le feu. Trop de pluie.

— Mehmet a besoin de soins et de repos, poursuivit Exelmans en baissant la voix. Alerte cardiaque. Il est tiré d'affaire pour cette fois, mais une nouvelle crise risque de lui être fatale. La question est : que faisons-nous maintenant ?

Pour la première fois, Morane le voyait désemparé. Le diagnostic ne laissait aucun doute : le docteur n'en était pas à la première crise. Épuisé par la marche, l'altitude, son cœur usé ne tiendrait plus très longtemps.

— Il me semble que nous n'avons guère le choix, murmura Natalia.

— Nous *avons* le choix : poursuivre ou renoncer dès maintenant.

— Trop tard, professeur, dit Morane. Avec un peu de chance, nous serons à Vrojdisn demain soir. Le docteur y sera mieux soigné que dans une ferme isolée. Revenir en arrière ne servirait à rien.

Un coup sourd ébranla la montagne tandis que la forêt s'illuminait brusquement. Puis l'obscurité retomba et la pluie redoubla de violence, projetant ses aiguilles acérées jusqu'au feu, les contraignant à se replier plus loin sous le surplomb.

— Il prendra l'un des chevaux. Je marcherai sur les mains s'il le faut, comme vos singes, hurla Morane pour tenter de couvrir le fracas du tonnerre. Mettez-vous à l'abri, nom de Dieu.

Le surplomb n'était plus maintenant qu'un refuge illusoire. Les rafales fouettaient à l'oblique, tambourinant sur la toile des tentes. Impossible d'allumer les lampes-tempête : le gaz s'échappait en sifflant, le vent soufflait la flamme des briquets. Ils se couchèrent dans le noir, protégeant ce qui pouvait l'être encore.

Bientôt il n'y eut plus dans le campement que le ruissellement de l'averse et le bruit du vent.

CHAPITRE 31

— Vous dormez ?

Morane ne bougea pas. Malgré l'épaisseur de leurs sacs de couchage, il pouvait sentir contre sa hanche celle de Natalia qui l'effleurait par instants. Entre eux gisait sa jambe blessée. L'épée de Lancelot, songea-t-il avec amertume. Il y avait si longtemps qu'il ne s'était plus trouvé allongé près d'une femme.

— On dirait qu'il pleut moins fort, murmura-t-elle après un temps.

Sa voix, dans l'obscurité, semblait venir de très loin. Elle avait tourné sa tête de l'autre côté, la joue enfouie dans son coude replié.

— Noé a dû dire la même chose le premier soir.

La nuit entre eux était quelque chose de fragile. Un mince cristal qu'un rien eût suffi à briser. Les yeux ouverts, il retenait son souffle, percevant l'odeur de son parfum mêlée à celle de la terre détrempée.

— Vous devriez essayer de dormir.
— Croyez-vous qu'il va mourir ?
— Le bonhomme est solide. Reposez-vous, maintenant. Le professeur est avec lui. Nous aurons besoin de toutes nos forces demain.
— Oui, dit-elle. Le professeur.
— Vous l'aimez, n'est-ce pas ?
— Je crois en lui. C'est un homme bon.

Elle se retourna. Il pouvait deviner maintenant la tache claire de son visage, un petit museau d'animal pointant du sac de couchage, les yeux écarquillés.
— Il est fort. Mon père l'aimait. Il croyait en lui.
— Qui était votre père, Natalia ?
— Un savant, comme lui. Ils se sont rencontrés deux fois, à Moscou et à Paris.

Il pouvait sentir son regard sur lui. Celui d'un enfant éveillé dans le noir et qui lutte contre le sommeil avec vaillance, de peur d'affronter les ombres.

Ses yeux grands ouverts étaient deux perles vivantes posées à ses côtés dont la présence le bouleversait. Quelque chose d'infiniment pur et de fragile veillait dans ce corps bien entraîné de randonneuse aux muscles souples et robustes, une petite flamme vacillante qu'on aurait voulu protéger au creux de la main.

Il y avait si longtemps aussi qu'il n'avait plus été ému par une femme. Il se força à ne pas tourner la tête.

— Croyez-vous qu'il a raison ? reprit-elle. Que nous trouverons du secours à Vrojdisn ?

— Il n'y a pas d'alternative.

Le vent fit frissonner la toile au-dessus de leur tête avec un bruit de battement d'ailes.

— Vous avez froid. Vous tremblez.

— Ce n'est rien. Dites-moi comment vous l'avez rencontré.

Son accent même dans la nuit avait quelque chose d'enfantin et de vulnérable. Morane déplaça sa jambe avec précaution de peur de la toucher.

— Il vous a raconté. Je l'ai poursuivi jusqu'au fin fond de l'Espagne. Une sorte de pari stupide avec moi-même. Je ne sais pas ce que j'espérais. Le débusquer, peut-être, comprendre ce qui l'avait fait fuir.

Il sentit qu'elle se recroquevillait à côté de lui, se blottissant dans la chaleur illusoire de son duvet. La tente était étroite, les contraignant à se serrer l'un contre l'autre dans une étrange intimité. Quelle odeur avait-elle au réveil ? songea-t-il. L'abandon de ce corps à quelques centimètres du sien le bouleversait, l'attirant irrésistiblement de sa présence tiède et vivante. Il concentra son attention sur la toile de tente, résistant à l'envie de toucher cette peau douce, de caresser ce souffle. Elle était un petit animal qu'il aurait voulu serrer contre lui, chastement, endormir par la seule force de sa propre chaleur.

— Et puis ?

— Je voulais comprendre. Me mesurer à lui, je ne sais pas... Après, il y a eu cette chute. Je ne me souviens de rien, sinon qu'il me portait, de la douleur à ma jambe et de cette impression qu'il ne pouvait plus rien m'arriver. Que j'avais trouvé quelque chose que je cherchais depuis très longtemps. Vous savez, comme dans ces rêves où l'on croit se noyer : on tend les mains, on s'agrippe à quelque chose et puis l'on sait qu'on peut se laisser aller désormais, qu'il n'y a plus à lutter... Vous comprenez ?

Elle ne répondit pas. Son souffle était régulier, presque imperceptible. Il tourna la tête : elle dormait, la joue contre sa paume ouverte.

Il remonta la couverture sur ses épaules, prenant garde de ne pas l'éveiller. Quelque part, quelque chose hurlait — un loup, le vent peut-être.

Qu'aurait-il pu ajouter ? *Pour la paix de votre âme,* avait dit le docteur sur le sentier avant de s'effondrer comme une bête blessée. Mais était-ce seulement la paix qu'il cherchait ? L'idéalisme du vieux docteur était la douceur d'un cœur malade, une faiblesse qui prenait à la lueur des événements l'étrange valeur d'un augure, comme si Mehmet, pressentant la menace qui le guettait, s'était livré en vain à quelque tentative de réconciliation qu'il n'avait su entendre, mais dont le sens lui parvenait soudain dans le silence du camp.

Réconciliation. Morane n'avait pas connu ce mot

avec son père. Quand il était mort, deux ans plus tôt, Morane était à Djibouti. Il était rentré trop tard. Il avait dû s'enquérir de l'emplacement de sa tombe, l'avait trouvée au bout d'une allée tiède et lumineuse du cimetière de Montparnasse, s'étonnant de n'éprouver devant le carré de terre fraîchement retournée qu'une vague fatigue et la conscience du gravier qui crissait sous ses pas. C'était la tombe d'un inconnu, un étranger qui portait le même nom que le sien. Il s'en était retourné — et là, à l'arrêt d'autobus, sur le boulevard ocellé d'ombres vertes par le feuillage tendre des platanes, il l'avait vu : le visage de son père appuyé contre la vitre et qui le regardait.

Il se rappelait encore ce regard : un regard vide et triste, plein d'un reproche résigné, comme s'il avait su que Morane venait de le manquer une dernière fois.

Puis la porte de l'autobus s'était ouverte, un vieil homme en était descendu, portant des fleurs et un chapeau. Morane s'était avancé vers lui, le cœur battant à tout rompre. À la dernière seconde, il s'était écarté, et le vieillard était passé, un petit homme en manteau de laine à chevrons qui s'éloignait, le cabas à la main, sous les feuillages de l'avenue.

Il avait compris à cet instant qu'il n'en avait pas encore fini avec sa propre enfance et qu'il continuerait de le chercher ainsi le reste de sa vie. Les années pourraient passer, il y aurait toujours devant lui ce vieil homme qui s'éloignait — un étranger auquel il n'avait pas dit adieu et dont le visage s'estompait inexorablement depuis ce matin d'hiver où, derrière la grille d'un collège privé, il l'avait vu disparaître dans le froid coupant de février.

Il s'éveilla à l'aube, transi de froid. Quelqu'un le secouait. Il se dégagea, grognant quelque chose d'inintelligible avant de reconnaître Exelmans.

— Debout, Philippe. Dépêchez-vous.

Il s'extirpa en protestant de son sac de couchage. Natalia et Exelmans l'attendaient dehors. Il pleuvait toujours.

— Que se passe-t-il ?

Exelmans désigna du pied le foyer. Pierres et cendres étaient sens dessus dessous, comme si l'on avait fouillé pour déterrer quelque chose. Des fragments de bûches carbonisés avaient été dispersés sur plusieurs mètres, gisant maintenant dans la terre boueuse où l'on avait semblé les piétiner à dessein.

— Visiteurs. J'ai repéré des traces un peu plus loin.

— Humains ?

— Impossible à dire. La terre est trop détrempée. Ils n'ont pas touché aux bagages mais un cheval a disparu. Youssev est parti à sa recherche.

— Merde, dit Morane. Il ne manquait plus que ça.

CHAPITRE 32

Journal d'Andréï Tchinenoff, membre de la Société de géographie près l'Académie des sciences d'U.R.S.S.

Septembre 1942

Je reprends ce journal la mort dans l'âme. Les espoirs soulevés par l'élection de Démentiev à l'Académie des sciences se sont envolés en fumée. La guerre mobilise toutes les énergies. L'expédition longuement projetée n'est plus qu'un rêve lointain dont la réalité s'éloigne chaque jour davantage.

Les Allemands ont pris l'Elbrouz. Une certaine *patrouille Edelweiss* a ravi à nos troupes au terme de sanglants combats la possession de cette région. Le drapeau allemand flotte désormais sur le plus haut sommet du Caucase.

Comment ne pas être frappé par un tel symbole ?

Ce territoire d'une âpre beauté, auquel me lient tant d'heureux souvenirs de jeunesse, est aujourd'hui à feu et à sang. La barbarie de notre espèce a triomphé d'un des peuples les plus aimables du monde. Là où survit encore l'Être primitif, la folie de l'homme moderne a atteint son paroxysme. Sommes-nous donc destinés à écraser toute chose vivante ? La guerre industrielle et fratricide à laquelle nous nous livrons est-elle le terme inéluctable de notre évolution ?

Aujourd'hui, l'homme sauvage règne en maître. Après avoir asservi les espèces dont Dieu a peuplé la terre, dévasté la nature divine pour y faire sa place, voilà que notre espèce a entrepris de se détruire, retournant sur elle-même les armes qui ont servi sa conquête. Semblable folie, sans équivalent dans le règne animal, suffirait à elle seule à remettre en cause la suprématie de notre espèce si elle n'avait été choisie par Dieu... Neandertal lui-même n'enterrait-il pas ses morts ? Les nôtres gisent aujourd'hui sans sépulture sur les neiges de l'Elbrouz comme autant de taches sur le manteau immaculé de la Création.

Durant plus de dix mille ans, *Homo neandertalensis* et *Homo sapiens sapiens* se sont partagé ces territoires que nos peuples se disputent aujourd'hui. Les plus récentes découvertes en font foi : l'homme-bête et l'être élu ont vécu en paix dans la main du Seigneur. Ils cohabitaient sur les mêmes aires de chasse, vivant en harmonie comme les deux branches d'un seul arbre qui se mêlent entre elles dans leur élan vers le ciel.

Seule l'étincelle divine que nous nommons « intelligence » a distingué notre lignage, lui faisant prendre le pas sur l'homme inachevé des origines. Avec elle est venue la suffisance, l'*ubris* des Grecs, cette orgueilleuse folie par laquelle nous nous sommes crus l'égal de Dieu et fondés à détruire ce que Son Œuvre avait si puissamment créé. Est-ce là le seul signe de notre humanité : ce pouvoir d'abolir autour de nous, en nous, le lien qui nous unit aux autres créatures vivantes ?

Notre petit groupe de recherche sur l'Homme sauvage n'est plus qu'un nom.

La guerre a dispersé ses membres les plus actifs, Iakob Kouliab est mort, tué au front, nos crédits supprimés, les locaux réquisitionnés. Des synthèses transmises à la Commission du Praesidium, il ne reste plus rien : toute trace de nos travaux semble avoir mystérieusement disparu. Ont-ils seulement été enregistrés ? Aux archives de la Section de Zoologie, à celles de la Section de Paléoanthropologie, nulle mention de leur dépôt : à croire qu'ils n'ont jamais existé !

C'est à peine si j'ai pu retrouver le procès-verbal de la conférence donnée devant le Praesidium dans l'hiver 1937 : elle figurait aux Archives centrales, sous la rubrique *Annexes, Communications diverses et Curiosités,* parmi une masse d'inepties non classées traitant de guérisons miraculeuses et de veaux à cinq pattes...

Par chance, les témoignages nous parviennent encore, je ne sais comment. Notre Commission ressemble chaque jour davantage à quelque société secrète dont les correspondants, malgré les ravages de la guerre, continuent d'œuvrer dans l'ombre en attendant des jours meilleurs.

Viendront-ils seulement ?

Il m'arrive d'en douter plus souvent qu'à mon tour. L'âge, qui donne l'expérience, éteint aussi la foi ardente de la jeunesse. *Qui augmente sa science,* dit l'Ecclésiaste, *augmente sa douleur.* Comme ces fortes paroles me semblent justes aujourd'hui ! À trente-trois ans, je n'ai connu de la vie que la ferveur de l'étude et l'amertume des combats perdus. Pas un jour sans que l'aridité des tâches à entreprendre ne soit venue contrarier les aspirations légitimes d'un être encore jeune au bonheur, à l'amour, aux joies honnêtes d'une famille et d'un avenir serein.

C'est là, je le sais, le destin de l'homme de science. Son aspiration à la vérité le condamne plus que quiconque à errer dans les turbulences de son temps. Mais il m'arrive quelquefois de songer avec regret au tour si différent qu'aurait pris mon existence si je n'avais connu, à vingt ans, les étranges circonstances que rapporte ce journal.

Combien facile alors aurait été ma vie ! Combien

plate aussi, peut-être... Entre la foi naïve d'Ogul et l'indifférence martiale du major Svechnikov, le chemin est étroit et semé d'embûches — mais c'est celui que j'ai choisi d'emprunter, bien malgré moi, et il n'en est pas d'autre possible...

La guerre toute proche rend bien vaines de telles réflexions. La singularité de nos destins pèse peu en effet devant semblable cataclysme.

CHAPITRE 33

Jamais ils n'avaient été plus près d'échouer. Jamais non plus il ne s'était senti aussi déterminé, malgré la pluie qui fouettait son visage, la torture de son genou, le vent qui forçait à baisser la tête. Il avançait pas après pas, mécaniquement, calant sa béquille improvisée contre l'arête d'un rocher, déplaçant tout son poids sur sa jambe valide avec l'impression d'arracher de terre une masse toujours plus lourde, s'agrippant des ongles à la pierre pour ne pas basculer dans le vide en contrebas.

Devant lui, séparés par un écran de brume liquide, Exelmans et Youssev tirant l'unique monture, les pans de leur vêtement de pluie claquant au vent. Sur son dos, Mehmet se cramponnait aux rênes, petite silhouette grelottant de fièvre.

Il avait bien fallu se passer de l'autre jument. Youssev avait fouillé les alentours sans autre résultat que de retarder le départ : la vieille rosse avait arraché sa longe, infligeant à sa compagne une profonde blessure au poitrail avant de disparaître dans la montagne. Ce qui avait provoqué cette panique soudaine, laissant sa signature dans la cendre éparpillée du foyer, ils ne le sauraient jamais. Homme ou bête, quelque chose avait visité le campement durant la nuit. Par chance, la créature semblait craindre l'homme et la présence de Youssev dans la tente abritant le matériel les avait sauvés d'un saccage plus grave.

L'unique voie d'accès vers Vrojdisn empruntait un chemin en lacet, sinuant à flanc de montagne. Par endroits, le bas-côté s'était effondré. Deux hommes n'auraient pu passer de front. Il fallait toute l'ingéniosité de Youssev pour empêcher la jument de verser dans le ravin, précipitant Mehmet dans le vide vertigineux qui s'ouvrait sous les pas. Un tel chemin eût été dangereux en temps ordinaire : sans visibilité, avec un malade et un infirme, c'était proprement suicidaire. Mais il n'y avait pas d'alternative. Il fallait avancer, gagner Vrojdisn avant la nuit.

Serrer les dents. Faire ce pas, un autre pas... Depuis combien de temps marchaient-ils maintenant ? Morane n'aurait su le dire. Seul le pas suivant comptait. Ce n'était qu'une affaire de volonté. D'entêtement. Une résignation de brute, de bête blessée. Ne pas retarder les autres, malgré l'atroce douleur. Il le ferait, dût-il crever debout.

Un soudain bruit d'éboulis au-dessus de sa tête le

fit sursauter. Il tourna la face insensible de son visage vers la montagne, clignant des yeux sous la pluie. Cette impression d'être suivi qui ne le lâchait plus...

— C'est vous ?

— Appuyez-vous un peu sur moi. Nous allons bientôt rejoindre une partie plus facile.

Il s'accrocha au bras de Natalia, rétablissant son équilibre, le sang cognant dans les os du crâne.

— J'ai cru entendre quelque chose. Un bruit par là-bas.

— La forêt regorge d'animaux. L'année dernière, des forestiers ont abattu un lynx de quarante kilos.

Elle ôta son foulard pour tamponner avec douceur le visage ruisselant de Morane, l'aida à sortir du paquet la cigarette qu'il porta avidement à ses lèvres, protégeant sous sa paume la flamme du briquet. Le papier grésilla, lâchant une pluie d'étincelles.

— Merci. Je mourais d'envie de fumer.

— Croyez-vous que ça ira ?

Il pointa du menton le sentier devant lui :

— Ne m'attendez pas. Rejoignez les autres.

Natalia s'adossa au rocher, calant son sac contre la paroi pour soulager ses épaules. Ses joues étaient lisses et tendues sous le capuchon qui les encadrait. Un visage de divinité asiatique, songea

Morane. Un petit masque de bronze replié en lui-même.

— Ce n'était pas un animal tout à l'heure. Les bêtes se déplacent en silence quand elles ont senti l'homme.

Elle hocha la tête. À ses pieds, le ravin plongeait abruptement vers les fonds noirs de la forêt.

— Ils sont là. Ils nous observent depuis notre départ.

— Chasseurs ? Forestiers ?

— Je ne sais pas. Je les sens. La jument aussi les a sentis.

— Alors ne tardons plus.

— Je n'ai pas peur, vous savez.

— Moi si.

Il se redressa. À nouveau l'impression de sentir son genou exploser comme une coquille de noix. Une douleur fulgurante qui le faisait geindre, menton tremblant tel un vieillard. Le premier pas, muscles froids. Le plus difficile. Cette certitude aussi : je ne marcherai plus jamais comme avant. Le murmure de Natalia sur ses talons : *Doucement, doucement. Ménagez vos forces, monsieur Morane.*

Mais il ne ménageait rien : il sauvait sa peau, voilà tout, la face violacée par l'effort, dispersant au-dessus du ravin une grêle de pierres plates qui ricochaient comme un rire. La cape mouillée se collait à ses membres, une autre peau encombrante et huilée où les gestes s'embarrassaient. Devant, les clappements de langue de Youssev encourageant la bourrique, la voix d'Exelmans braillant sous la pluie une chanson de marin. Le vieil animal, conduisant à tue-tête sa cour d'éclopés dans le trou du cul du monde. Le vieux fou. *Ménagez vos forces, monsieur Morane.*

Quelque part, derrière ces roches lacérées de brume, quelque chose guettait, les suivant à la trace. Ils descendaient toujours, un lit de tuiles cassantes qui fuyaient sous les sabots. La rumeur d'une rivière se devinait en contrebas — ou était-ce le ruissellement continu de la pluie, le mugissement du vent aux oreilles ?

Ils n'avançaient pas : ils s'enfonçaient dans la matière même du temps, un chaos élémentaire de rocs et de gravats où l'homme était depuis la nuit des temps non point le maître mais un intrus, une créature chétive et minuscule condamnée à l'humilité.

La souffrance était le prix. Mehmet sur sa monture, Morane claudiquant au bout de sa béquille : ils étaient maintenant à égalité. La souffrance dépouillait de l'orgueil, et cette marche harassante dans le couloir du glacier... Certitude, vanité, tout s'effaçait devant la répétition lancinante du même pas.

Morane allait vers les origines à la façon d'une bête étrange, un singe blessé boitillant sur trois pattes, petite créature dissymétrique parmi les roches amoncelées où régnaient le lynx et le bouc, le chamois et les grands oiseaux de proie, la marmotte et le bouvreuil — les compagnons muets de leur descente silencieuse.

Quand les hommes surgirent, il ne fit pas un geste.

Il pensa : Ça y est, s'affalant avec une singulière bienveillance contre un rocher moussu, les cils perlés de pluie, un sourire flottant sur les lèvres. Vrojdisn. Un pont de bois, quelques pâles fumées couchées par le vent, des toits de tôle étagés en terrasse, des chèvres noires au poil crotté qui le reniflaient comme des chiens. Pas même un village : une poignée de cahutes écrasées disposées le long de la rivière en crue.

Il sentit la main de Natalia sur son épaule, la tension qui la gagnait. Ça y est, pensa-t-il. Nous y sommes maintenant.

Ils pouvaient être dix, douze. Une petite troupe rassemblée de l'autre côté du pont. Des hommes en manteaux de laine et pantalons flottants, le torse barré de larges ceintures de cuir. Des montagnards, le visage noirci de barbe, les yeux enfoncés sous les turbans.

— Ne bougez pas, ordonna Exelmans à voix basse. Pas un geste surtout.

Sans quitter le groupe des yeux, il fit manœuvrer la jument. Un instant, elle fit écran aux hommes et

Morane sentit qu'il déposait sur ses genoux quelque chose de lourd et de compact.

— J'espère que vous savez vous en servir. J'irai seul avec Youssev. À la moindre alerte...

Il désigna Natalia du menton sans poursuivre. Youssev avait dégagé la bandoulière de son fusil.

— Restez avec Philippe, Natalia. Occupez-vous du docteur. Je vais voir de quoi il retourne.

À pas lents, les deux hommes s'engagèrent sur le pont.

La troupe n'avait pas bougé. La pluie semblait pétrifier la scène, ralentir les mouvements. À l'entrée du village, des enfants embusqués derrière un muret se poussaient du coude, des bâtons à la main. C'est à peine si l'on distinguait leurs crânes rasés et ronds. Mais quelqu'un dut crier un ordre car ils s'égaillèrent subitement, affolant les chèvres qui se mirent à caracoler en tous sens.

— Qu'est-ce qu'ils font ? interrogea Natalia.

Les hommes s'étaient reculés d'un pas, arrondissant le cercle autour des deux étrangers. Au centre, dominant le petit groupe de la tête et des épaules, Exelmans parlementait avec un gaillard en capote militaire, le crâne ceint d'une casquette déchirée.

— Apparemment, nous ne sommes pas les bienvenus, dit Morane.

Le pistolet dans sa paume était tiède. Il en vérifia instinctivement le chargeur avant de le faire disparaître sous sa cape. Une arme militaire, à crosse bosselée. Un automatique de la dernière guerre. Sacré Exelmans, pensa-t-il. Le vieux renard a plus d'un tour dans son sac.

Là-bas, les tractations avaient pris une tournure menaçante. Le groupe s'était resserré autour d'Exelmans, des mains se risquaient à palper son ciré. Brusquement, il se cabra, moulinant des bras pour se dégager, lançant son poing à l'aveuglette.

Dans la mêlée qui s'ensuivit, un petit homme fut projeté à terre. Les hommes reculèrent, pris de court. Un instant, l'affrontement parut tourner au pugilat. La main de Morane se crispa sur son arme, puis les premiers éclats de rire fusèrent, saluant la chute du petit homme, tandis que l'étreinte se desserrait insensiblement autour du professeur.

Il eut encore quelques propos péremptoires, pivota sur les talons et, fendant le cercle, rebroussa chemin d'un pas décidé. Cette fois, nul ne s'avisa de le retenir. Il y eut bien quelques bâtons pour se lever dans son dos, quelques crachats prudents dans la boue du sentier. Dès qu'il eut repassé le pont, les hommes refluèrent lentement vers le village, s'attardant par bandes comme à regret.

— Les fumiers, dit-il en rejoignant ses compagnons. Tadlikh a fait courir dans la montagne le bruit que nous étions à la recherche de l'Homme sauvage. Pas d'étrangers ici, disent-ils. Ce connard nous a bien eus. Les autorités religieuses ont fait passer le mot.

— Et le docteur ?

— Il y a une vieille bergerie abandonnée sur les hauteurs. Nous pouvons rester là le temps qu'il aille mieux. C'est tout ce que j'ai pu obtenir. Ils vont surveiller les abords du village tant que nous n'aurons pas déguerpi.

— Youssev ?

— C'est un Kabardine. Il a des cousins à Vrojdisn.

— Je vais leur parler, professeur. Je parle leur langue, ils m'écouteront.

— Pas question, Natalia. C'est un miracle que nous nous en soyons tirés à si bon compte. Ces types nous tueraient comme des lapins pour protéger leur foutue tradition. Je préfère qu'ils ignorent pour l'instant qu'il y a une femme avec nous : ils pourraient changer d'avis.

Que pouvaient-ils faire d'autre, sinon se plier aux circonstances ? Au milieu des montagnes, il n'y a d'autre loi que celle de la montagne. Le Caucase avait eu raison de tant d'autres avant eux. Pour survivre, ils ne devaient plus compter que sur eux-mêmes. Ils avaient franchi la frontière où s'arrête la loi des hommes, s'immisçant en intrus dans quelque ordre primitif où justice et compassion n'avaient pas de sens.

Par deux fois déjà, ils avaient échappé au pire. Mieux valait ne pas provoquer le sort plus avant. La détermination des villageois ne laissait aucun doute.

Meurtre, viol, disparition restaient ici à jamais impunis : bêtes de proie et charognards se chargeraient de faire disparaître jusqu'à la preuve de leur existence, comme ils l'avaient fait jusqu'alors des cadavres de l'Homme sauvage.

Laissant les toits de Vrojdisn fumer derrière eux, ils prirent lentement le chemin de la vieille bergerie.

TROISIÈME PARTIE

NATALIA

CHAPITRE 34

Il plut toute la nuit, puis la journée du lendemain.

Exposée au vent du nord, la bergerie n'offrait qu'un abri illusoire contre les intempéries. C'était un bâtiment en ruine, une longue étable coupée à mi-hauteur d'un grenier à fourrage. Quand ils y parvinrent, le crépuscule tombait. Comme ils forçaient la porte, une nuée de minuscules chauves-souris s'en échappa, emplissant l'espace de leur étrange vol hachuré et stridulent avant de se dissiper dans le couchant.

Ce furent des heures interminables. Allongé dans la soupente, le docteur somnolait. La dernière crise l'avait épuisé. Il s'éveillait en nage, haletant et les yeux exorbités, touchant à peine au thé que Natalia lui servait, oppressé jusque dans son sommeil malgré la Nitridine. Son pouls était rapide et insaisissable : du sable s'effritant sous le pouce.

Puis, le soir du jour suivant, sans que rien le laissât présager, l'état du docteur s'améliora brusquement. La fièvre était tombée, il ne suait plus. Il put se lever, réclama quelque nourriture, se rasa même à la lueur du feu, l'œil écarquillé dans le petit miroir à barbe.

— Pardonne-moi, Richard : j'ai eu si peur de tout gâcher. Le cœur est fatigué, mais il tiendra, je te le jure.

— Tu aurais dû m'avertir, Iskander. J'aurais pris des dispositions, retardé notre départ.

— Ce n'est rien. Une alerte sans conséquence. Je me sens tout à fait bien maintenant.

— Tu as failli y passer, s'emporta Exelmans. Tu es tombé d'un coup, j'ai cru que tu étais mort.

— Je t'en prie, ne te fâche pas... C'est notre expédition : nous avons attendu si longtemps tous les deux. Je n'ai pas voulu tout compromettre.

— Des cachotteries d'enfant, Iskander ! Qu'aurions-nous fait s'il t'était arrivé quelque chose ?

— J'ai fait des tests d'effort à Istanbul. J'ai cru que ce médicament...

— Depuis combien de temps le prends-tu ?

— Quelques mois. Un an peut-être. Mais je t'assure...

— Et Sofia : pourquoi ne m'en a-t-elle rien dit ?

— Elle ne sait rien, Richard. Je ne voulais pas qu'elle s'inquiète. Et puis tu étais si heureux, si plein d'énergie... Nous étions à nouveau rassemblés, prêts à reprendre le sentier de la guerre. Souviens-toi...

Il se défendait avec l'air penaud d'un enfant, engoncé dans la couverture qui lui couvrait le dos. Ses cheveux teints laissaient voir par endroits des racines jaunâtres, ses yeux étaient cernés. Comme il en advient de certains hommes, la maladie donnait à son visage quelque chose d'une vieille femme, une sorte de mollesse défaite et vulnérable.

— Tout va bien, s'essaya-t-il à sourire. Le vieux Mehmet est solide. Demain je serai sur pied, ne t'inquiète pas.

— Demain, après-demain, c'est sans importance maintenant, dit Exelmans en pressant son épaule. J'ai cru te perdre, vieil animal, comprends-tu ça ?

Il se leva, tourna le dos au feu pour se moucher bruyamment.

— D'ailleurs, c'est de ma faute, ajouta-t-il avec brusquerie. Je n'aurais jamais dû t'entraîner dans cette aventure. J'ai voulu jouer au jeune homme une dernière fois, croire que nous étions encore dans le coup.

— Nous sommes là, Richard.

— Regarde-nous, Iskander. Regarde-moi. Il est trop tard, mon ami. Le jeu a assez duré comme ça.

Il se tenait accoudé à l'étroite fenêtre, scrutant la nuit à travers les planches qui l'obstruaient. L'anorak retroussé sur son dos accentuait le pathétique de sa posture : le dos bossu d'un vieux Polichinelle, pensa Morane.

Un instant, il le revit sur la terrasse de Javea, les pieds chaussés de lourdes sandales de gladiateur, le torse nu et le bouc péremptoire, offrant au visiteur son numéro de condottiere sarcastique.

Dans ses knickerbockers démodés, ses chaussures de montagne à œillets métalliques, le grand Exelmans n'était plus désormais que la caricature de l'alpiniste des années 50 qu'il avait été, un vieux randonneur à l'élégance fatiguée singeant l'allant de sa jeunesse.

— C'est vous qui aviez raison, Morane : cette expédition n'était qu'une gaminerie. Il fallait des moyens, une logistique, du matériel moderne... Nous avons voulu faire l'école buissonnière et nous voilà consignés au dortoir comme des boys-couts par le chef de meute. Plutôt risible, n'est-ce pas ?

— Que t'arrive-t-il, Richard ? Je ne te reconnais plus. Toi si joyeux, si fort...

— J'avais la vanité de croire que j'échapperais à cela, au combat de trop, à ce moment où la quête de la vérité devient une affaire personnelle. Je me suis trompé, voilà tout.

— Nous brûlons, Richard. Youssev les convaincra.

Exelmans eut un petit rire silencieux.

— Ouvre les yeux, mon pauvre ami : pourquoi Youssev se donnerait-il le ridicule de revenir ? C'est un Kabardine, il est des leurs : qu'a-t-il à espérer de nous ?

— Il n'a pas été payé. Laissez-lui un peu de temps, dit Morane.

— Ils ne désarmeront pas. Ils savent qui nous sommes et ce que nous cherchons.

— Que suggérez-vous, alors ?

— Patienter un jour ou deux encore, le temps que le docteur se rétablisse. Après, nous rentrons. Avec ou sans Youssev.

— Rentrer ? répéta Natalia.

Elle se tenait légèrement en retrait, les yeux rivés au sol, brossant ses cheveux avec trop d'énergie, comme gênée par la brusque violence de ces sentiments d'hommes. Elle ne veut pas le voir tomber, songea Morane.

— Rentrer ?

Exelmans se retourna.

— *Rester* serait de la folie, Natalia. Nous faisons fausse route, depuis le début. Nous avons ratissé chaque village de cette vallée, et pour quel résultat ? Aslam nous a roulés dans la farine. S'il y avait le moindre doute raisonnable... Mais qu'avons-nous ? Quel indice concret en dix jours de marche ?

— Vous oubliez les empreintes sur le plateau.

— J'ai parlé avec les forestiers, s'entêta la jeune femme. Ils ont travaillé par ici cet hiver. Ils ont entendu parler d'un *almasty* captif.

Exelmans haussa les épaules :

— L'homme qui a vu l'homme qui a vu l'ours... Toujours la même vieille histoire, Natalia. Le même sac à malices qui nous repousse toujours plus loin. De vagues racontars, des traces, et quoi d'autre ?

Il fourragea dans l'âtre, évitant de la regarder. Le bois était vert, trop humide. Par instants, de sèches détonations montaient du feu, crachant une pluie d'étincelles.

— Tu ne peux pas douter, Richard. Pas maintenant.

— Il ne s'agit pas de conviction, Iskander, mais de toi, de nous. Du temps qu'il reste et que nous ne pouvons plus nous permettre de gaspiller. Nous ne trouverons rien à Vrojdisn.

Les animaux sont l'image de nos vices, avait dit un jour le professeur. L'*almasty* était-il autre chose — une figure grimaçante projetée par les flammes sur le fond de la caverne et sans cesse refusée ?

Vrojdisn était bien le dernier village. L'hiver, la neige montait à hauteur des toits, couvrant le lit de la rivière, étouffant toute vie sous son étreinte glacée. Le hameau disparaissait de longs mois, se repliant dans une nuit superstitieuse, parmi les fumigations des mauvais feux de tourbe et l'odeur âcre des bêtes. Dans les étables rôdaient les esprits : c'étaient eux qui cognaient le soir aux volets, leurs pas qu'on entendait dans les poutres du toit, leur souffle parfois qui dispersait la cendre. Ils descendaient de la montagne avec les vents, montaient de la brume des forêts, couraient au dégel sur le fleuve, charriés par les cadavres d'animaux et les glaces en déroute.

Exelmans avait raison : ils ne trouveraient ici que pluie et solitude.

— Non, vieil ami, dit-il, je ne doute pas. Je sais que l'*almasty* existe. Je sais aussi que cette main n'est qu'un leurre, une ruse de l'âge pour nous faire croire que la vérité était enfin à notre portée, qu'elle n'attendait que nous pour se donner... La vieille maquerelle nous a bien eus, Iskander : un clin d'œil et nous avons marché comme un seul homme.

— Pas si près du but, Richard.

— Quel but ? Le même vieux rêve, Iskander. Nous n'avons pas avancé d'un pas.

— Dites-lui, monsieur Morane.

La voix de Mehmet s'était faite suppliante. C'était le même homme qui implorait son aide au bar du Péra.

— Je les ai *vus,* professeur. Ce n'était pas un rêve.

— Vous êtes blessé, Philippe, Iskander a besoin de soins et nous avons perdu Youssev : ne croyez-vous pas que c'est assez ?

Il secoua la tête. Il avait le teint gris, les yeux tirés, un pli amer sur la bouche.

— Nous pourrions arpenter ces montagnes jusqu'à la nuit des temps, battre tous les fourrés jusqu'à l'Oural. Nous ne trouverons rien de plus.

J'ai la responsabilité de cette expédition, Philippe. Aucun rêve ne vaut la vie d'un homme.

Le plancher craqua au-dessus de leur tête. Une saute de vent fit voler les flammes dans la cheminée.

— Vous découvrirez cela un jour, du moins je vous le souhaite... J'ai voulu croire qu'il existait quelque chose de plus important que nos semblables, une petite colonie survivante d'un autre âge qui aurait détenu la clef, le sens de ce que nous sommes. Erreur de tir, Philippe : il n'y a rien à apprendre de l'origine. Seule compte la considération de ce qui est. Si l'existence de l'homme a quelque signification, ce dont je suis loin d'être persuadé, c'est en lui-même qu'il doit la chercher. Je tente seulement de sauver ce qui peut l'être encore.

Natalia avait resserré ses bras autour de ses genoux. Dans la lueur de l'âtre, ses prunelles n'étaient plus que deux fentes liquides, une eau pâle, comme morte. Elle frissonna.

— Vous ne pouvez renoncer maintenant, murmura-t-elle. Pas vous.

Il se tourna vers elle, esquissant un sourire contrit.

— Mon petit. Écoutez-moi. Vous êtes si jeune : vous avez encore l'âge de croire. Mais la vie d'Iskander est en jeu : rien d'autre ne compte que de le ramener sain et sauf.

— Qui êtes-vous pour décider de lui, professeur ?

— Il est malade. Je dois veiller sur lui.

Il luttait contre tous, arpentant la pièce d'un pas buté, sa grande carcasse passant et repassant devant le feu. Il chercha le regard de Morane, un soutien qui ne vint pas. Derrière lui, Mehmet eut une quinte de toux.

— Toutes ces années n'auront servi à rien, alors ? Nous ne verrons jamais ce pour quoi nous nous sommes battus ?

Ce n'était pas une protestation — un étonnement douloureux plutôt. Mehmet ne se battait plus que contre l'étau qui broyait sa poitrine, se refermant sur sa propre douleur avec l'avarice des malades. Il ne choisirait plus : il s'abandonnait, pitoyable, repoussant le calice pour rassembler le reste de ses forces, se déchargeant sur Exelmans du soin de décider de leur faillite comme il l'avait fait auparavant du bien-fondé de la quête.

— Nous n'avons pas failli, Iskander. Nous avons porté le témoin, de toutes nos forces. D'autres termineront pour nous.

— La relève n'est pas prête, Richard. Ils arriveront trop tard.

— Il faut te reposer maintenant. Viens.

Il fit un pas vers lui, mais le docteur l'arrêta d'un geste.

— Je t'en prie, Richard. Accorde-moi la grâce de sortir tête haute.

Resserrant la couverture sur ses épaules, il se mit péniblement sur ses pieds, le souffle court soudain.

Les mèches pendaient de son front, la peau sous ses yeux était froissée comme du papier.

Un instant, il boitilla sur place, réveillant ses jambes endormies. Puis, sans un mot, il sortit du cercle du feu pour gagner la soupente.

Ils entendirent craquer les barreaux de l'échelle, un pas dans la soupente.

— Vous venez de le condamner, dit Natalia.

Exelmans se tourna vers elle avec colère :

— Il n'y a pas d'autre issue possible. Combien de temps croyez-vous qu'il tiendra ?

Il se reprit pour ajouter plus doucement :

— C'est mon ami, Natalia, presque mon frère. Votre jeunesse lui a rendu un peu de la sienne, et je vous en serai éternellement reconnaissant. Mais maintenant, il faut que je le ramène à la maison. Quoi qu'il m'en coûte.

Il sortit sans attendre de réponse.

Il y eut quelques raclements dans la soupente au-dessus de leur tête, le choc de chaussures que l'on jette. Puis le silence retomba. C'était fini : Exelmans quittait la scène, cette fois pour de vrais adieux.

La révolte de Natalia n'y ferait rien. Seul désormais comptait pour lui de ramener son vieux frère d'armes vers le monde des vivants, dût-il pour cela traverser l'océan d'un seul bras.

Ce faisant — comment ne pas le comprendre —, c'était lui-même qu'il sauvait : non son corps mortel, mais son âme, le meilleur de lui-même, se servant de Mehmet comme d'une planche de survie en même temps qu'il le tirait vers la rive, à la façon de deux noyés embrassés dans le même effort, qui se soutiennent et s'entraînent vers le fond tour à tour.

Il ne reviendrait pas sur sa décision, Natalia le savait aussi bien que Morane. En décrétant la fin de l'expédition, c'était moins à la raison qu'il venait de sacrifier leurs espoirs qu'à un idéal plus haut, à quelque vérité nouvelle et incontournable à laquelle il se raccrochait, y cherchant le salaire de sa propre défaite.

Qu'était-ce ? Morane n'aurait su le dire. La compassion peut-être, la soudaine conscience du monde qui l'entourait et qu'il avait trop longtemps écarté comme un obstacle insupportable au but qu'il s'était fixé.

La blessure de Morane avait ouvert la première faille. Le salut de son vieux compagnon avait fait le reste : pour lui, il renonçait une fois pour toutes à l'incantation des Sirènes, payant sa dette avec retard à la communauté de ses semblables. Une dette qui dépassait Mehmet pour englober le petit Ric, Hélène, son épouse délaissée, Alice, Rachel, tous les comparses de ces années perdues dans la frénésie de la quête et dont le souvenir, soudain, l'avait rejoint dans l'inaction forcée de la bergerie comme un reproche insupportable.

À présent, le feu ne jetait plus qu'une lueur mourante. Natalia n'avait pas bougé. Les bras serrés autour des genoux, elle regardait les dernières braises rougeoyer dans l'ombre, son petit visage embusqué dans la masse déployée de sa chevelure.

Sa nuque, quand il la toucha, était dure et tendue : une corde nouée, songea-t-il, et qui se hérissait au contact de sa paume si violemment qu'il retira sa main.

— Vous devriez aller dormir. Vous êtes exténuée.

Elle se recroquevilla un peu plus, enfouissant son visage entre ses bras.

— J'avais confiance en lui, murmura-t-elle.

C'était la voix d'une petite fille trahie qui regardait farouchement devant elle en battant des paupières un peu trop vite. Il regretta son geste : il n'aurait pas supporté ses larmes à cet instant.

Mais Natalia ne pleurait pas. Les larmes, chez les femmes qu'avait connues Morane, étaient toujours quelque complément coupable de l'amour. Natalia semblait avoir renoncé depuis longtemps à l'un comme à l'autre, se refusant cette faiblesse non par fierté, mais par cette même franchise avec laquelle elle contemplait son visage nu, le matin, dans le petit miroir de son sac à dos. Elle n'eût pas plus accepté de se farder de larmes que de poudrer son front ou le feu de ses joues.

— C'est lui-même qu'il trahit, Natalia, pas vous.

Elle secoua la tête. Même blessée, elle gardait la

dureté butée des très jeunes enfants. Il ne l'avait vue qu'une fois ou deux se troubler — et chaque fois elle avait eu ce froncement de sourcils, une façon de se reprendre qui étrécissait ses prunelles et faisait pâlir les ailes de son nez. Son front alors était une bosse, la peau lisse et veinée de bleu comme le crâne d'un nouveau-né.

D'où lui venait cette force ? Depuis le début, elle avait tenu sa place dans l'expédition mieux qu'aucun homme, marchant jusqu'à l'épuisement, dormant à la dure, surmontant les épreuves sans jamais se départir de l'élégante réserve avec laquelle elle semblait accomplir toute chose, mélange de volonté et de soumission aux événements qu'il n'avait rencontré que chez certaines femmes d'Extrême-Orient. Elle semblait n'avoir besoin de personne, habituée depuis l'enfance à lutter seule, à trouver au fond d'elle-même la ressource pour avancer.

— Vous l'avez ramené à la vie, Natalia. Vous lui avez donné plus qu'il ne pouvait recevoir. Laissez-lui la dignité de le reconnaître.

— Cela vous est facile. Vous n'avez jamais cru dans cette expédition.

— Ce n'est plus un homme jeune, Natalia : il a l'âge d'être votre père.

— Mon père a tout perdu pour connaître ce jour, monsieur Morane, riposta-t-elle avec fierté. Lui n'a pas renoncé. Même aux pires moments.

Elle parlait à voix basse, sans le regarder. Son profil, dans la lueur des braises, avait le tranchant d'une pierre. Il sembla à Morane qu'il la voyait vraiment pour la première fois : une beauté farouche et délicate que le feu modelait avec une précision troublante. La bouche large et vivante, les yeux étroits, les joues hautes et drues ne cherchaient pas à séduire : ils s'imposaient progressivement, si peu soucieux d'eux-mêmes qu'il s'étonnait de l'avoir d'abord trouvée quelconque, une jeune femme aux cheveux lisses et lustrés cachant sous des vêtements d'homme un corps de campeuse aux formes harmonieuses et déliées.

Fallait-il qu'il se sentît supérieur à une femme pour la désirer ? L'attirance qu'il éprouvait pour elle à cet instant ne ressemblait à rien de ce qu'il avait ressenti jusqu'alors : une sorte de curiosité douloureuse, de retenue aussi, qui excluait tout désir véritable, tout geste équivoque, comme si la toucher avait pu corrompre quelque chose de plus précieux que la simple possession.

Elle ressemblait si peu aux femmes qu'il avait connues et tellement à lui-même, réalisa-t-il brusquement : deux solitaires que le hasard jetait face à face et qui s'étonnaient de se reconnaître.

— Pourquoi tenez-vous tant à aller jusqu'au bout, Natalia ? Que venez-vous chercher ici — ou expier ?

En guise de réponse, elle tira de son sac un mince

cahier enveloppé d'un rabat imperméable et le tendit à Morane.

C'était celui que lui avait confié Mehmet à Istanbul. Un cahier taché, aux pages boursouflées par l'humidité, une cinquantaine de feuillets couverts de minuscules signes noirs qu'il avait d'abord pris pour du turc avant de le confier à Litvak, l'archiviste du journal.

La traduction hâtive qu'il en avait faite était restée rue de Buci. Avec la main, les lettres, c'était la dernière clef. Un journal en russe. Le journal d'un géographe. Un récit d'expédition à la mode d'autrefois, comme en publiaient à Paris des éditeurs spécialisés. Le compte rendu scrupuleux d'une mission cartographique dans quelque région perdue du Caucase. Le ton en était à la fois attachant et un peu ennuyeux. Par endroits, la plume de Litvak avait étoilé la marge de points d'exclamation qui avaient fait sourire Morane : il entendait presque sa voix de fausset, ses jurons à l'instant de rendre une tournure particulièrement retorse, un mot rare, un idiotisme oublié. Foutus Soviets, Morane. Est-ce qu'ils ne me laisseront jamais en paix ?

— Je ne comprends pas.

— C'est le journal de mon père, monsieur Morane. Andreï Tchinenoff. Zviaguinstievna est mon nom de femme mariée.

Elle avait dit cela d'un seul souffle, crachant les patronymes à la russe en une manière de défi.

— Votre père ?

— Ils se sont rencontrés à Moscou. Le professeur était venu faire une conférence. J'avais cinq ans...

Comme il se taisait :

— Comprenez-vous maintenant ? Personne n'a plus compté pour mon père que le professeur. Il y avait quelqu'un à l'Ouest qui croyait en son travail, quelqu'un qui lui donnait la force de continuer... Plus tard, le professeur l'a invité à Paris. Il venait en France pour la première fois. Un colloque au Muséum d'histoire naturelle sur le problème de l'Homme sauvage. Sa consécration. Il est mort l'année d'après.

— Racontez-moi, Natalia.

— Vous avez lu le journal. Il était géographe. Et puis un jour, en 1929, il a fait cette rencontre dans le Haut-Karatchaï. Il n'avait pas vingt ans. Une mission cartographique pour le compte de l'armée. Mon père était très pieux, monsieur Morane. Imaginez ce qu'il a ressenti : la première des créatures, l'homme avant l'homme, et c'était mon père que Dieu avait choisi pour contempler l'ébauche primitive.

Elle frissonna, tendit ses paumes ouvertes au-dessus du foyer.

— Après, il n'a eu de cesse de témoigner. Il se sentait élu, imparti d'une mission. Comprenez-vous ? L'Homme sauvage n'avait été jusqu'alors qu'une légende, un personnage de contes populaires. Mais lui était un scientifique, un homme de raison, le plus jeune docteur en géographie de son temps, un homme austère et pieux que les superstitions n'atteignaient pas. Je ne sais s'il existe un Dieu, monsieur Morane, mais lui le croyait, et ce qu'il a vu ce jour-là, sur ce chemin dans la montagne, c'était Son dessein. La marque de Sa main sur Sa créature.

— J'ai lu la description que donnait votre père de l'*almasty*. Si Dieu a fait l'homme à son image, comme on le dit, je préfère le reconnaître en vous plutôt que dans cette piteuse ébauche.

— Ne plaisantez pas, monsieur Morane. Pas avec ces choses.

Un instant, il regretta sa maladresse : elle abordait un sujet sacré. Dieu n'était qu'un personnage secondaire dans une légende plus vaste : celle d'Andréï Tchinenoff, de sa croisade d'homme libre, auréolé de gloire par le souvenir d'une petite fille qui n'avait jamais cessé de croire à la magie des contes et de l'enfance.

— Votre père n'était pas seul, reprit-il doucement. Ce petit groupe de recherche qui travaillait avec lui...

Elle se laissa servir du café, chauffant ses paumes sans le boire contre les parois de la tasse.

— Oh, des zoologistes, des préhistoriens, des chasseurs. Une petite poignée de savants sans moyens, tous passionnés comme lui par le problème de l'Homme sauvage. Leur groupe était rattaché à l'Académie des sciences. Il a été dissous à l'époque de la guerre.

Elle souffla distraitement sur sa tasse, glissa du doigt une mèche derrière son oreille.

— Toutes ces années, il a espéré vainement repartir. Monter une véritable expédition dans le Haut-Karatchaï. J'aime notre Histoire, monsieur Morane, ce que nous autres Russes avons accompli. Mais c'était une époque étrange : l'apogée du communisme, il fallait bâtir un homme nouveau, la société de demain. Qui se serait intéressé à un hypothétique survivant des temps anciens ? Le passé était l'ennemi. Seuls comptaient les lendemains, l'avenir radieux de l'humanité. Plus d'une fois, mon père a été inquiété. Oh, pas directement, mais c'étaient des tracasseries sans fin, les budgets que l'on rogne, les enquêtes administratives, les dossiers qui disparaissent... Mon père ne s'est jamais intéressé à la politique, monsieur Morane : il voulait simplement retourner là-bas pour savoir. Dans le Caucase. Rapporter des preuves.

— Son journal s'arrête au milieu de la guerre. En 1942, si j'ai bonne mémoire.

— En 1943, il a quitté Moscou. L'Université avait fermé pour l'été. Il est parti seul dans le Haut-Karatchaï. C'est là qu'il a connu ma mère. Il s'était installé dans un village, qui lui servait de base pour ses recherches. C'était un bel été, je crois, chaud comme seuls sont les étés dans le Caucase. Mon grand-père tenait l'auberge. C'est là qu'ils se sont connus.

— Ce devait être une fort jolie femme.

— Je ne sais pas... Avez-vous entendu parler de Lavrenti Pavlovitch Beria, monsieur Morane ?

— De réputation : l'âme damnée de Staline. L'exécuteur des basses œuvres.

— Saviez-vous que la statue de Staline se dresse tout en haut de l'Elbrouz ? Le sommet le plus haut pour le plus grand homme, voilà ce qu'on peut lire sur la stèle...

Morane déplaça avec précaution sa jambe blessée pour piocher son paquet de cigarettes dans sa poche arrière. L'humidité de la nuit montait du sol, s'insinuant dans ses membres engourdis. Il aurait donné cher pour un whisky.

— Staline était originaire du Caucase. De Géorgie. En octobre 1943, il a chargé Beria d'organiser la déportation de dizaines de milliers de Karatchaïs. Même chose en 1944 pour les Balkares, les Tchétchènes, les Ingouches, les Kalmouks... La moitié des peuples du Caucase ont été déplacés vers les terres incultes au nord de la mer d'Aral pour faits de collaboration avec les nazis. Mon père était encore au Karatchaï à l'automne 1943, quand tout a commencé.

L'allumette de Morane s'immobilisa à quelques centimètres de sa cigarette :

— Je ne comprends pas. En quoi ces représailles concernaient-elles votre père ?

— Il venait d'épouser ma mère. Il a refusé de la quitter pour rentrer à Moscou. L'officier qui commandait la région l'a convoqué au siège de la police politique. C'était un colonel, un ancien major des armées qui s'était illustré durant la guerre du Caucase. Mon père m'a souvent raconté la scène : le bureau moite au-dessus duquel tournait un ventilateur, le colonel en bras de chemise qui regardait par la fenêtre, les colonnes de déportés qui convergeaient vers la gare toute proche... « Assieds-toi, Andréï, a dit le colonel sans se retourner. Prends une chaise et mets-toi à l'aise. Nous avons une partie d'échecs à terminer. » C'était le colonel Svechnikov, celui qui conduisait l'expédition de 1929.

Elle repoussa sa tasse désormais froide, regardant s'élargir sur la couverture qui couvrait ses genoux la tache de café qu'elle venait de répandre.

— Votre père pouvait plus mal tomber. Il parle de ce Svechnikov comme d'un type intègre. Un soldat.

Elle eut un sourire méprisant.

— Un soldat oui, un homme d'ordres et de consignes. Je crois qu'il a voulu sauver mon père. Sincèrement. Pas par tendresse. En soldat : par fidélité à un vieux compagnon d'expédition. Mais mon père est resté debout.

— Fierté coûteuse.

— Fierté, amour, appelez ça comme vous voudrez... Quand mes parents ont été autorisés par Khrouchtchev à rentrer, en 1956, mon père était déjà malade. Il n'avait que quarante-sept ans, mais ses cheveux avaient blanchi presque complètement. Je suis née deux ans plus tard. Il a fini par retrouver un poste à Moscou, à l'Université : des étudiants de première année à qui il enseignait les rudiments de la cartographie. Lui, un docteur, un ancien membre de la Société de géographie...

Elle avait, comme beaucoup de Slaves, une fascination pour les titres honorifiques, les grades. C'était la première fois que Morane le notait, et ce trait la rendait soudain touchante, il ne savait pourquoi.

— Jusqu'à la fin de sa vie, il a continué à collecter des articles, des témoignages. Ses amis étaient morts, son groupe dispersé, c'était la guerre froide : les contacts avec les spécialistes de l'Occident passaient par de rares échanges entre universités. Il n'a jamais été plus isolé qu'à cette époque, et pourtant il travaillait. L'été, nous partions à la montagne tous les trois, avec une tente et ses carnets de notes... Avez-vous des souvenirs d'enfance, monsieur Morane ? Le village où vivait ma mère avait été rasé, partout il y avait ces affreuses fermes collectives, mais je me rappelle cette époque comme un bonheur parfait.

— Et le professeur ?

Elle passa la main sur son front, lasse soudain.

— Je vous l'ai dit : ils se sont rencontrés à Moscou au début des années 60. Jusqu'à sa mort, mon père a gardé sa photo découpée dans la *Pravda,* sur son bureau, dans un cadre d'argent.

Rue de Buci aussi, le portrait d'Exelmans épinglé au-dessus du lit, songea Morane. À combien d'années-lumière ? Il n'en était alors qu'aux balbutiements de l'aventure, et cependant, déjà, il venait de rejoindre sans le savoir la cohorte d'amoureux transis qu'Exelmans semblait avoir le don d'essaimer dans l'Europe entière, dévotement voués à l'adoration de son icône.

— Voulez-vous savoir ce que je crois ? continua Natalia en se tournant vers lui. (Ses yeux effilés, dans le clair-obscur qui coupait son visage, semblaient étrangement trop écartés — deux poissons de métal luisant dans l'ombre.) Voulez-vous savoir ? Il n'était rien pour le professeur : juste une silhouette vite oubliée dans la foule du premier rang. Un obscur spectateur en costume de velours trop grand qui fumait l'une après l'autre ses horribles cigarettes. Comment le professeur l'aurait-il remarqué ? Le dernier jour, mon père s'est présenté à lui. J'étais là, dans le hall du palais des Congrès. Ils ont échangé quelques mots, promis de correspondre, puis le professeur est reparti en France. Mon père a attendu dix ans pour une poignée de main dans un hall.

— La fidélité n'est pas une vertu, Natalia. C'est l'avarice des pauvres.

— Vous êtes comme lui, monsieur Morane, comme le professeur : cette manière si française de faire de l'esprit aux dépens des sentiments.

— Je pensais au docteur : lui aussi s'est cru abandonné.

Elle haussa les épaules.

— Nous autres Russes avons vécu trop longtemps coupés du monde pour que ce mot ait un sens.

— Tout de même, le professeur l'a fait venir à Paris.

— Imaginez-vous ce que cela a pu représenter pour mon père ? Une infime partie de ses travaux venait d'être traduite en Angleterre. Pour la première fois, on l'invitait à parler à l'Ouest.

Son français maintenant se faisait plus hésitant, comme si l'histoire qui la submergeait avait eu des racines trop profondes dans sa langue natale pour en sacrifier aisément quelque chose.

— Le professeur avait organisé ce colloque au Muséum : des spécialistes du monde entier venus pour confronter leurs recherches. Ils ont accueilli mon père comme un pionnier. Comment dites-vous déjà : *un chef de file* ? Mon père marchait avec difficulté. Son cancer l'avait beaucoup amaigri. Je crois que ce voyage a fini de l'épuiser. Je me souviens, à son retour, j'étais à l'aéroport pour l'accueillir : il s'appuyait à sa canne, pâle, défait, illuminé en même temps par une force intérieure. C'était l'œuvre de sa vie qu'on venait de consacrer, et on aurait dit qu'il flottait dans ses vêtements comme s'il n'avait plus eu de corps. Ma mère était là aussi, il s'est penché pour nous embrasser, si ému qu'il ne pouvait parler.

Une braise incandescente s'effondra dans l'âtre en chuintant, projetant une pluie d'étincelles dans l'obscurité. Son visage était complètement dans l'ombre à présent.

— Savez-vous quels ont été ses premiers mots, monsieur Morane ? Il venait de recevoir l'hommage de ses pairs, la récompense d'un labeur de quarante ans. Il s'est penché sur nous et il a seulement dit : « Il ne m'a pas reconnu. »

Elle avait repris le cahier des mains de Morane, et ses doigts, tandis qu'elle parlait, en lissaient nerveusement le dos.

Ce que nos pères nous ont laissé à accomplir, pensa Morane douloureusement. La petite flamme qu'il faut entretenir. De longues années, il s'était cru à l'abri du culte, préservé de cette tâche par la défection de son père. Natalia n'avait pas eu cette chance : elle n'avait jamais cessé de poursuivre l'héritage d'Andréï Tchinenoff, et c'était à elle désormais qu'il incombait de finir le journal inachevé que ses doigts caressaient.

— Il est mort l'année suivante, monsieur Morane. Comprenez-vous maintenant pourquoi je ne puis renoncer ?

CHAPITRE 35

Qui, des deux hommes, découvrit le premier son absence ?

Il semblait à Morane qu'il ne s'était assoupi qu'un instant. Il s'éveilla, glacé, la joue endolorie par le mauvais plancher. Une lumière blême filtrait entre les lattes du toit. C'était l'aube déjà.

Il enfila ses vêtements à tâtons, guettant un nouveau geignement. Mais il n'y avait que le bruit du vent, et le souffle régulier d'un corps endormi au fond de la soupente, soulevant l'épaisseur des couvertures.

Le docteur dormait profondément. Autour de lui, les autres couchages étaient vides.

Sans prendre la peine de nouer ses lacets, Morane se faufila entre les poutres basses, gagna l'échelle. Sa jambe, quoiqu'un peu raide, ne le faisait plus souffrir, réalisa-t-il, soudain inquiet, décontenancé comme un blessé que la guérison abandonne brusquement à lui-même.

Dans son dos, le plancher craqua.

— Professeur.

Exelmans, en bretelles sous son anorak, se tenait derrière lui. Dans la lumière de la lampe qu'il levait à hauteur de visage, ses yeux avaient la nudité hagarde des myopes quand ils s'exposent sans lunettes.

— Natalia est avec vous ? Son sac de couchage n'a pas été défait.

— Je viens de la salle. Son parka a disparu.

Ils firent le tour de la bergerie. Des pelures de pommes jonchaient le devant du foyer, les braises étaient encore chaudes, comme si l'on avait entretenu le feu durant la nuit. Natalia ne s'était pas couchée.

La barre de la porte d'entrée reposait contre le chambranle. Les pierres empilées qui la maintenaient fermée de l'extérieur cédèrent à la première poussée. Ils sortirent dans l'herbe humide, plissant les yeux sans raison.

Le jour se levait, arasant d'une lueur violette la crête de la montagne. Des nappes de brume se dissipaient par lambeaux, la rumeur de la rivière était assourdissante. Dans le petit matin, les feuilles argentées des bouleaux tremblaient comme des médailles de pacotille, éclairées par les premiers rayons.

— Où est-elle, Philippe ?

Morane cracha dans l'herbe. L'air frais agaçait le poil sur sa joue et le fit frissonner.

— Où croyez-vous ? Votre revolver. J'y vais.

— Ne soyez pas stupide. Nous avons déjà perdu Youssev. Pas question de nous disperser davantage.

— On ne peut pas la laisser seule là-bas, professeur. Donnez-moi votre arme.

— Elle n'a pas pris la jument. Attendons.

— Attendre quoi, merde ? Elle n'est pas de taille à...

— C'est un ordre, Morane. Si elle n'est pas revenue dans quelques heures, nous irons la chercher. Mais tous ensemble. Il faut attendre.

Sa voix était sèche, le ton d'un maître d'école habitué à voir ses ordres obéis. Il se détourna, fit quelques pas vers la rivière, se plantant jambes écartées, le nez dans les buissons, interposant entre eux la surface large et obtuse de son dos. Un instant, Morane regretta de ne pas avoir le pistolet. Il l'aurait vidé sans regret, presque joyeusement, sur la cible qu'il offrait.

Il fit volte-face et rentra sans un mot dans la bergerie.

— Monsieur Morane.

— Foutez-moi la paix, Mehmet.

— Vous cherchez quelque chose ?

Le docteur s'était redressé, hirsute. Sans prêter plus d'attention à lui, Morane répandit le contenu du sac sur le sol, jura. Le pistolet n'était pas là. Il redescendit, poursuivi par le docteur en chaussettes, la couverture sur les épaules comme un châle de bonne femme.

— Vous n'irez pas seul, Morane. Je vous mettrai une balle dans le genou s'il le faut, dit tranquillement le professeur depuis la porte.

— Richard ? Que se passe-t-il ?

— Natalia. Partie à l'aube. Seule.

— L'imprudente, gémit Mehmet. L'imprudente.

— Elle a du cran. Elle s'en sortira. Si vous nous faisiez du café, Philippe ? Fort, s'il vous plaît.

Il se campa devant la fenêtre, sortit d'une enveloppe de cuir son rasoir, un blaireau, le petit miroir de poche, fit mousser sur ses joues le savon à barbe et entreprit de se raser. Ses gestes étaient sûrs, précis, ceux d'un homme que rien n'eût fait renoncer au rituel viril du matin. Dans le miroir, son œil droit démesurément agrandi ne quittait pas Morane.

— Ne me donnez plus d'ordre, siffla ce dernier. Plus jamais. Tout est de votre faute. Sans vos discours d'hier soir...

Exelmans se retourna. La mousse blanchâtre qui couvrait la moitié de son visage donnait à ses traits une candeur évangélique un peu grotesque. Un filet de sang perlait sur la pommette qu'il venait de raser.

— Je vous le demande, Philippe. Nous aurons besoin de remontant.

Curieusement, la disparition de Natalia l'affectait

moins qu'il n'avait paru d'abord. Comme si, en désobéissant à ses ordres, la jeune femme avait endossé cette part de lui-même qui continuait de croire au succès de la quête. Le foutu salopard, jura Morane en se détournant : il l'envoie au casse-pipe pour ne pas se dédire.

Ils burent dehors, regardant en silence le soleil se lever. Au loin, vers le sud, là où la forêt était la plus dense, la montagne prenait des teintes bleues. Une fumée montait des herbages en contrebas : un fil blanc, presque hypnotique dans sa rectitude. Pas un souffle de vent. La journée serait lourde.

Des bergers ? Un paysan fumant une parcelle ? C'était la seule trace de vie dans le paysage qui s'ouvrait devant eux. Par le lit de la rivière, Vrojdisn se trouvait à une heure de marche, invisible derrière la succession d'escarpements qui fermaient la vallée.

— Elle sera peut-être sortie prendre l'air, suggéra Mehmet.

— Ou herboriser. Chasser les papillons, railla Morane. Se baigner nue, pourquoi pas ?

La fragilité du docteur excitait sa hargne. Pâle, les lèvres trop colorées, les gencives violettes, Mehmet grignotait un biscuit avec l'application fiévreuse d'un gros rongeur. Un rat musqué, songea Morane. Il en avait les yeux cernés, les bajoues trop molles. Son corps jadis puissant et sanguin semblait écrasé par le poids de la couverture qui couvrait ses épaules. Il mesurait ses gestes, l'oreille tendue vers sa propre carcasse, en guettant les moindres réactions avec une tendresse apitoyée. Comme tous les hommes forts, il s'effondrait de l'intérieur, miné par la surprise de se découvrir vulnérable.

— Monsieur Morane. Je vous en prie. Cette jeune femme connaît la forêt comme personne. Elle reviendra.

— Vous croyez ? ricana-t-il. Elle est au village, Mehmet. Elle a décidé de jouer cavalier seul.

La toux secoua le petit homme.

— Nous l'avons proprement lâchée. Vous ne la connaissez pas : elle ira jusqu'au bout.

— Ne vous en prenez pas à Richard, monsieur Morane.

— Dites-le bien à votre héros, Mehmet : si elle n'est pas revenue dans quelques heures, j'irai la chercher, avec ou sans lui. Qu'il ne s'avise pas de m'en empêcher.

Mehmet eut un sourire contraint.

— C'est à moi qu'il faut vous en prendre. Je vous fais rater votre reportage. Je sais combien cela comptait pour vous.

— Ne dites pas de sottises, docteur. Je me fous comme d'une guigne de l'*almasty* du Caucase, des espèces en voie d'extinction et de toutes vos sornettes. Il n'y a que Natalia qui m'intéresse pour l'instant.

Mehmet hocha la tête. Sous la couverture,

Morane voyait son pouce caresser l'intérieur des phalanges comme s'il avait flatté quelque petit animal invisible.

— Vous n'avez pas répondu à ma question l'autre jour. Pourquoi êtes-vous ici, monsieur Morane ? Quelle vérité cherchez-vous ?

— Il vous faut toujours des réponses, hein ? Pouvoir classer les gens ? Je vais vous décevoir : je n'en sais fichtre rien. La vérité ne m'intéresse pas, docteur. Seulement ce qui est caché. Une sale habitude de gamin qui se penche aux serrures et retourne les pierres pour voir ce qui grouille. Appelez ça de la curiosité malsaine si vous voulez... J'ai toujours détesté qu'on fasse les choses dans mon dos.

— C'est cela qui vous rend nerveux, Morane : qu'elle soit partie sans vous, fit la voix d'Exelmans derrière lui. La peur de ne pas pouvoir fourrer votre sale nez partout.

Morane sentit ses poings se serrer, une boule de rage lui monter à la gorge. Puis, haussant les épaules, il fourra son quart entre les pattes de Mehmet avant de s'éloigner.

— Au fond, nous ne sommes guère différents, ironisa Exelmans. Vous aussi voulez garder votre jouet pour vous, Morane. Seulement vous n'avez pas de jouet : c'est celui du voisin que vous cherchez à chaparder.

Il fit un long tour par les herbages avant de trouver un poste d'observation adéquat.

Il le trouva sur une colline, à l'abri d'un buisson de genévriers. La vue plongeait sur la vallée. Le village, bâti dans une courbe de la rivière, s'étageait en terrasses successives. Quelques bâtiments agricoles, des masures à toits de tôle, flanquées sur l'arrière de courettes où la terre avait la couleur du charbon. Au centre, une construction plus haute que les autres exhibait un clocheton conique comme on en voit dans certaines régions du Yémen.

Quelques fermes éparses fermaient le village au sud. Au-delà, c'était la forêt, entaillée de coupes claires comme des cicatrices. Une piste unique serpentait sur les hauteurs : celle qu'ils avaient empruntée quelques jours plus tôt.

À ce souvenir, un élancement désagréable se réveilla dans la jambe de Morane. Il n'aurait pas dû laisser Natalia. Il l'avait quittée auprès du feu éteint, en proie à quelque étrange pressentiment. S'il arrive quelque chose à cette fille, avait-il pensé — mais il n'était qu'un étranger indésirable, un usurpateur qu'elle haïrait le lendemain, de cette haine définitive qu'on voue à ceux auxquels on s'est confié par faiblesse ou par inadvertance.

Puis la fatigue l'avait submergé. Il était monté, la laissant seule parmi ses fantômes, le journal de son père posé sur les genoux.

Où était-elle maintenant ? Jumelles rivées aux

orbites, il parcourut lentement le hameau. Par instants, l'éclat d'une fenêtre miroitait fugacement dans le soleil. Près d'un hangar, en retrait du village, il crut voir bouger quelque chose — hommes, bêtes ? Il était trop loin. Dans les jumelles, le village semblait nimbé d'un vide vaporeux par l'épaisseur des focales : un petit paysage peint sur du verre et qui tremblait entre ses doigts.

Abandonnant son poste de guet, il redescendit vers la rivière, incapable de rester en place plus longtemps. Derrière le rideau de saules, les eaux grouillaient de mousse et de lentilles. Il longea la berge un moment, se frayant un chemin parmi les buissons d'églantiers et de roses sauvages. À l'endroit où elle s'élargissait, un pont enjambait la rivière : une planche branlante autour de laquelle le sol avait été fraîchement piétiné par le passage d'un troupeau.

Un peu plus haut en amont, il trouva une petite crique bordée de rochers jaunes. L'eau affleurait sur les pierres plates et il baigna longuement son visage. Il se sentait sale, couvert d'une crasse tenace. Des libellules bleues agaçaient la surface de l'eau, un nuage de moucherons poudroyait entre soleil et ombre. Sur une branche émergée, un pic-vert le regardait. Des mousses coulaient sur l'eau transparente, changeant de forme au gré du courant, s'enroulant sur elles-mêmes et s'étirant comme par l'effet de quelque vie animale et frémissante.

C'était dans un bras de rivière comme celui-ci, à quelques centaines de kilomètres plus à l'ouest, qu'Andréï Tchinenoff et ses hommes avaient retrouvé le cadavre du bouquetin. Une bête tuée la veille et qu'une créature inconnue avait traînée loin en amont pour la dévorer avant d'abandonner ses reliefs aux loups et aux oiseaux.

Pour le père de Natalia, tout avait basculé à cet instant. C'était le premier signe : quelque chose vivait, mangeait, courait dans ces montagnes. Un être assez puissant pour porter sur plusieurs kilomètres une dépouille dérobée aux soldats. Un être qui se nourrissait de chair crue et disputait leurs proies aux loups.

Puis il y avait eu la rencontre sur les crêtes, la certitude enfin que le cadavre de bouquetin était bien plus qu'une vulgaire dépouille : une régurgitation des Temps, quelque vestige biologique remonté de la nuit des âges pour rappeler à la mémoire des hommes la souche primitive dont ils étaient issus.

La race perdue de Neandertal ? Une colonie de survivants oubliés de l'espèce humaine et de l'Histoire ? Il n'appartenait pas à Morane de le dire. D'être de ceux qui classent, organisent ou décrètent : il laissait ça à Exelmans et au docteur. Ce qu'il avait vu dans la nuit du plateau n'appartenait pas au monde des vivants. Les pupilles de braise, ce cri de bête blessée restaient sans nom dans le langage des hommes : non un être de chair et de sang, mais l'une de ces créatures de nuit qu'enfante le sommeil, fantômes tissés de nos effrois et de nos peines.

L'énigme de l'*almasty,* il le comprenait soudain, dépassait celle de son existence. Illusion ou réalité, l'Homme du cinquième jour ne faisait que renvoyer les hommes à cette part obscure d'eux-mêmes où gît le secret de leur histoire. Tchinenoff, Exelmans, Natalia — qu'étaient-ils venus chercher d'autre dans ce chaos de cavernes et de forêts ? Le journal du géographe en témoignait : le Caucase n'était pas une montagne. Ravins, vallées, cimes déchiquetées dessinaient au cœur de l'Europe le visage hideux de la Gorgone, l'archaïque figure de la malédiction originelle sous la surface policée du monde. L'attraction qu'exerçait l'*almasty* ressemblait à celle de ces crânes qu'exhument les archéologues, petites coquilles d'os au sourire vide et grimaçant qu'on ne peut regarder sans frémir : quelque image extrême et difficilement supportable de nous-mêmes à travers laquelle devient lisible la vérité de nos traits.

Mais lui, Morane ? Qu'était-il venu apprendre ici ? Il s'était jeté dans l'aventure par manière de défi, sans autre credo que son propre instinct. La main d'Istanbul était tombée à point, ranimant l'esprit du chasseur à une époque où sa vie privée s'en allait en morceaux. La poursuite de l'*almasty* n'avait fait que prolonger la longue traque d'Exelmans : un jeu de piste, une compétition sportive dont il avait lui-même fixé les règles.

Sa chute, les journées d'errance sous la pluie, la disparition de Natalia : il n'aurait su dire ce qui avait changé la donne. Mais quelque chose en lui demandait à naître. Quelque chose qui forçait son chemin contre sa volonté, quelque chose à quoi il eût été bon de s'abandonner s'il n'avait senti que cela menaçait le cœur même de ce qui le tenait debout : ce noyau de résistance patiemment accumulé depuis l'enfance, depuis ce jour précis où, dans la rage d'une bagarre d'internat, l'œil fermé par un coup de poing, il s'était fait à lui-même la promesse solennelle de ne plus jamais pleurer — promesse scellée d'une revanche mémorable contre l'escogriffe à grande gueule qui plastronnait dans le dortoir des grands.

Il n'avait plus jamais pleuré, s'était lentement durci autour de cette promesse, une pierre en lui qu'il opposait aux autres comme un poing. Et c'était ce poing qu'il sentait peu à peu se desserrer, sa garde qui se défaisait, l'exposant tout à coup dangereusement comme un boxeur groggy.

— Morane ? Où étiez-vous passé, bon Dieu !

L'après-midi était déjà bien avancé quand il regagna la bergerie.

Exelmans avait jailli du pas de la porte, gesticulant dans la lumière en une étrange danse sioux.

Sa bouche quand il se pencha vers Morane empestait le mauvais alcool de prune.

Il saisit Morane par le bras avec une force insoupçonnée, la face illuminée d'une colère espiègle, lui jetant au visage son haleine.

— Est-ce que vous avez une idée du temps que nous avons perdu à vous attendre ? Nous partons, Morane, nous partons !

— Natalia ?

Mais il lui assenait de grandes claques dans le dos, le visage cramoisi dans la lumière du soir, incapable d'autre chose que de beugler comme un putois :

— Ça y est, Morane, ça y est ! Cette fois, nous partons.

CHAPITRE 36

Ils contournèrent le village par l'est.

L'air frais du soir couchait les herbes, allongeant leurs ombres devant eux. Ils progressaient lentement, ménageant les forces de Mehmet. C'était le chemin le plus sûr : un raidillon coupant à travers les collines jusqu'aux premiers escarpements de la montagne. Au-delà, ils seraient dans la forêt, à l'abri des regards. Suivant la ligne de crête, le sentier redescendait ensuite, au terme d'une longue boucle, vers le fond de la gorge. Une simple fente entre les rocs, creusée par la rivière, et qui s'étrécissait jusqu'à disparaître à l'endroit où les pins rabougris qui s'accrochaient aux versants se rejoignaient en un fouillis impénétrable.

L'homme portait des bottes, une blouse de toile verdâtre sur laquelle était passé un court gilet de velours tabac.

— Un Balkare, avait dit Natalia. Un ancien garde-chasse.

Son visage était sec, piqué de poils blancs qui remontaient presque sous les yeux. Il marchait en tête, un mégot coincé entre les lèvres, émettant par instants de curieux roucoulements de gorge pour guider la jument.

— Il vit plus haut, dans la montagne. Il ne descend au village que pour vendre ses fromages et se ravitailler.

Sous la visière de sa casquette, le nez était busqué, les sourcils bas et drus, les yeux profondément enfouis dans les orbites. Malgré sa petite taille (il ne devait pas dépasser le mètre soixante), il se dégageait de sa personne une impression de force singulière, de dureté aussi, celle d'un homme rompu à une vie solitaire, habitué à enfouir ses sentiments sous un masque inexpressif d'oiseau.

Soudain, la forêt s'éclaircit devant eux. Une clairière sablonneuse apparut, bordée à sa circonférence par des piles de troncs à demi écorcés. Une odeur de résine et de bois brûlés flottait dans l'air. Le Balkare y arrêta la jument, noua la bride à une souche.

— C'est là, traduisit Natalia. Il va vous montrer.

La forêt avait été défrichée sur la surface approximative d'un terrain de football. Au centre, le sol était labouré en tous sens de marques de pneus.

L'homme s'approcha d'un gros rocher couleur de rouille à la base duquel il s'accroupit, dégageant les broussailles. Ils s'approchèrent à leur tour. Malgré la coupe claire, la lumière était pauvre. Écartant les buissons d'acacias, Exelmans braqua sa lampe torche vers la base du rocher, révélant l'étroite anfractuosité qui l'ouvrait comme une lèvre.

Il s'allongea, glissa la tête dans l'ouverture.

La niche était profonde, assez pour permettre à deux hommes d'y tenir. Une litière d'herbes moisies couvrait le sol, jonchée d'immondices et de reliefs de nourriture.

Depuis combien de temps était-elle abandonnée ? Malgré les pluies des jours derniers, une forte odeur animale prenait à la gorge, mélange de pourriture et de pissat. Morane l'identifia aussitôt : la même puanteur que sur le plateau, un puissant relent de charogne qui forçait les narines et révulsait l'estomac.

Luttant contre la nausée, il plaqua sur son nez la fourrure de son col, s'obligeant à regarder. La litière était vieille, déjà jaune et flétrie, tassée au centre comme par le piétinement d'un animal.

— Un couple, dit Exelmans au comble de l'excitation. Regardez.

De la pointe de son bâton, il ramena vers la lumière une touffe de poils séchés. Les uns étaient d'un brun rougeâtre, les autres plus clairs, comme s'ils avaient appartenu à un individu plus âgé. On devinait aussi, au fond de la tanière, de petits os blanchis, des racines mâchonnées, réduites en minces filaments qui semblaient avoir été lacérés au rasoir.

Le plus troublant cependant était cet épi de maïs à demi desséché qu'il déterra sous la litière. Les feuilles en avaient été minutieusement arrachées, dégageant la chair dans laquelle on avait mordu. L'empreinte d'une mâchoire y restait incrustée : large de vingt bons centimètres, elle avait broyé l'épi encore vert jusqu'à la tige centrale avec la force d'un étau.

— Il dit qu'un couple vivait là, traduisit Natalia. Il les a vus plusieurs fois, en été. Ils descendaient à la rivière, s'asseyaient dans l'eau pour fouiller sous les pierres. Une femelle et un vieux mâle... Il dit que l'*almasty* raffole des grenouilles et des écrevisses, ajouta-t-elle tandis qu'un rire espiègle secouait le vieil homme à cette précision.

— Demandez-lui comment il connaît leur cachette.

Le Balkare rit encore. Il prit la cigarette que Morane lui tendait, la fit rouler entre ses doigts avant de la glisser dans la poche de son veston, cracha par terre.

— Il dit que tout le monde connaît l'*almasty* au village. L'*almasty* n'a pas peur des hommes : seulement des chiens de berger et des loups. L'hiver, il vole dans les fermes, monte les chevaux, trait les chèvres la nuit et boit leur lait. Les gens ici ont pitié de lui, surtout des petits : ils laissent de la bouillie d'orge sur les fenêtres, et au matin il n'y a plus rien.

L'homme montra quelque chose, poursuivant son discours volubile. La manière dont Natalia transcrivait ses propos paraissait le réjouir grandement : il scandait ses phrases d'un petit hochement de tête, plissant les yeux et les écarquillant tour à tour comme s'il avait cherché à reconnaître son image dans un miroir déformant.

— Il dit qu'il a vu beaucoup d'*almastys* dans sa jeunesse, quand il était garde-chasse, de l'autre côté de la vallée. Il les rencontrait surtout le matin, aux heures chaudes. Il dit que l'*almasty* est très paresseux : il fait sa litière dans les roseaux, au bord de la rivière, et dort presque toute la journée. Il noue les feuilles au-dessus de lui pour se faire de l'ombre...

Mehmet prenait des notes à toute vitesse. De temps en temps, il tâtait le sachet posé sur ses genoux : un épi mâchonné, des débris d'os, quelques poils. La découverte lui avait rendu un regain de forces. Depuis la main d'Ashktar, c'était le premier vestige concret qu'il pouvait étudier. À nouveau, il se retrouvait dans son domaine. L'excitation avait remis un peu de sang à ses joues, en colorant le pourtour d'une frange plus sombre — une teinte vénéneuse d'orchidée, pensa Morane.

— Des petits ? s'exclama-t-il à contretemps. Des nourrissons ? Tu entends, Richard : le seuil de population n'est pas trop bas. L'espèce se reproduit encore.

— Pouvez-vous lui demander à combien il estime la colonie ?

L'homme haussa les épaules.

— Il dit : qui peut savoir ? L'*almasty* est libre. Il apparaît et disparaît quand ça lui chante. Personne ne peut le suivre dans la montagne.

— Qu'est-il advenu du couple qui vivait là ? Le sait-il ?

Une fois de plus, ils arrivaient trop tard. Il semblait qu'ils dussent toujours se contenter des reliefs de cette réalité après laquelle ils couraient, de ses déchets les moins nobles, poils, excréments qu'elle abandonnait à leur intention pour narguer leur attente. Et cependant, ni Exelmans ni Mehmet ne s'en trouvaient découragés, comme s'ils avaient su que tel était leur lot, la dignité de leur labeur. Que par quelque irritant paradoxe, quoiqu'ils en fussent tous deux les plus éminents spécialistes, il ne leur serait jamais donné de voir ce que tant d'esprits frustes avaient pu contempler quotidiennement.

Peut-être était-ce là le courage de la science, pensa Morane : cette marche à l'aveugle. Cette certitude aussi qu'à celui que brûlait le désir de connaître serait ôté en retour le simple privilège de voir.

— Les bûcherons, traduisit Natalia. Il dit que

l'*almasty* est... — quel est le mot en français : *pusillanime* ? *Timide* ? Il ne sait pas exactement, mais il croit que la tanière est vide depuis plusieurs semaines.

Elle était échevelée, la voix rendue rauque par l'insomnie et sa longue errance solitaire. Des mèches échappées de la tresse moussaient autour de son front, allongeant son visage, et dans l'effort qu'elle faisait pour chercher ses mots ses paupières battaient comme deux ailes blessées. La fièvre qui brillait dans ses yeux écarquillés n'était déjà plus celle du triomphe, Morane la connaissait : c'était l'ivresse artificielle de nerfs trop tendus et qui n'allaient pas tarder à lâcher.

Délicatement, il dénoua les doigts qu'elle serrait sur le bouchon de la gourde, le dévissa. Elle but à longs traits, sans reprendre son souffle, avec une avidité presque animale. Elle n'avait rien bu ni mangé depuis la nuit.

— Il vit là-haut tout seul, répéta-t-elle. Mais il sait où trouver l'*almasty*.

— Plus tard, dit Morane. Reprenez des forces d'abord.

Elle avait quitté la bergerie à l'aube, sans idée arrêtée de ce qu'elle allait faire, profitant de l'obscurité pour s'aventurer autour du village. Les chiens veillaient dans les cours, elle n'avait pu s'approcher trop près, mais elle était sûre d'une chose : des hommes en armes patrouillaient devant le petit pont de pierre. Elle avait vu la lueur de leurs cigarettes. Elle s'était prudemment éloignée, empruntant le chemin de crête pour contourner le village, mais les chiens s'étaient mis à aboyer et elle avait gagné le repli de la forêt.

C'est alors qu'elle avait vu le camion. Un vieux Sikorski à plate-forme de l'armée qui servait au transport du bois, échoué de guingois au pied d'un raidillon.

Les averses des jours précédents l'avaient transformé en un torrent de boue et de pierraille, immobilisant le camion contre le bas-côté, ridelle ouverte, la bâche ployant sous le poids de l'eau et d'une pluie de branchages arrachés au talus.

Elle s'était approchée, avait fait le tour de la cabine plusieurs fois avant d'oser y monter. L'intérieur sentait la sueur froide et le tabac. Sur la banquette, une veste de peau, des capsules de bouteilles de bière, une chaîne d'arrimage fraîchement graissée. Sous le démarreur, une gerbe de fils pendait à nu et elle avait songé à sa petite Lada abandonnée à Bezengi.

Quand elle avait relevé la tête, quelqu'un l'observait à travers la vitre souillée de boue. Un vieillard en veste de garde-chasse, les yeux renfoncés sous une visière crasseuse, le visage mangé d'une barbe si drue qu'elle avait cru d'abord à un masque de plâtre.

Ils s'étaient dévisagés sans bouger, aussi surpris

l'un que l'autre. Puis l'homme avait tourné les talons, s'éloignant sans hâte par le chemin creux. Elle avait alors jailli de la cabine, elle n'aurait pu dire pourquoi, ni quel instinct lui avait fait choisir le balkare pour l'interpeller — mais il s'était retourné, la fixant de son étrange regard de hibou, et elle avait su qu'elle avait fait mouche, qu'il venait de reconnaître en elle aussi une étrangère et qu'elle réclamait sa protection.

Elle n'avait pas eu peur.

Il n'était pas du village. Il vivait plus haut, dans la solitude de la forêt, avec quelques bêtes et un fusil. Mais l'arrivée d'un petit groupe dans la vallée n'était pas passée inaperçue. Trois hommes et une femme. Des Européens. Un homme malade sur une jument. Il savait tout cela. Et il tapait le genou de Mehmet avec un gloussement ravi comme si le docteur venait de jouer un bon tour à la mort.

— Que dit-il ?

Elle rougit :

— Qu'il est heureux de vous voir debout. Il ne connaît pas son âge, mais il dit qu'il a plus de poils blancs que vous. Il espère que..., enfin que vous avez encore une femme pour vous réchauffer la nuit...

— Demandez-lui ce qui se passe ici, Natalia. Pourquoi ces hommes en armes ?

Elle s'exécuta, penchée vers le vieillard avec une déférence trop ostensible. Il y avait, dans ses égards pour lui, plus que le respect dû à son âge : une sorte de fierté farouche, une manière surprenante de se tenir à ses côtés. Elle le protégeait, songea Morane, ne traduisait que ce qu'elle jugeait digne d'être entendu, comme si elle avait voulu à travers lui redorer le blason d'un peuple qu'elle aimait.

— Il dit qu'autrefois l'*almasty* vivait en paix dans les montagnes. Mais les temps ont changé : l'*almasty* n'est plus sacré. Certains ont commencé à le chasser, à faire commerce de sa dépouille. Les villageois d'ici craignent que les esprits se vengent. Ils pensent que vous êtes envoyés pour les punir.

— Mais ce couple captif ?

— Il dit qu'il a connu des fermes où vivaient des *almastys* à demi apprivoisés. Ils dormaient dans les étables, faisaient pour leur maître des travaux de force, comme porter le bois ou rentrer les foins. D'autres les employaient comme pisteurs, pour la chasse, ou pour garder les troupeaux dans les pâturages d'altitude. Il dit aussi...

— Quoi ? Continuez, mon petit.

— Je ne suis pas sûre de bien comprendre, dit-elle en rougissant.

Le vieillard hilare hochait la tête, l'encourageant à poursuivre.

— Il prétend que certains hommes se sont croisés avec des femelles *almastys*.

— J'ai entendu parler de choses semblables, en effet, dit Exelmans. Demandez-lui s'il en connaît.

Le Balkare leva la main au-dessus de sa tête, mesurant quelque chose.

— Il dit que cela donne des gens très robustes, des géants comme vous, professeur. Du moins c'est ce qu'il dit...

Exelmans éclata de rire à son tour.

— Ne vous formalisez pas, Natalia. Quel plus bel hommage après tout ? Demandez-lui plutôt pourquoi il nous aide. Quel intérêt a-t-il à cela ?

Elle se tourna vers lui, indignée :

— Est-ce que vous ne comprenez pas ? C'est un Balkare. Sa famille et tout son peuple ont été spoliés de leurs terres en 1944. Déportés eux aussi sur ordre de Staline. Les Kabardines sont des étrangers ici : ils lui ont volé la terre de ses ancêtres.

L'homme murmura quelque chose, poursuivant son propos en agitant les bras.

— Il dit qu'il était petit enfant. Il a vu les *almastys* revenir dans les villages détruits, cherchant un abri, remuant les ruines encore fumantes. Ils avaient l'habitude de dormir dans la chaleur du bétail, de quémander leur nourriture jusque dans les maisons... Tout avait été brûlé, rasé jusqu'aux fondations. Il dit qu'il les a vus pleurer. Des familles d'*almastys* avec des nourrissons qui geignaient comme des brebis.

Dans la clairière noyée d'obscurité, le vieux Balkare s'était mis à esquisser une danse étrange : genoux fléchis, tête entre les épaules, il se balançait d'un pied sur l'autre en grommelant, le souffle rauque, poussant par instants le ululement déchirant qu'avait entendu Morane dans la nuit du plateau.

C'était à la fois grotesque et tragique, un piétinement de bête douloureuse dont les longs bras balaient, paumes en avant, une danse ponctuée de sifflements et de vociférations inintelligibles. Et cependant, ils regardaient, bouleversés, comme si de cette pantomime, quelque chose d'humain s'efforçait de surgir en vain, se débattant dans la chrysalide de nuit qui l'enfermait.

Le Balkare s'était rassis. Raclant de l'ongle une allumette, il la porta vers le coin de sa bouche, tirant sur son mégot avec indifférence. Ce n'était plus qu'un vieil homme au poil hirsute qui fumait paisiblement, replié derrière le rideau froncé de ses sourcils.

Morane comprenait mieux soudain les égards de Natalia, cette sorte de fascination qu'exerçait sur elle le vieillard : celle d'un chaman, d'un esprit simple et rude que touchaient l'esprit des forêts et des lacs, le cri des créatures vivantes et des bêtes qui pleurent. À travers lui aussi, c'était l'histoire d'Andréï Tchinenoff qui survivait, le même exil, la même foi naïve dans l'existence d'un monde supérieur à la raison des hommes — une foi dont Morane avait éradiqué tout germe en lui depuis son plus jeune âge, mais dont la nostalgie le poignait soudain tandis qu'il contemplait le visage chaviré de Natalia durant la danse de l'*almasty.*

D'eux quatre, elle seule avait gardé intact l'esprit de l'enfance, la croyance en la magie des contes. S'il leur était jamais donné de voir l'*almasty,* réalisa-t-il, c'est à elle, non à Mehmet ou Exelmans, qu'ils le devraient, au fruste instinct de Karatchaï qui survivait en elle et qui l'avait guidée à travers la forêt à la rencontre du Balkare.

Le premier, Exelmans s'éclaircit la gorge :

— La nuit tombe, dit-il. Si vous nous conduisiez au camion maintenant ?

Ils se levèrent lourdement, s'ébrouant chacun de leur côté pendant que le vieil homme continuait de fumer, surveillant du coin de l'œil les préparatifs.

— Êtes-vous certaine que la piste existe ?

— Il nous montrera, assura Natalia en roulant ses cheveux à l'intérieur de son col. Un sentier forestier qui n'est pas sur les cartes. Il dit qu'il rejoint la vallée par les crêtes. La terre est sèche maintenant. Le camion devrait passer.

Morane pressa son coude. Sous l'épaisseur des vêtements, l'articulation était souple et chaude comme la fontanelle d'un nourrisson.

— Laissez-moi faire ça pour vous, dit-il en lui prenant son sac des mains. Vous n'avez pas dormi. Il faut vous ménager pour cette nuit.

De petits cernes marquaient le coin de ses lèvres,

sa peau était pâle et tirée. Elle ne renoncerait jamais, pensa Morane. Elle irait jusqu'au bout de ses forces.

— Saurez-vous faire démarrer ce camion ? demanda-t-elle.

Il haussa les épaules :

— J'ai dû être voleur dans une vie antérieure.

— Venez alors, dit-elle. Ne faisons pas attendre les autres.

CHAPITRE 37

— Maintenant, dit Exelmans.

La nuit était noire. Par instants, le tonnerre roulait dans les hauteurs. Une dernière fois, Morane vérifia la ligature, maintenue sous le volant par un bout de sparadrap. Quand il abouta les deux fils qui restaient, sa main tremblait. Il y eut une étincelle, puis la lumière jaillit dans l'habitacle tandis que les essuie-glaces se mettaient en route avec un bourdonnement sourd.

— Ça devrait marcher, dit-il. Le système électrique fonctionne.

Il coupa tout, se redressa, le front inondé de sueur. Du bricolage, mais ça tiendrait. Il fallait que ça tienne. S'extirpant de la cabine, il sauta sur le sentier. Pas question d'attirer l'attention. La nuit, en montagne, le moindre bruit porte à des kilomètres. Il ne mettrait en route qu'au dernier moment.

— Ne nous séparons pas, ordonna Exelmans.

J'ai repéré la piste en contrebas : difficile mais praticable.

— Ce foutu camion est venu jusqu'ici. Il nous ramènera bien.

— Quoi qu'il arrive, nous nous retrouvons là. Après, ce sera à vous de jouer... Il faudra avoir atteint le col avant qu'ils ne découvrent la disparition du camion.

Morane toucha sa manche, surpris de la trouver humide. Une bruine invisible tombait. S'il devait pleuvoir, il ne donnait pas cher de leur chance de retour. Il garda cette réflexion pour lui, bloqua la ridelle du camion dans ses crochets.

— Ne tardons plus maintenant, dit Exelmans.

Il rajusta la bâche qui dissimulait les sacs, dénoua la bride de la jument.

— File, ordonna-t-il en lui cinglant la croupe. Nous n'avons plus besoin de toi.

La bête fit un écart outragé, basculant les oreilles sans comprendre. Puis, se sentant libre, elle fit quelques pas étonnés, sans oser cependant s'éloigner plus avant dans la nuit bruissante. Elle restait là, les regardant piteusement. Enfin, elle s'ébroua, tourna casaque et disparut au petit trot, faisant sonner les pierres du chemin dans l'ombre qui l'engloutissait.

Le professeur brûlait leurs derniers vaisseaux, se dit Morane. Maintenant, ils étaient dos au mur, condamnés à réussir. C'était bien dans son style : il retrouvait le vieux singe et ses pirouettes, pensa-t-il aussi tandis qu'un coup de tonnerre plus violent ébranlait la montagne. L'air était électrique et un frisson lui parcourut l'échine.

— Que faites-vous, professeur ? s'écria Natalia. Jamais la pauvre bête ne retrouvera son chemin dans la montagne.

Il aperçut sa silhouette gracile appuyée au marchepied, si proche qu'il pouvait sentir l'odeur de fougère broyée de ses cheveux.

— Dites-lui, monsieur Morane... Il faut la rattraper.

Le tintement des sabots décrut dans l'obscurité. Mais ce n'était pas la fuite de la jument qu'elle écoutait : les battements de son propre cœur, son courage qui s'échappait, la laissant soudain perdue et seule dans le cœur de la nuit.

Sans plus attendre, Exelmans, Mehmet et le Balkare s'étaient mis en marche. Il l'attira vers lui par les épaules, sentant sa résistance, puis elle s'abandonna, et il caressait les cheveux sur sa nuque, la tige tiède de son cou.

La première goutte frappa son visage. Doucement, il se dégagea et l'entraîna sur le sentier.

Il leur fallut près d'une heure pour gagner les abords du village.

Le Balkare marchait en tête. La nuit était noire, d'une profondeur surnaturelle. Au-dessus des montagnes, la lune frangée d'une auréole laiteuse semblait dériver sans finir, apparaissant et disparaissant derrière les nuées.

Comment le vieux garde-chasse trouvait-il son chemin dans l'obscurité ? Ils avaient éteint les torches à peine sortis du couvert des arbres, marchant derrière leur guide sans voir où ils allaient. Tant qu'il pleuvrait, ils n'avaient rien à craindre des chiens : la nuit vibrait d'un bruissement liquide qui étouffait les pas. Mais après ?

Soudain, Morane revit une scène de son enfance. L'un des rares souvenirs qu'il eût avec son père.

C'était l'hiver, la nuit était tombée, il rentrait avec lui par les rues en lui tenant la main. Il faisait froid, moins de zéro, et, à un moment, Morane avait fermé les yeux, se laissant guider sans rien dire jusqu'à la maison par la poigne ferme de son père.

Il était aveugle. L'espace était un mur dressé devant ses paupières, un mur contre lequel chaque pas menaçait de le jeter. Il avançait pourtant, la main glissée dans la paume de son père, et rien ne se produisait, le mur se reculait sans cesse, et lorsqu'il rouvrit enfin les yeux, c'était pour découvrir qu'ils étaient arrivés.

Jamais il n'avait éprouvé un sentiment de sécurité plus fort que ce jour-là, tandis qu'il cheminait dans les ténèbres au bras de son père.

— La piste ne sera bientôt plus qu'un bourbier, dit Exelmans. Il faut nous hâter si nous ne voulons pas tout compromettre.

Il baissa la voix :

— Que pensez-vous du vieux bougre, Morane ? Croyez-vous qu'on peut lui faire confiance ?

— C'est votre heure de gloire, professeur. Il est trop tard pour reculer.

— Cette nuit est un vrai coupe-gorge. Tenez...

Morane sentit qu'il palpait sa poche, puis un objet dur et compact qui cognait sa hanche.

— Il se peut que nous ayons besoin de faire le coup de feu. Nous ignorons tout de cet homme, ni s'il ne s'agit pas d'un nouvel écran de fumée.

Il se retourna, veillant à ne pas être entendu de Natalia et de Mehmet.

— N'hésitez pas à vous en servir si cela devait mal tourner.

Le ruissellement de l'eau s'était fait plus fort. Ils devaient longer maintenant le lit de la rivière, invisible sous la masse confuse des frondaisons. Comme pour donner raison aux inquiétudes d'Exelmans, le Balkare avait disparu, avalé par la nuit devant eux.

Puis quelque chose surgit sur la droite. Un groupe de bâtiments émergeant d'un bouquet d'arbres, à une centaine de mètres en contrebas.

Les deux hommes s'accroupirent, bientôt rejoints par Natalia et Mehmet.

— Le village, dit Exelmans. Ce diable de Balkare en a profité pour nous filer entre les doigts.

L'oreille tendue, ils restèrent un moment immobiles, tâchant de se repérer.

Le professeur se trompait. Ce n'était pas encore le village : une grosse ferme tout au plus, une poignée de bâtiments dispersés en terrasse le long des berges de la rivière.

— C'est là, dit Natalia. C'est la ferme.

Tout était calme, silencieux. On eût dit les vestiges abandonnés d'une ancienne exploitation. Quelques hangars délabrés cernant une cour, la tache plus claire d'un champ envahi de pierraille, des appentis en ruine.

— Je reconnais la citerne : un ancien silo à grains. C'est le seul du village.

Sa voix était tendue comme une corde prête à rompre.

— J'y vais, dit Exelmans. Morane, vous suivez avec le docteur et Natalia. Laissez-moi seulement un peu d'avance au cas où notre ami nous aurait préparé une surprise.

— Sois prudent, Richard, l'exhorta Mehmet.

Mais déjà il s'éloignait à petits bonds silencieux. Les aiguilles de sa montre luirent un instant dans l'obscurité, puis il disparut.

— À nous maintenant, ordonna Morane.

Courbés en deux, ils descendirent en tâtonnant le petit tertre. Des branches les giflaient au visage, agrippant les vêtements de leurs doigts invisibles. Plusieurs fois, le sol manqua sous les pas de

Morane, réveillant son genou blessé. La ferme avait disparu, il lui sembla qu'il s'enfonçait dans un rideau d'épingles acérées, ruant comme un sanglier pour forcer son chemin.

Ne pas allumer la torche, s'exhorta-t-il. Il avait saisi le poignet de Natalia, terrifié soudain à l'idée de la perdre. Puis les buissons cédèrent devant eux, un rayon de lune dispersa les ténèbres et la ferme se matérialisa comme par magie.

— Par ici, fit Exelmans en surgissant de l'angle d'un hangar.

À ses côtés, le Balkare ne semblait pas plus haut que le chimpanzé Platon : un gnome qui clignait des yeux sous la pluie, le visage luisant comme une pierre sous la visière de la casquette.

— Si vous voulez bien, Natalia : je ne comprends pas un traître mot de ce qu'il raconte.

— Il dit : tout va bien. Les hommes dorment là-bas, dans un autre bâtiment. Il s'en est assuré. Il dit que maintenant il peut vous montrer l'*almasty*.

CHAPITRE 38

Ce n'était pas une étable à proprement parler : un enclos de rondins grossièrement ajustés et protégés d'un toit de tôle. Le dernier bâtiment de la ferme.

Le bruit de la rivière était assourdissant. La nuit sentait le suint, une odeur puissante de foin mouillé et de déjections. Sur un côté du mur d'enceinte, un dépotoir de planches et d'outils, des rouleaux de fil de fer sous une bâche, un bidon métallique aux bords déchiquetés et noircis par le feu.

La pluie tombait plus fort maintenant, martelant la tôle du toit. Aveuglés par sa violence, ils contournèrent l'étable, tâtonnant le long de la palissade, cherchant les espaces entre les planches disjointes.

Mais ils avaient beau coller leurs visages contre le bois rugueux, la nuit était trop noire. Ils ne virent rien d'abord sinon l'obscurité, une nuit que l'orage semblait électriser, rendant presque palpable la tension qui agitait l'étable à leur approche.

Une suite de coups ébranla la paroi. Des raclements se firent entendre, une brusque effervescence d'animaux pris au piège et qui se bousculaient avec effroi.

Morane porta la main à sa torche. Prévenant son geste, Exelmans le retint :

— Pas encore. Attendez...

Un tremblement secouait la montagne. Un éclair déchira l'obscurité, puis un autre, illuminant la nuit de longs filaments violets qui semblaient se répondre d'une crête à l'autre.

— Regardez, dit Exelmans.

La vision ne dura qu'un instant. Quelques secondes à peine avant que le dernier éclair ne s'évanouisse dans l'opacité du ciel.

Une mangeoire crevée divisait l'étable. Massés sur un côté, une poignée de moutons crottés dressaient vers eux leurs yeux humides, figés dans la clarté laiteuse qui secouait l'enclos.

Quelque chose occupait l'autre côté. Une masse sombre, anguleuse comme un lourd sac de graines, dont l'obscurité ne laissait entrevoir qu'un reflet d'un brun rougeâtre.

C'est alors que Morane reconnut l'odeur. Un effluve âcre et puissant de tanière, l'odeur d'une créature vivante que l'éclair débusquait. Un long gémissement modulé monta dans l'obscurité tandis que la bête se recroquevillait sur elle-même, tentant de se soustraire à l'aveuglante clarté de l'orage.

— Mon Dieu, dit Natalia. Mon Dieu.

Morane sentait contre lui le halètement oppressé de sa respiration, son corps agité de tremblements. Il lui sembla qu'elle se signait, mais il faisait trop noir maintenant, la pluie tambourinait sur la tôle du toit comme si la nuit s'était concentrée là, masquant sous sa violence la fugitive apparition.

— C'est lui. Vous l'avez vu, n'est-ce pas ?

Mais ç'aurait pu être un ours, un loup, quelque gros animal malade prostré sur sa litière. L'enclos vibrait d'une bousculade de troupeau en déroute. Les moutons les avaient sentis, mais aussi la bête qui feulait sourdement, fourrageant dans l'obscurité qui la dérobait au regard. Ils étaient l'ennemi, un prédateur dont la brise portait aux narines la présence invisible et menaçante.

Exelmans avait contourné l'étable et s'acharnait déjà sur la porte.

— Que faites-vous ? Partons maintenant, je vous en prie.

— Il faut entrer. En avoir le cœur net.

— Vous l'avez vu, que voulez-vous de plus ?

Ils ne surveillaient plus leur voix, hurlant sous la pluie et gesticulant comme des forcenés.

Quand la porte céda, un cri suraigu se fit entendre. Les cheveux de Morane se dressèrent sur son crâne. Il lui sembla qu'il avait déjà entendu ce cri en rêve : un hurlement qui n'avait rien d'humain, le piaulement déchirant d'un grand oiseau nocturne surpris dans sa retraite.

Exelmans n'eut pas le temps d'allumer sa torche. Le troupeau paniqué déboulait dans l'embrasure, refoulant les hommes à l'extérieur dans sa fuite éperdue.

Tout alla très vite ensuite. Au fond de l'étable, une ombre avait bondi, tentant de se soustraire au faisceau de lumière qui fouillait la nuit. Une silhouette difforme qui progressait par bonds, courbée en deux, se jetant sur les parois de toute la violence de son poids.

— Non ! hurla Natalia.

Mais il était trop tard. Le flash d'un appareil photo déchira la nuit, inondant de sa lumière blanche la grimace d'une face humaine, un masque hideux et primitif aux babines retroussées sur un feulement de rage.

Une minuscule poupée s'accrochait aux mamelles de la créature, un petit corps étrangement flasque qu'elle étranglait de son bras replié.

— Je l'ai eu, Richard ! Je l'ai eu !

— Je vous en prie, s'écria Natalia. C'est une femelle, elle protège son petit.

La nuit autour d'eux semblait bleue, encore éblouie par l'éclat du magnésium. Exelmans, à genoux, cherchait sa torche dans la boue.

— Une femelle, répéta Natalia. Elle allaite son petit.

Elle s'accrochait au bras de Mehmet, luttant dans le noir pour lui arracher l'appareil. Le désespoir décuplait ses forces. Morane la ceintura avec l'impression d'empoigner le tronc noueux d'une liane.

— Il est mort, Natalia, mort. Ne voyez-vous pas que c'est un cadavre qu'elle porte ?

— Il ne reste plus qu'elle et son petit. Ils ont tué le mâle pour vendre sa main. Je vous en prie.

Morane prit la première détonation pour un roulement de tonnerre.

Il vit la torche d'Exelmans illuminer la porte de l'étable. Il entendit l'avertissement qu'il lançait, le cri de Natalia, le hululement de la femelle jaillissant dans la nuit.

Quelque part du côté de la ferme, des chiens hurlèrent. Puis il y eut la seconde déflagration.

L'aboiement d'une arme de chasse. Le fusil de Youssev, pensa-t-il curieusement avant de s'effondrer sous la masse d'un corps.

CHAPITRE 39

Assis sur la plate-forme du Sikorski, Morane écoutait les arbres goutter sur la toile huilée de la bâche.

L'aube se levait. Une aube fraîche et transparente coulant de la montagne, gagnant le versant sombre des forêts, glissant par les ravins encore noyés de brume à la manière d'une eau claire.

Le dos appuyé aux montants, la nuque sciée par l'arête de la ridelle, il ne bougeait pas. L'auvent bâché ruisselait lentement, il pouvait suivre la course des gouttes le long des arceaux, leur flic-floc quand elles touchaient les sacs, roulant en perles sur la fibre imperméable.

Ç'aurait pu être le petit jour dans un affût de chasse. Les fougères qui crevaient les montants étaient douces et humides, la tôle craquait par instants, un petit bruit sec de bois qui travaille. Par l'auvent de la bâche, il distinguait la vaste trouée du ciel, les troncs curieusement obliques estompant en rangs de plus en plus serrés les flancs violets de la montagne.

De l'autre côté, le soleil se levait. Dans une heure, deux peut-être, le sous-bois ne serait plus ce refuge d'ombre. La lumière baignerait le sentier, éclairant le camion, faisant reluire son camouflage comme la carapace d'un gros hanneton fauché par l'orage.

Morane avait le temps. Il faudrait, pour monter jusqu'ici, emprunter le chemin, déboucher à découvert dans son champ de vision.

Sans même tourner la tête, il s'assura que l'arme était à sa portée, éprouvant du bout des doigts le contact de l'acier, humide et froid comme un mufle de chien. Le revolver d'Exelmans n'avait pas servi : le chargeur était plein, une balle engagée dans le magasin. Il tiendrait avec ça contre une armée entière.

Quand il les ramena, ses doigts étaient poissés d'un liquide sombre. Il songea à cette graisse mêlée de terre rouge dont il avait vu certaines femmes s'enduire le corps autrefois, dans quelque région d'Afrique. Leurs paumes restaient blanches, étrangement plissées comme celles de nourrissons. Le cuir de son blouson était couvert d'un sang plus ancien, une croûte qui s'effritait sous le doigt.

Il était calme. Il songea à sa fuite haletante dans la nuit, au cri des chiens lancés à sa poursuite, rendus furieux par l'odeur du sang. Il haïssait les chiens, se rappela soudain Bijou, l'ignoble roquet de Rachel, la terreur de l'*almasty* en entendant la meute hurler au loin. Ceux-là étaient d'énormes mâtins, des chiens de berger dressés à combattre les loups. Il ne leur avait échappé qu'en se jetant dans le lit bouillonnant de la rivière, à demi suffoqué par la fraîcheur de l'eau. Le courant l'avait happé, roulant et luttant contre le poids qui l'entraînait dans un corps à corps invisible et terrifiant.

Combien de temps il était resté là, immergé dans l'eau noire, soutenant d'un bras le corps grelottant du docteur et s'agrippant de l'autre à la branche d'un arbre, il n'aurait su le dire — ni comment il avait trouvé la force de le traîner encore, accroché à ses épaules, dans les ronces et les fougères, ni même par quel hasard, quand il n'y croyait plus, il avait deviné la masse du camion, son toit plutôt, lustré de pluie sous l'épaule d'un talus.

Il avait allongé Mehmet sur la plate-forme, et le bruit de son corps inerte heurtant le bois était celui d'un sac de charbon qu'on jette à l'arrière d'un fourgon. Penché sur lui, il s'était acharné sur la fermeture éclair, déchirant à mains nues ce qu'il restait de l'anorak. Par le tissu crevé, le duvet s'échappait comme une neige.

Tout de suite, il avait su. Dès le premier instant, quand il avait chargé sur son épaule sa carcasse inanimée. C'était une lutte absurde, un combat perdu d'avance : quand il déposerait enfin ce corps qui l'écrasait à l'abri des chiens, le docteur serait mort.

C'était une dépouille déjà qu'il disputait à la meute lancée à sa poursuite, et cependant il continuait, sachant qu'il n'avait d'autre ennemi que l'horreur de l'abandonner là à la nuit et aux chiens.

Quand il n'y avait déjà plus d'espoir, il s'était acharné, vidant son sac, déchirant sa chemise en lambeaux pour comprimer la blessure et endiguer le flot du sang.

Le linge s'imbibait comme du sable sec, une source sombre qui sourdait par saccades de l'artère déchirée. Agenouillé autour de sa poitrine, il avait tenté de ranimer le cœur, soufflé dans la bouche molle et sans vie, surpris de l'odeur sure de sa propre haleine — une odeur de pomme et de vin aigre qui était celle de la peur.

Puis il s'était rencogné à l'arrière de la plate-forme, serrant entre ses bras ses genoux qui tremblaient, écoutant la pluie décroître sur la bâche. Il était resté ainsi longtemps, le corps secoué de frissons, guettant le bruissement étouffé qui le ferait bondir sur le revolver, cœur battant, ne sachant ce qu'il attendait avec le plus d'impatience, amis ou ennemis, tant étaient grandes la rage et l'impuissance qui le submergeaient.

Mais nul n'était venu, et plus tard, alors qu'il allumait une de ses dernières cigarettes encore sèches, il avait vu dans la flamme du briquet les yeux renversés de Mehmet qui le regardaient.

— Monsieur Morane.

Il s'était jeté à genoux, avait soulevé doucement la tête cireuse pour la glisser au creux de son bras.

— Monsieur Morane.

— Ne parlez pas, docteur.

— Cette douleur dans ma poitrine...

Entre les lèvres blanches, la voix n'était qu'un fil. Morane l'étreignit, approchant son oreille du mince souffle qui s'égarait.

— Mon cœur... Il tape comme s'il allait se déchirer...

— Une petite alerte, docteur. Rien de plus. Reposez-vous maintenant.

Mehmet eut un sanglot :

— Où est Richard, monsieur Morane ?

— Là, tout à côté. Soyez sans crainte.

— J'ai si froid... Demandez à Natalia... Qu'elle apporte encore des couvertures.

Il ferma ses grosses paupières, tétant ses lèvres comme un enfant. Puis ses traits se tordirent brutalement dans l'effort qu'il faisait pour redresser la tête :

— Nous l'avons vu, n'est-ce pas ? articula-t-il.

— Oui, docteur. Ne vous agitez pas.

— L'appareil... Dites à Richard que j'ai la photo.

Ses doigts broyaient le biceps de Morane. Sa tête retomba tandis qu'une grimace espiègle se peignait sur son visage :

— J'avais bien lu en vous le premier jour, monsieur Morane, fit-il avec un ton de contentement.

Il bredouilla quelque chose d'incompréhensible, du turc peut-être. Les blancs, entre chaque phrase, se faisaient à chaque fois plus longs.

— À Istanbul... Vous vous souvenez, n'est-ce pas...

— Je vous en prie. Vous gaspillez vos forces.

Contre son torse, l'épaule de Mehmet tressautait, agitée d'un rire silencieux.

— Le premier jour, dans cet hôtel... Je l'avais dit... *Un homme de ressources.*

Un homme de ressources, répéta-t-il, savourant la citation avec une gourmandise d'érudit.

Puis son corps s'arqua brusquement, il vomit du sang. Il était mort.

Le soleil à présent effleurait le bord de la ridelle. Un rayon pâle, d'une blancheur minérale, qui forçait à cligner les yeux.

Contre l'appui de la plate-forme, le corps de Mehmet ressemblait à celui d'un dormeur aux pieds étrangement courts, jouissant d'un reste de pénombre avant de s'éveiller.

Quelques heures plus tôt, Morane lui avait fermé les yeux. C'était un geste pieux, le premier qu'il eût accompli depuis longtemps — la bénédiction des vivants à ceux qui s'en vont. Sous les paupières, les globes avaient la dureté polie d'un œuf à repriser, et il avait puisé dans ce geste d'homme un réconfort presque enfantin.

Nous l'avons vu, avait dit Mehmet de sa curieuse voix jabotante, et Morane se souvint de l'appareil photo perdu dans la boue de la ferme. *Dites à Richard que j'ai la preuve, monsieur Morane. Dites-lui que j'ai la photo.*

Tout cela n'avait plus d'importance maintenant. C'était à la rencontre de sa propre mort que Mehmet allait dans les montagnes, un rendez-vous vers lequel il s'était hâté depuis les années tendres de sa jeunesse. La main qui avait tiré n'avait fait qu'accomplir son destin, fauchant le petit homme au cœur fragile, le bon docteur d'Istanbul qui pleurait un soir de pluie, dans le bar d'un hôtel, en confiant la prunelle de ses yeux à un étranger de passage.

Il était mort, abattu comme un vulgaire voleur de troupeau dans cette montagne vers laquelle toute sa vie s'était tendue. Une mort absurde suffit-elle à détruire la noblesse d'une cause ? Les hommes ont-ils besoin de mourir dignement pour se trouver justifiés ? Il avait emporté avec lui la certitude d'avoir touché au but, mené à son terme la longue quête qui l'avait requis. Son cœur ne l'avait pas trahi : il était allé jusqu'au bout. Peut-être cela suffisait-il — partir en paix simplement.

Maintenant, c'était à Morane qu'il appartenait de rendre aux siens sa dépouille mortelle. Il veillait un compagnon, puisant dans sa présence une paix étrange. Tout au long de cette nuit, il avait soutenu son corps inerte, accompli les gestes les plus intimes qu'un homme puisse prodiguer à un autre homme. Il se souvint d'une vieille gravure sur un livre de grec : Énée portant sur ses épaules le vieil Anchise hors de Troie dévorée par les flammes. Lui n'avait jamais dit adieu à son père.

Le jour se levait à peine. Des mouches bourdonnaient au-dessus de la bâche, s'enivrant de la première douceur. Il écoutait, surveillant le chemin. Il avait tout son temps.

Il s'en fallait de quelques heures encore avant que les bûcherons ne montent le sentier. *Quoi qu'il arrive, nous nous retrouvons là,* se répéta-t-il. C'étaient les derniers ordres d'Exelmans. Une pierre à laquelle il se raccrochait. *Quoi qu'il arrive...* Mais qu'était-il arrivé ? Il lui semblait que les événements de la nuit appartenaient à une autre vie dont le coup de feu l'avait irrémédiablement éloigné, puis la fuite dans la nuit, Mehmet pesant sur lui comme un cheval mort, la marche dans la forêt — la déception de trouver le camion vide.

Tandis qu'il gisait dans la boue devant l'étable, il avait eu le temps de voir la lampe d'Exelmans s'évanouir dans le ravin en contrebas, la silhouette de Natalia qui disparaissait à son tour dans les ténèbres sur les pas de la créature. Puis les torches des fermiers, une colonne d'ombres confuses battant les buissons.

Exelmans et Natalia avaient-ils cherché à faire

diversion ? S'étaient-ils absurdement lancés à la poursuite de la femelle et de son enfant mort ? Morane en avait profité pour filer dans la direction opposée. Des coups de feu avaient retenti dans son dos tandis qu'il s'enfuyait par la rivière, d'autres plus tard, qui semblaient venir de très loin, sur le versant opposé de la montagne. Puis le silence était retombé sur la forêt, le clapotis égal de la pluie fouettant les frondaisons. Toute la nuit, Morane avait guetté le bruit d'un pas, espéré un sifflement de reconnaissance, un craquement dans les feuillages qu'il eût pu reconnaître.

Par instants, l'image de Natalia blessée l'assaillait avec une crudité insupportable. Il voyait le cercle des hommes penchés sur elle, le cri des chiens qu'on retient, les rigoles de sang coulant sur le rocher en minces filets roses. Puis un nouveau personnage s'interposait — une haute silhouette un peu voûtée qu'il reconnaissait pour celle d'Exelmans, son bonnet de marin roulé autour du crâne, ses bras immenses soulevant la jeune femme avec délicatesse.

Natalia n'était pas seule : le professeur l'accompagnait, le *ved* des contes russes, le bon géant ébouriffé de l'enfance. Et il se sentait rasséréné, comme si l'ombre protectrice d'Exelmans s'était étendue jusqu'à lui à travers la montagne, le couvrant de son aile, veillant à distance sur la dépouille de son vieil ami. Il suffirait qu'il apparaisse, qu'il touche des doigts ses paupières bombées, et Mehmet s'éveillerait, repoussant loin dans les ténèbres le cauchemar de la nuit.

Quelle était cette foi aveugle à laquelle il s'accrochait ? Cette nuit-là, il lui sembla qu'il avait toujours attendu Exelmans, comme avant lui le petit Ric, Rachel, Mehmet ou Natalia. Qu'il avait couru après son ombre depuis l'enfance, tendant vers lui la main immatérielle des rêves. Il l'avait suivi dans sa quête sans savoir où elle le menait, fermant les yeux pour se laisser conduire à la façon d'un jeu ancien.

Puis il revit l'étable, la créature pétrifiée dans l'éclat de lumière auquel elle tentait de soustraire le cadavre encore imberbe d'un nourrisson de quelques mois. Il revit la façon dont elle le serrait sur sa mamelle comme pour lui rendre vie, les bonds furieux qui la jetaient contre l'enclos.

Par quel obscur chemin la main d'Istanbul menait-elle à cette étable ? Morane était trop las pour le comprendre. Il aurait fallu le professeur pour l'éclairer, et cependant il lui semblait qu'il approchait quelque vérité plus profonde que la simple évidence scientifique. La créature des bois, l'archaïque survivant du Caucase, le monstre robuste des premiers âges qu'ils avaient traqué avec la hargne farouche du chasseur était une femelle apeurée protégeant son enfant. Un être de nuit que la lumière crue des hommes avait surpris dans sa hideuse nudité, masquant ce geste de sollicitude maternelle qui était le premier de tous les gestes, le trait commun à toute créature vivante.

Était-ce cela qu'ils étaient venus chercher dans la terrible épreuve du Caucase — la fragile vérité de l'amour ? Ce geste de tendresse qui transcendait l'espèce pour unir chaque être à la grande chaîne du vivant ?

Nous ne sommes pas seuls, monsieur Morane. Il nous appartient d'aimer les autres créatures de Dieu. Cette expédition n'a pas d'autre but.

Assis dans le camion, il regardait le jour se lever, éclairer peu à peu les profondeurs mouvantes de la forêt, le ruissellement des feuillages, le vert acide des jeunes pousses. Il ne bougeait pas, humant le parfum de mousse et de terreau qui montait dans l'air purifié.

Il savait qu'il attendrait Natalia le temps qu'il faudrait — toute sa vie peut-être. Le professeur l'avait conduit vers elle, il la lui ramènerait. Exelmans surgirait derrière le tertre humide, sa grande ombre progressant sur la terre jaune comme pour ouvrir la marche. Ils arriveraient par le chemin, la jeune femme et le géant, et il aurait fini de chercher.

Ils monteraient vers lui et c'en serait fini de la longue attente, de ces années de solitude et d'errance — tant d'années perdues... Il n'avait plus besoin de se préserver.

La route qui les ramènerait vers le monde des

vivants était encore longue. Abruptes seraient les montagnes, profondes les forêts qu'il faudrait encore traverser.

Morane n'avait pas peur.

DU MÊME AUTEUR

Aux Éditions Gallimard

LE RIDEAU SUR LA NUIT, *roman.*

UN AMATEUR EN SENTIMENTS, *roman.*

LE CABINET À ÉCLIPSES, *roman.*

LE DISCOURS DES ABSENTS, *roman.*

LE CONSEIL D'INDISCIPLINE, *roman.* (Folio n° 2986)

L'HOMME DU CINQUIÈME JOUR, *roman.* Prix Renaudot des Lycéens 1997.

HISTOIRE DE L'HOMME QUE SA FEMME VIENT DE QUITTER, *roman.*

Dans la collection Folio Junior/Lecture Junior

LE PROFESSEUR A DISPARU. *Illustrations de Serge Bloch, n° 558.*

ENQUÊTE AU COLLÈGE. *Illustrations de Serge Bloch, n° 633.*

SUR LA PISTE DE LA SALAMANDRE. *Illustrations de Serge Bloch, n° 753.*

P.P. CUL-VERT DÉTECTIVE PRIVÉ. *Illustrations de Serge Bloch, n° 701.*

AGENCE PERTINAX. *Illustrations de Philippe Munch, n° 812* et *n° 60 (Lecture junior).*

LE COLLÈGE FANTÔME. *Photographies de Philippe Calandre (FJ Romans Images), n° 842.*

P.P. ET LE MYSTÈRE DU LOCH NESS. *Illustrations de Serge Bloch, n° 870.*

Dans la collection Page Blanche

LA STATUETTE DE JADE.

Chez d'autres éditeurs

SAFARI, *récit (Arléa).*

LE LIVRE DONT JE NE SUIS PAS LE HÉROS *(L'École des Loisirs).*

LES JOURS D'AVANT, *roman (Arléa).*

LÉO DES VILLES, LÉO DES CHAMPS, *roman (Thierry Magnier).*

LA VISITE DE L'ÉCRIVAIN *(L'École des Loisirs).*

TOUS LES ANNIVERSAIRES *(L'École des Loisirs).*

Composition Euronumérique.
Impression Bussière Camedan Imprimeries
à Saint-Amand (Cher), le 20 août 1999.
Dépôt légal : août 1999.
Numéro d'imprimeur : 993489/1.
ISBN 2-07-041015-3./Imprimé en France.

91325

Jean-Philippe Arrou-Vignod

L'Homme du cinquième jour

Gallimard